LA MÉLANCOLIE DES SIRÈNES PAR TRENTE MÈTRES DE FOND

Paru dans Le Livre de Poche :

1. Le Château des poisons
2. L'Armure de vengeance
3. Le Manoir des sortilèges

1. Le Labyrinthe de Pharaon
2. Les Prisonnières de Pharaon

1. Pèlerins des ténèbres
2. La Captive de l'hiver

Avis de tempête
Baignade accompagnée
Les Cavaliers de la pyramide
La Chambre indienne
Le Chien de minuit
Conan Lord
Les Emmurés
Les Enfants du crépuscule
L'Enfer, c'est à quel étage ?
La Fille de la nuit
Iceberg Ltd
La Main froide
Le Murmure des loups
Le Nuisible
La Princesse noire
Le Sourire noir

SERGE BRUSSOLO

La Mélancolie des sirènes par trente mètres de fond

ÉDITIONS DU MASQUE

Note de l'auteur

Ce roman est paru en 1982, aux éditions Fleuve Noir, sous le titre *Les Fœtus d'acier* dans une version sensiblement écourtée et adaptée aux critères spécifiques d'une collection. La présente édition rétablit le texte dans l'intégralité de sa version originelle et sous le titre initialement choisi par l'auteur.

La souris de l'apocalypse

D'abord il y a la fissure qui s'ouvre dans le plafond de la station. *Cric-crac-criiic-criiic...* Personne ne l'entend, bien sûr, avec le vacarme des rames. À peine un couinement de souris à qui l'on marche sur la queue. Et puis la voûte est si haute. En outre, qui, dans le métro, aurait l'idée de lever la tête pour regarder ce qui se passe là-haut ? Qui, à part un clochard, peut-être, allongé sur le quai. Mais qui l'écouterait s'il poussait, tout à coup, un cri d'alarme ?

La fissure progresse. Les vibrations se propageant dans les parois du tunnel l'y aident. Chaque nouvelle rame y va de son coup de pouce. *Criiiic-criiic.*

Sur les quais, c'est la foule ; la bataille sans cesse recommencée de la sortie des bureaux. Les wagons pris d'assaut, les corps en sueur, les odeurs d'aisselles moites, le slip qui vous rentre dans la raie, les chaussettes visqueuses au fond des godasses. Dans un moment tout ce beau monde recevra la plus belle douche de sa vie. La dernière, également.

Ça se passe au-dessus d'eux. C'est la terre qui se fend, le terrain qui glisse, les couches tectoniques qui se grattent ou... quoi encore ? Quelle autre foutaise géologique dont les gazettes débattront sans relâche au cours des trois années qui vont suivre ?

Mais pour l'instant ça se résume à ça : *criic-criic-criic...* Un cri de souris qui annonce l'apocalypse, la fin du monde. Une souris qui s'est coincé la queue, une souris qui...

Sur le quai, il y a Nacha, Lizzie la voit bien. Elle est là, contre un pilier de béton à gratter sa guitare, d'une minceur, d'une blondeur norvégienne, avec ses cheveux tressés, sa peau de lait. Un air d'éternelle adolescence. On la dirait échappée d'un Woodstock fantôme se déroulant dans une dimension parallèle. Elle chante un air de sa composition. Bien, d'ailleurs. Elle a toujours eu du talent. Elle est jolie. Elle ne fait pas ses 25 ans. Lizzie voudrait lui crier : « Fiche le camp ! *Ça va se produire d'une minute à l'autre !* » Hélas, elle ne peut pas. Dans les rêves on n'arrive jamais à hurler, ou alors on se réveille, et, dans ce cas, il devient impossible d'établir la moindre communication avec les gens qui sont restés prisonniers du cauchemar.

Nacha... avec sa guitare, son tee-shirt sous lequel pointent ses petits seins d'éternelle adolescente. Une gamine enveloppée de cheveux si blonds qu'ils en paraissent presque peroxydés. Lizzie croit entendre sa voix de petite fille, quand elle répétait, dans la cour de l'école, d'un ton sans réplique : « Mon nom, ça s'écrit Naszia, mais ça se prononce Nacha. »

Les *salary-men* la contournent sans lui prêter attention. Elle est là, perdue au fond du métro, à des dizaines de mètres sous terre. Comme tous ceux qui l'entourent, elle est descendue au tombeau de son plein gré, et sans le savoir. Ce n'est plus qu'une question de secondes.

Au plafond, la crevasse court de plus en plus vite, fêlant le carrelage. Brusquement, la lézarde s'ouvre, béante, é-nor-me, et des milliers de litres d'eau envahissent les tunnels. Le bruit... le bruit est effroyable. Il domine tout, même les hurlements de terreur. Le flot submerge la station, se rue dans les tunnels, les couloirs, se brise en vagues furieuses au pied des escalators. La pression est telle qu'elle aplatit les wagons.

Où est Nacha ? Difficile à dire. Lizzie voudrait prendre le contrôle du rêve pour le rendre moins horrible, mais ça ne marche jamais. Elle se voit toujours au même endroit, au sommet de l'escalator principal, assistant impuissante à la catastrophe.

Le bruit de l'eau est insupportable. Et aussi la vision de la voûte béante par laquelle le fleuve tout entier est en train de s'engouffrer dans le réseau du métropolitain. La guitare de Nacha tourbillonne au gré des remous. Il a suffi d'une minute pour que la station prenne l'aspect d'un égout, d'un canal souterrain charriant un flot furibond. La vase, le limon, lui donnent une densité presque solide. Il serait vain d'espérer y distinguer quelque chose.

C'est le rêve de Lize Unke. Liza, Lizzie, comme l'appelait Nacha, sa petite sœur. Ce sera le cauchemar de la plupart des citadins au cours des trois ans qui vont suivre. Qui, parmi les rescapés, ne revivra pas ces images jusqu'à la nausée, jusqu'à la folie ?

Lize n'a pas vu mourir Nacha. Le rêve n'est qu'une mise en scène élaborée par son inconscient, mais elle sait que les choses ont dû se dérouler de cette manière. C'est son métier de le savoir. Elle est payée pour ça. Pour visiter l'enfer plus souvent qu'à son tour.

Les autres ont peut-être réussi à oublier, pas elle, on ne lui en a pas donné l'occasion.

Criic-criic. C'est toujours de cette façon que s'annonce le cauchemar, par le couinement de la souris qui vient de se coincer la queue dans le piège.

Criic-criic-criic.

*

– D'abord il y a la fissure au milieu de la voûte, murmura Lize d'une voix qui lui sembla celle d'une inconnue. L'eau s'en échappe. De plus en plus vite. Avec un grondement effrayant. C'est... c'est comme un ventre de pierre qui crève. L'eau me tombe dessus. Elle m'écrase.

Esther Krautz, la psychologue, s'agita sans rien dire. C'était une femme banale, aux cheveux gris, vêtue comme une comptable de supermarché. « Pourquoi ai-je toujours l'impression qu'elle se déguise pour me recevoir ? se disait souvent Lize. Est-elle différente avec les autres ? S'habille-t-elle plus chic quand elle reçoit des patients d'un niveau social supérieur au mien ? »

– Lizzie, fit doucement Esther, je voudrais que vous réfléchissiez aux *mots* que vous employez pour me parler de la catastrophe.

– *Quoi ?* grommela Lize Unke.

– J'ai parfois l'impression que vous vous servez du drame pour essayer de me parler d'autre chose.

– Et de quoi, grands dieux ! Vous trouvez que cette horreur ne se suffit pas à elle-même ?

– Ce n'est pas ça. Mais les mots, Liza, *vos* mots. La voûte qui crève « comme un ventre ». L'eau qui dégringole par la fissure. Vous savez très bien qu'une femme qui va accoucher commence justement par perdre les eaux.

Lize ferma les paupières, soudain fatiguée.

– Pour évoquer votre métier, insista Esther Krautz, vous employez fréquemment une métaphore journalistique qui fut, un temps, à la mode. Vous dites que vous êtes « un fœtus d'acier ».

– Ce n'est pas de moi, riposta Lize. C'est une invention des tabloïds. Un scaphandrier, avec son gros casque en cuivre et l'interminable tuyau de l'arrivée d'air, peut facilement être comparé à un bébé amarré à son cordon ombilical.

– J'entends bien. Je ne suis pas complètement bouchée. Mais je *vous* entends également répéter cette comparaison séance après séance. Vous semblez y tenir. Vous la ritualisez.

« Oh ! soupira mentalement Lizza. La voûte c'est bien sûr le ventre de la femme enceinte, l'inondation annonce l'accouchement... »

– Je me demande si vous n'utilisez pas la catastrophe pour me parler de votre désir d'enfant, reprend Esther embusquée derrière ses grosses lunettes. Ou de votre peur de devenir mère.

– Je viens là pour vous parler du drame, dit sèchement la jeune femme. Le service m'y oblige. Toutes les équipes ayant participé au... « sauvetage » se sont vu imposer une assistance psychologique.

– C'est exact, murmura Esther. Mais la catastrophe remonte à trois ans.

– Pour vous, peut-être, lâcha Lize. Vous en avez fait votre deuil. Moi, j'y suis confrontée tous les jours.

Chaque fois que j'enfile mon scaphandre pour descendre dans le métro.

– Pratiquement tout le monde, dans cette ville, a perdu quelqu'un au cours de ces tristes événements. Pour certains c'est une femme, un mari, un fils. Vous, il s'agit de Nacha, votre sœur, n'est-ce pas ? Vous n'en parlez presque jamais. Pourquoi ?

Lize hésita.

– Parce qu'elle n'est peut-être pas morte, souffla-t-elle. On n'a jamais écarté la possibilité que des rescapés aient pu survivre à l'intérieur de poches d'air.

Esther Krautz émit un claquement de langue désolé.

– Vous y croyez réellement ? fit-elle. Vous refusez d'admettre la vérité. Trois ans se sont écoulés et vous n'avez pas progressé d'un pas dans votre travail de deuil. Votre vie s'est arrêtée ce jour-là. Je crois que vous vous interdisez de continuer pour vous punir d'avoir survécu à Nacha. Vous avez envie d'avoir un enfant, mais vous vous l'interdisez.

Lize n'avait pas envie de se battre. Esther Krautz faisait de son mieux, hélas, elle raisonnait sans avoir toutes les cartes en main, sa vision des choses restait fragmentaire. Elle faisait partie de ces gens qui croient dur comme fer à ce que leur racontent les journaux d'opposition.

Le petit réveil électrique sonna sur le bureau, annonçant la fin de l'entrevue.

– Travaillez sur ce que nous avons évoqué, fit la psychologue, et n'oubliez pas de revenir la semaine prochaine.

Lize ramassa son sac et quitta la pièce en se demandant si Esther Krautz allait maintenant changer de déguisement pour recevoir sa prochaine patiente.

Les sous-sols de l'enfer

Les boutiques jetaient des éclats de couleurs dans les flaques du trottoir. Lize n'accorda pas un coup d'œil aux vitrines. C'était une rue à la mode, peuplée de petites échoppes débitant une marchandise éphémère et inutile. On y vendait des perruques changeant automatiquement de coiffure toutes les dix heures et autres gadgets stupides. Pour oublier le traumatisme de la Catastrophe la ville s'était réfugiée dans une bonne humeur factice. C'était là que Tropfman, un ancien de la brigade, avait ouvert une officine de toilettage pour chiens. Il s'était constitué une clientèle fidèle en inventant un dentifrice pour caniches parfumé au bacon. Lizzie lui rendait rarement visite. La déchéance de son ex-collègue lui était insupportable. Finirait-elle comme lui ? Sur une *mise à la retraite anticipée pour raison de santé...*

Elle leva le nez en arrivant au carrefour. Une construction étrange s'élevait au milieu de la place – bunker mal dégrossi, ou forteresse miniature – qui tranchait désagréablement dans ce décor moderne aux lignes aseptisées. On eût dit que des ouvriers pressés avaient maçonné à la hâte ces quatre pans de béton rugueux, ne se souciant ni de l'aspect ni de la forme. Le résultat semblait né de l'accouplement d'une montagne et d'un abri antiatomique. De rares meurtrières en perçaient les flancs. L'ensemble n'excédait pas 20 mètres de côté. Assez fréquemment, des touristes se plantaient au pied de l'amalgame. Certains le photographiaient.

En fait, s'ils s'étaient donné la peine d'avancer vers la porte blindée défendant l'accès de la casemate, ils auraient pu voir une plaque émaillée de format 30 × 40 qui disait :

6e bataillon scaphandrier de la ville d'Alzenberg. Accès interdit au personnel non autorisé.

Lize se glissa entre les voitures, essuyant les coups de klaxon avec indifférence. Arrivée au pied du bâtiment, elle pressa le bouton d'appel.

Il y eut un déclic, puis un sourd grognement jaillit du haut-parleur encastré dans le battant.

– Ouais ?

– Lize, chuchota la jeune femme, Lize Unke.

– Toujours en avance ! grasseya la voix que déformait un affreux accent irlandais.

La porte pivota sur ses gonds, épaisse comme l'écoutille d'un sous-marin. La jeune femme franchit le seuil pour déboucher dans une cour étroite, prisonnière des hauts murs du bunker. Le centre de ce carré était curieusement occupé par l'entrée d'une station de métro avec son classique escalier, son plan surmonté de la grande inscription *METROPOLITAIN*, et de ses rambardes de métal aux volutes rétro.

« Une station de métro prisonnière, songea Lize. Une station de métro placée en QHS. »

La jeune femme traversa la cour, pénétra sous un

porche. À droite s'ouvrait un couloir menant à une pièce encombrée de casiers métalliques. Un lavabo et une grande armoire à pharmacie occupaient le mur du fond. Rob « Opa [1] » Connoly, l'Irlandais, se tenait devant cette dernière. Il avait relevé la manche de son pull sur son bras gauche, et – à l'aide de sa main droite et de ses dents – achevait d'étrangler son biceps au moyen d'un gros élastique. Il était chauve, avec un crâne luisant où serpentaient encore quelques boucles d'un gris roussâtre. Il venait d'atteindre la cinquantaine mais on lui donnait sans peine dix ans de plus. Une barbe blanche lui mangeait la moitié du visage. Une multitude de vaisseaux éclatés sillonnaient son front, ses pommettes et son nez, l'affligeant d'un teint bleuâtre, plutôt insolite. Comme tous les vieux plongeurs professionnels il était atteint d'un mal chronique dû à la répétition des accidents de décompression. Les bulles stockées par son organisme avaient fini par modifier les éléments constitutifs de son sang, l'épaississant de façon dangereuse. Les médecins appelaient cela *l'agrégat plaquettaire* ou, en argot de laboratoire, *le sludge...* La boue. Pour les mêmes raisons il souffrait aussi de lésions ostéoarticulaires, qui rendaient pénible le moindre déplacement, et de troubles sensitifs perturbant son équilibre et sa vue.

– C'est un vieux débris, disaient Nath et David, les coéquipiers de Lize. Un ancien plongeur de combat devenu chercheur de trésor. Il a été très fort, mais il est fini. Un mercenaire, on se demande bien pourquoi le service l'a engagé. Un étranger, en plus. Bizarre, non ?

1. Grand-père. Ici, dans un sens irrespectueux.

Lize nota la présence de la seringue sur le rebord du lavabo. De l'aspirine en solution, probablement, ou un composé de cortisone. Ce n'était un secret pour personne : Opa Connoly conservait une bouteille d'oxygène dans un tiroir. De temps à autre, il en respirait une dizaine de bouffées. Un jour ou l'autre, l'abus des anticoagulants se solderait par une hémorragie cérébrale foudroyante, et la brigade n'aurait plus qu'à prendre le deuil de son directeur technique.

– Alors ? gouailla l'homme, on observe l'agonie de la bête ?

Lize ne répondit pas. Elle détestait Connoly, et, celui-ci le lui rendait bien. D'ailleurs Opa détestait tout le monde. Chargé d'instruire les trois policiers formant ce qu'on avait baptisé en haut lieu : *le sixième bataillon scaphandrier,* il n'avait dispensé qu'à regret les bribes d'un savoir aux approximations souvent dangereuses.

Connoly enfonça l'aiguille de la seringue dans la grosse veine gonflée, et pressa le piston.

Lize ouvrit l'un des placards métalliques, y suspendit son sac et son imperméable. Les deux autres casiers s'ornaient de noms gribouillés au stylo feutre : *David... Nathan,* les garçons qui faisaient équipe avec elle depuis la création du bataillon.

Opa Connoly rangeait son attirail médical. Lorsqu'il eut fini, il s'installa sur un tabouret et détailla, sans gêne, Lize qui achevait de se dénuder.

– Mince ! grogna-t-il au moment où la jeune femme faisait glisser son pantalon. Je me demande comment on peut avoir envie de baiser un pareil paquet de muscles ! Ma pauvre fille, tu me fais penser à ces publicités qu'on trouve aux portes des gymnases ! Les mecs doivent avoir la trouille que tu leur casses les reins en pleine action, non ?

Mimant l'indifférence, Lize enfila un tee-shirt et un caleçon de flanelle, puis un pull et un pantalon de velours. Elle savait qu'en profondeur la température pouvait chuter d'une vingtaine de degrés. Opa continuait à l'observer, un air de dégoût sur le visage, mais la jeune femme avait l'habitude de ses monologues provocateurs.

Sans plus s'occuper de lui, elle passa dans la pièce voisine et ferma la porte. Des étagères clouées sans souci d'esthétique divisaient les cloisons du réduit. Des grosses bouteilles de plongée peintes au zinc encombraient le sol, telles des quilles mal alignées. Chacune était gonflée à une pression de 200 bars et pesait 13 kilos. Leurs 12 litres comprimés équivalaient à 2 400 litres d'air respirable. On ne s'en servait que pour de petits travaux ne nécessitant aucun éloignement réel. Des masques, des palmes, des combinaisons voisinaient avec des détendeurs de toutes marques. Une boîte de talc avait été renversée. Les flaques parsemant le sol avaient changé son contenu en une bouillie blanche et gluante. Lize jura à voix basse. Tout cela sentait le désordre, le dégoût du travail mal fait. Elle n'ignorait pas que les garçons se déchargeaient sur elle des basses besognes de rangement, et cela l'irritait au plus haut point. L'humidité stagnait dans les combinaisons isothermes, la robinetterie des blocs bouteilles présentait des piqûres de rouille, les plombs de lest avaient été jetés en vrac et l'un d'eux, en rebondissant, avait fêlé la vitre d'un masque. Lize poussa une nouvelle porte. Toute en longueur, l'architecture du bâtiment lui donnait parfois l'impression de se déplacer dans la coursive centrale d'un sous-marin. L'absence de fenêtres renforçait l'illusion.

Elle arriva enfin dans ce qu'ils surnommaient entre eux : *le salon d'habillage.* La pièce donnait directement sur la cour, face à la bouche de métro. Deux casques de cuivre étamé attendaient, posés sur une caisse retournée. C'étaient des grosses bulles de métal, archaïques, luisantes, percées de trois ouvertures grillagées : deux sur les côtés, une au-dessus de la tête. La quatrième, frontale, se dévissait. Un détendeur moderne, à un étage, avait été fixé à l'arrière, et son boîtier inoxydable semblait bizarrement rapporté sur ce heaume vieillot, martelé. Une plaque vissée sur la partie frontale laissait voir l'inscription :

Farson, Englander and Co. Submarine Engineers. Portsmouth (Patent)

Lize toucha le cuivre froid du bout des doigts. Les costumes à volume variable pendaient sur des cintres de bois à bouts ronds, outres épaisses et sans grâce coulées dans un affreux caoutchouc jaune.

Jadis, selon la région, on les appelait les *« peaux de bouc »* ou les *« peaux de cochon »*. David et Nath y avaient substitué – non sans un certain snobisme – le terme anglais *mute.*

Les gros souliers plombés étaient alignés le long des plinthes, bottes monstrueuses qui vous faisaient le pied bot et la démarche éléphantine.

Le compresseur se trouvait, lui, dans la cour, sous un appentis, ainsi que le tuyau d'alimentation d'air sur son dévidoir. La survie du plongeur dépendait de ce cordon ombilical si vulnérable, et pour l'heure semblable à un long serpent endormi.

La jeune femme respira à fond pour chasser le poids

qui creusait sa poitrine, appuyant comme un doigt invisible à la base de son sternum. L'angoisse est l'ennemie du plongeur, pourtant il n'était pas question de remettre la descente à plus tard. Elle inspira, expira. L'odeur du cuivre lui agaça les narines, amenant un goût acide sur ses lèvres. Il lui sembla que tous ses sens se décuplaient. La combinaison de caoutchouc envahissait l'atmosphère avec ses relents de pneu usé. Pour se donner une contenance, elle s'absorba dans la contemplation du panneau de service où chaque tranche horaire était attribuée à un fonctionnaire particulier. Elle signa le bordereau de vacation, consciente d'accomplir un geste inutile. Qui vérifiait encore cette paperasse ?

Dans le cadre *Objet de la mission,* elle écrivit : *Ravitaillement des naufragés prisonniers des poches d'air. Acheminement d'un conteneur de nourriture et de vêtements.*

Puis, elle marcha vers le compresseur, vérifia les manomètres contrôlant le débit de l'air comprimé. Il convenait de les régler de manière que la grosse machine alimente le casque du plongeur à une pression supérieure de 8 à 10 bars à celle de la profondeur de travail. L'Irlandais avait pour attribution de surveiller la bonne marche de l'appareil, mais pouvait-on réellement lui faire confiance ? Elle passa en revue les tubulures, la robinetterie, ainsi que la bouteille tampon garantissant la régularité du flux.

Elle manœuvra le robinet du manodétendeur puis souleva le capot. Connoly avait-il ausculté les filtres d'aspiration, de dépoussiérage, la cartouche de charbon actif ? Elle feuilleta le carnet d'entretien, mais les pages couvertes de gribouillis illisibles ne lui apprirent rien. Avait-on seulement purgé les serpentins ?

Le découragement la submergea et elle laissa retomber le capot articulé. Ce caisson râblé, aux flancs guettés par la rouille, avait l'écrasante responsabilité d'assurer la survie du plongeur en opération.

La jeune femme regagna le « salon d'habillage » en trois enjambées. Opa Connoly s'y trouvait. L'air absorbé, il enduisait de glycérine les poignets du costume de plongée. Lize grimaça. Elle détestait s'introduire à l'intérieur de ce pyjama de caoutchouc qu'il fallait enfiler en force à grand renfort de bourrades et de jurons. Elle avait chaque fois la sensation de se glisser dans la peau d'un mollusque endormi.

Opa l'aida. Il soufflait fort par le nez, et l'odeur de sa sueur se mêlait à celle de son pull crasseux. Lize poussa ses bras dans les manches de la combinaison, essayant de forcer le goulet élastique des poignets badigeonnés d'huile. Lorsque ses mains jaillirent enfin à l'extérieur, elle avait les doigts gluants et la peau irritée.

L'Irlandais la fit asseoir sur le banc de bois, et posa le lourd collet de cuivre sur ses épaules. Le casque viendrait ensuite, qu'on verrouillerait au moyen d'écrous à oreilles. Comme les chevaliers du Moyen Âge les scaphandriers n'étaient pas en mesure de s'habiller seuls.

– Alors, grogna l'homme, tu vas encore nourrir les singes ? Fais attention à ne pas te faire mordre.

– Je déteste quand tu parles des rescapés de cette façon, siffla Lize.

– Il y a quatre ans, c'étaient encore des rescapés,

corrigea Connoly. Maintenant, personne ne sait exactement ce qu'ils sont devenus. Leur comportement est inexplicable. Il a fallu que je vienne ici pour voir ça : des *survivants qui prennent la fuite quand les sauveteurs débarquent !* C'est l'énigme du siècle, non ? Et ça dure depuis trois ans !

Lize serra les dents. Elle n'avait rien à répliquer. Le vieux fou n'exagérait même pas.

La cérémonie du harnachement dura longtemps, ponctuée d'étapes minutieuses : fixation du lest pectoral, bouclage des brodequins plombés. Écrasée par l'addition des charges successives, la jeune femme mobilisait tous ses muscles pour rester droite. Elle savait pourtant qu'en dépit de sa force elle aurait besoin du secours de l'Irlandais pour se redresser.

– Le conteneur de boustifaille est prêt, grommela Connoly. Dépose-le sur le quai et fiche le camp en essayant de ne pas te faire mordre les fesses par les macaques.

Quand la vitre frontale frottée au savon vint obturer le casque, Liza éprouva une brève impression de claustrophobie. La corvée touchait à sa fin. Lorsqu'elle fut complètement harnachée, Opa la souleva par les aisselles et la soutint durant toute la traversée de la cour. Il ne l'abandonna que le temps de raccorder le tuyau au compresseur et de lancer la machine. La jeune femme gonfla ses poumons, aspirant l'air de la bouteille tampon. Son souffle résonnait sous la bulle de cuivre. Elle se sentait lourde, malhabile. Le cordon ombilical la tirait en arrière. Elle se fit l'effet d'un dinosaure, affligé d'une queue interminable. Poussant un brodequin devant l'autre, elle marcha au ralenti vers la bouche de métro. Sous la grande inscription *METROPOLITAIN* la carte des différentes lignes entrelaçait ses sinuosités multicolores. Une plaque émaillée annonçait, elle, le nom de la station : *Hoggart Platz*. Lizzie posa précautionneusement sa semelle plombée sur la première marche. Au bas de l'escalier, l'eau luisait d'un éclat huileux, hostile.

– Hé ! cria Connoly, n'oublie pas ton petit panier puisque tu veux jouer les chaperons rouges !

Du pied, il poussa en direction de la plongeuse le conteneur étanche rempli de conserves emballées sous vide. Un ballon de sustentation permettait de le tirer à la façon d'un chariot flottant.

La jeune femme s'en saisit et descendit une nouvelle marche. Dans son dos le compresseur ronronnait comme un chat qui s'endort.

Elle poursuivit sa descente, attendant avec impatience le moment où le principe d'Archimède la soulagerait du fardeau de l'équipement. L'eau grasse, irisée, plaqua le caoutchouc de la combinaison contre son ventre. Baissant la tête, elle pénétra dans la station immergée. À cet endroit, elle avait encore les yeux au-dessus de la surface. Contrairement à ce qu'on aurait pu croire, le long couloir carrelé menant aux quais n'était pas plongé dans les ténèbres. Les tubes d'éclairage, dans leurs globes étanches, avaient résisté à la catastrophe. Ils dispensaient une lumière blanche dont les reflets frissonnaient au gré des mouvements liquides.

Un panneau émaillé à demi décroché pendait de la voûte constellée de moisissure : *Accès des voyageurs munis de billet*. Liza l'écarta afin qu'il ne heurte pas le tuyau. Un peu plus loin, une plaque rectangulaire égrenait les stations desservies par la ligne. Deux marches marquaient le seuil du couloir, lorsqu'on les descendait on avait la tête sous l'eau. Lizzie adopta sa position de déplacement, le corps penché en avant comme si elle luttait contre le souffle d'une tempête de sable. L'air expiré bouillonnait au sortir de la valve d'évacuation, et la bulle du casque amplifiait ce vrombissement de façon désagréable, lui ajoutant une note métallique. La lumière se diffusait mal au sein de la masse liquide, ses taches dorées, tremblotantes, faisaient songer à des pots de peinture jetés du haut d'un pont et délayant leur contenu au fond d'un lac. C'est du moins la comparaison qui assaillait l'esprit de la jeune femme chaque fois qu'elle traversait ces curieux feux follets liquides que séparaient des zones plus sombres, troubles comme un fond d'aquarium. Le couloir, avec ses carreaux blancs dont les lignes paraissaient onduler à travers le prisme mouvant des eaux stagnantes, avait quelque chose d'onirique. Le lichen s'était lancé à l'assaut des parois, encadrant chaque quadrilatère de faïence d'une fine ligne verte, moussue. Lizzie atteignit une bifurcation. Les affiches constellant les murs avaient mal supporté l'immersion prolongée. La plupart se distendaient en bouffissures molles qu'un simple remous suffisait à faire éclater comme des bulles de savon. Ces lambeaux de papier flottaient ensuite entre deux eaux, à la manière de méduses émiettées. La jeune femme détestait évoluer dans cette forêt de paperasses détrempées qui finissaient par venir se coller sur la vitre frontale du casque. Les turbulences créées par les bulles s'échappant de la valve d'évacuation provoquèrent une confusion extrême au milieu des essaims d'effilochures.

Lize s'arrêta au carrefour. Une cavité de béton surmontée d'un rideau de tôle ondulée trahissait l'emplacement d'une ancienne boutique de journaux. Des panneaux de direction verdis par la mousse jalonnaient les différents itinéraires : *Werdonsk-Mabraü, Artz Pellman, Kaiserin...*

Lizzie continua tout droit, jusqu'au squelette de l'escalator paralysé.

La promenade se terminait là, maintenant commençait la progression en terrain piégé, la descente aux enfers...

Son brodequin de plomb sonna lorsqu'elle en posa la semelle sur la première marche de l'escalier articulé. L'escalator immobile n'était plus qu'une longue coulée de rouille, un accordéon friable mangé par la poussière rouge. Lize déglutit pour chasser l'angoisse qui gonflait sa gorge. Comme chaque fois qu'elle avait peur, l'air avait mauvais goût et le bruit des bulles, dans sa nuque, devenait insupportable. Elle tira sur le tuyau d'alimentation et purgea légèrement la bouée du conteneur pour qu'il l'accompagne dans sa descente.

En bas c'était le quai, avec ses tunnels, ses rails. La lumière qui s'épanouissait sous la voûte carrelée semblait beaucoup plus verte que dans les couloirs. L'eau, moins claire à cause des essaims de bactéries, déformait les perspectives, animant chaque objet d'un frisson permanent. Sièges de plastique et distributeurs de chewing-gum paraissaient trembler d'une peur mal contenue tels des animaux tassés au fond d'une cage.

Lizzie consulta le profondimètre à membrane fixé à son poignet. L'aiguille affichait *moins 11.* Sa consommation d'oxygène était passée de 20 à 40 litres à la minute. Tant qu'elle resterait à ce niveau, elle n'aurait pas à se soucier des paliers de décompression. Elle longea le quai. Dans les distributeurs, les boules de chewing-gum jadis multicolores s'étaient amalgamées pour former un emplâtre gris et mou qui adhérait aux vitres comme un mollusque prisonnier. La station était vide, presque banale. Depuis longtemps on l'avait « nettoyée » de ses cadavres et des objets disparates qui flottaient à la dérive, emplissant tout l'espace d'un invraisemblable capharnaüm. En bout de quai, Lize s'empara de la grosse lampe étanche qu'elle avait coutume de fixer au petit portillon défendant l'accès des voies. Le tunnel s'ouvrait devant elle, caverne ténébreuse sinuant dans le ventre de la cité. S'engager sous sa voûte, c'était plonger en aveugle dans un lac d'encre de Chine, s'abandonner aux maléfices de la nuit aquatique. La jeune femme poussa le contacteur, faisant jaillir un halo jaunâtre dont l'efficacité n'excédait pas dix mètres. C'était comme si elle avait essayé d'éclaircir un baril de goudron au moyen d'un compte-gouttes de peinture blanche. Elle descendit les six marches la séparant des voies. Les rails oxydés tiraient quatre traits sanglants sur le sol spongieux envahi par la mousse et les lichens.

Lize vérifia que rien n'entravait la course du tuyau et plongea dans la caverne. Passé le seuil d'un tunnel, on pénétrait en territoire inconnu, car la faune du métro englouti avait élu domicile au cœur de ces replis obscurs. D'étranges poissons dépourvus de pigmentation jaillissaient d'entre les câbles pour venir manger les bulles rejetées par les plongeurs. Souvent, ils fondaient sur le casque de cuivre, le giflant à coups de queue pour mieux brouter le bouillonnement de la soupape d'évacuation. Cet air chargé de gaz carbonique les enivrait, et il n'était pas rare qu'ils tentent de se fixer sur la boule du heaume au moyen de leur ventouse ventrale. À plusieurs reprises Lize avait regagné la surface coiffée de poissons morts que l'engourdissement de la narcose avait empêchés de fuir.

Hélas, tous les habitants des ténèbres n'étaient pas aussi inoffensifs.

On murmurait d'horribles choses au sujet des rats d'eau, ces rongeurs amphibies qui déchiquetaient le cordon ombilical des plongeurs pour s'introduire à l'intérieur des tuyaux et se gaver d'air. On prétendait qu'ils se cramponnaient comme des diables au tube de caoutchouc, le rongeant avec avidité, puis qu'ils se glissaient dans l'ouverture, la gueule ouverte, les narines frémissantes.

– Alors il peut se produire deux choses, expliquait complaisamment Opa Connoly lorsqu'on sollicitait ses lumières sur le sujet, soit la bête est grosse, et elle bouche le tuyau, soit elle ne l'est pas assez et, dans ce cas, la pression la propulse vers le plongeur ! Elle file comme un projectile poilu à l'intérieur du tube et s'écrase sur le détendeur. Bien entendu la bouillie de tripaille qui en résulte obture complètement la valve et le scaphandrier étouffe aussitôt. On m'a rapporté quelques cas où le rat, dilaté par l'air comprimé, finissait par exploser comme une véritable grenade vivante, déchiquetant le tuyau...

À ce stade du récit il observait généralement une pause avant d'ajouter perfidement :

– Je ne peux malheureusement pas me prononcer en ce qui concerne ces histoires de rongeurs qui, après avoir grignoté les membranes du détendeur, se seraient introduits dans le casque du plongeur pour lui dévorer le visage. Bien sûr, cela paraît un peu fantaisiste, mais avec les rats il faut s'attendre à tout...

Ces légendes savamment distillées emplissaient la jeune femme d'une épouvante sournoise. Il lui arrivait, certaines nuits, de se réveiller en sursaut. Son rêve était toujours le même : une impression de suffocation, puis un *grignotement* dans sa nuque... Enfin le rat surgissait à l'intérieur du casque de cuivre, escaladait sa tête pour rouler sur son front. Masse poilue aux yeux rouges, il se calait contre la vitre frontale et se jetait sur son nez, sa bouche, ses paupières, les entamant à coups de dents. Et Lize restait impuissante, prisonnière du casque. Ses mains ne pouvaient que tambouriner sur le heaume de cuivre, s'arracher les ongles aux hublots, s'égratigner sur les écrous de fermeture.

Lorsqu'elle reprenait pied dans la réalité, elle était généralement en sueur, garrottée par les draps entortillés. Elle passait alors le restant de la nuit à maudire Opa.

Mais les certitudes de l'état de veille se délitaient à la vitesse d'un journal mouillé une fois qu'elle arpentait les tunnels inondés, et il lui arrivait de s'immobiliser, le dos à la paroi, les tempes battantes, parce qu'il lui avait semblé percevoir l'écho d'un grignotement ténu quelque part derrière elle. Quelque part dans la nuit liquide...

Quel crédit fallait-il accorder à de telles fables ? Elle n'en savait rien. Elle ne doutait pas cependant de l'existence des rats et de leur détestable manie de s'en prendre au cordon d'alimentation ; elle ne pensait pas, toutefois, qu'ils fussent capables de s'introduire dans les tuyaux. La pression des bulles s'échappant de la déchirure les en eût empêchés, non ? C'est du moins ce dont elle essayait de se convaincre...

Les rats ne constituaient pas, hélas, le seul danger des galeries obscures. Il fallait compter avec la « vase ciment » ce dépôt tapissant le fond, à certains endroits, et dans lequel on piétinait sans méfiance. La boue, sitôt qu'on la remuait, entamait un processus de durcissement, emprisonnant les pieds du scaphandrier dans un socle inébranlable.

– C'est un phénomène d'une grande simplicité, répétait Connoly dès qu'on évoquait ce danger. Lors de l'inondation on a essayé d'aveugler les voies d'eau au moyen de produits colmatants au pouvoir adhésif proprement fabuleux. Une substance utilisée par la NASA pour boucher les trous ouverts dans les navettes spatiales par les météorites. Des centaines de flaques de cette merde se cachent sous la vase. Si vous avez le malheur d'y poser le pied, vous vous retrouverez scotché sur place, comme un cafard dans un piège à glu.

Lize l'avait appris à ses dépens. Par bonheur, seules ses semelles plombées étaient restées collées au fond. Elle avait pu échapper à l'étreinte du marécage en gonflant sa combinaison, ce qui l'avait propulsée en haut de la voûte. Tous les plongeurs n'avaient pas cette chance et beaucoup demeuraient cimentés au fond d'un tunnel, les jambes scellées dans un bloc aussi solide que le béton.

La jeune femme leva son poignet dans le halo de la torche. Elle marchait depuis vingt minutes, il lui faudrait encore une heure pour atteindre le havre de lumière de la station suivante, avec le retour cela représentait plus de trois heures d'immersion. Elle fit le vide. Les ténèbres et la solitude éveillaient en elle des relents de claustrophobie. C'était dangereux. Seul le contact du tuyau, son poids dans sa nuque, la rassurait. Cordon ombilical, il se faisait fil d'Ariane au cœur du labyrinthe englouti. Elle n'était qu'un fœtus, un fœtus d'acier perdu dans le ventre monstrueux du métro submergé.

Alors qu'elle avait parcouru la moitié du chemin, le sol accusa une brusque déformation. Les rails, tordus à 45°, se lançaient à l'assaut d'une sorte de colline. Lize baissa la tête. Bouleversé par l'explosion, le tunnel s'était tordu à la manière d'un tuyau de plomb. Sa géographie en avait été rehaussée comme sous l'effet d'un coup de poing venu d'en bas. La jeune femme prit appui sur les traverses des rails. L'aiguille du profondimètre remontait. Bientôt elle afficha *moins 9, moins 8, moins 7...*

Une lumière diffuse diluait les ténèbres, annonçant le bout du tunnel. Lize se pencha, s'aidant des rails comme elle l'aurait fait des montants d'une échelle. Un plongeur qui rejoint la surface ne doit jamais dépasser la vitesse moyenne de 20 mètres/minute, mais la jeune femme engoncée dans sa carapace d'acier et de caoutchouc avançait plus lentement encore. La luminosité augmentait ; la nuit des galeries se délayait au fur et à mesure que la pente gagnait en raideur. Lize renversa la tête. Au-dessus d'elle, l'eau avait pris l'aspect du mercure, annonçant la proximité de la surface. Le casque de cuivre creva enfin ce miroir liquide pour jaillir entre les deux quais, juste en face du panneau *Hovernon-Salem. Direction Hogarten Zentral.*

Semblable à ces grottes sous-marines au cœur desquelles on trouve d'étranges poches d'air, la station était une bulle résistant à l'inondation. Un espace palpitant et précaire au territoire toujours menacé. Les couloirs comblés par les explosions, les accès obturés par des flots d'argile grasse avaient accidentellement façonné une espèce de cloche que l'air n'avait pas pu fuir lors de la montée des eaux. Opa Connoly estimait que des dizaines de poches de survie parsemaient le réseau ferré englouti. Des bulles, subsistant à des profondeurs plus importantes encore, enclaves fragiles qu'un rien pouvait rayer de la carte des tunnels.

– Il ne faudrait pas grand-chose, murmurait parfois l'Irlandais, il suffirait d'une faille dans la voûte, d'un trou brusquement ménagé dans la coupole de glaise durcie qui assure l'étanchéité de la cloche, et l'air s'enfuirait à gros bouillons. Aussitôt le niveau de l'eau monterait, submergeant les quais. La poche rétrécirait à vue d'œil. En quelques minutes la station ne serait plus qu'une grotte sous-marine de plus.

Lizzie se laissa porter par le flot. Le niveau liquide affleurait les quais, donnant à l'endroit l'allure d'un égout. Le taux d'humidité avait favorisé l'extension des champignons et des moisissures. Le carrelage de la voûte disparaissait sous la fourrure blanchâtre des lichens. La jeune femme posa son menton sur le poussoir commandant le gonflage de sa combinaison. En dix secondes le costume prit les proportions d'un bibendum et Lize se mit à flotter avec autant de facilité qu'une bouée. Le plus dur était de se hisser sur le quai et d'y haler le conteneur de ravitaillement. Tâtonnant du bout des brodequins, elle chercha à localiser les marches du petit escalier réservé d'ordinaire au personnel chargé de l'entretien des voies. Sortir de l'eau sans aide constituait une véritable prouesse. Elle s'arc-bouta du mieux qu'elle put, s'arrachant au canal, après quoi elle entreprit de tirer sur le quai le tube rempli de conserves.

Le conteneur de la semaine précédente avait été ouvert, puis traîné jusqu'aux sièges de plastique jalonnant la paroi. Les paquets bruns des rations de survie avaient été éventrés sans la moindre précaution et de nombreuses tablettes, réduites en poudre, formaient sur le sol humide des flaques de bouillie à présent fermentée. On n'avait pas touché aux vêtements, Lize le nota. Les treillis, les blousons étaient toujours dans leurs emballages. Même chose pour les souliers et les produits de toilette : rasoirs, tampons périodiques, eau de Cologne.

La jeune femme s'adossa à un distributeur de chewing-gum brisé. Elle avait le souffle court et les oreilles bourdonnantes. Le spectacle du conteneur ravagé l'emplissait d'un malaise indéfinissable. Elle avait l'impression qu'une horde primitive s'était abattue sur le colis, le pillant à coups de pattes maladroits, sans souci du saccage. « *Une cantine dévastée par une troupe de singes !* » songea-t-elle. Le quai était jonché d'excréments. On s'était soulagé au hasard, sans discipline, allant même jusqu'à couvrir les sièges de déjections. La jeune femme inventoria le contenu du tube cabossé. Elle ne s'était pas trompée. À part les tablettes et la nourriture sous cellophane, on n'avait touché à rien, comme si vêtements, souliers, savons et médicaments étaient désormais superflus. Elle hésita, tira sur son tuyau pour gagner un peu de champ. Elle était inquiète. Les hublots du casque limitaient sa vision et elle découvrait le paysage de la station par bribes successives. Elle se demanda si elle devait appeler pour signaler sa présence. Il lui sembla qu'une ombre sautillante se profilait dans le couloir d'accès au quai, juste au-dessous du panneau des correspondances. Elle se décida finalement à crier un banal « Y a quelqu'un ? » étouffé par le casque, et auquel personne ne répondit.

D'autres ombres envahirent le couloir, s'amalgamant autour de la première. Lize les trouva trop courbées pour être humaines. Leur maintien avait quelque chose de simiesque.

Les naufragés ne viendraient pas, inutile d'insister. D'ailleurs elle n'avait eu aucun contact avec eux depuis trois ans. Dès qu'elle arrivait, remorquant les provisions de la semaine, ils partaient se terrer au fond des galeries. Jamais elle ne les avait entendus parler. Opa lui avait déconseillé d'aller à leur rencontre.

– Ne fais jamais ça ! avait-il marmonné, ces types respirent de l'air pourri depuis des années. Leur cerveau a subi de graves préjudices. Nul ne sait ce qui peut leur passer par la tête. Ils ont régressé. À mon avis, ils ne valent guère mieux que des bêtes. Pourquoi crois-tu qu'ils fichent le camp en nous apercevant ? Des gens normaux se précipiteraient pour nous sauter au cou, eux non. Tu trouves ça normal ? On n'a jamais entendu parler de naufragés qui refusent d'être secourus.

Lize hésita, les nerfs tendus. Devait-elle s'enfuir sans demander son reste ?

Les ombres se rapprochaient.

Celle qui venait en tête se déplaçait à quatre pattes.

Par moments, elle se figeait aux aguets, puis reprenait sa reptation hésitante. Lize battit pesamment en retraite, maudissant le raclement des brodequins plombés qui creusaient des éraflures sur le quai. Elle avait peur. Peur qu'on se jette sur elle pour la renverser, qu'on déchire son costume, qu'on lacère le tuyau d'alimentation...

Handicapée par le poids du scaphandre, elle n'était pas en état de soutenir un affrontement. Au moindre choc elle roulerait sur le sol, son casque sonnerait durement sur le ciment et ses hublots s'étoileraient, la rendant aveugle.

Elle sauta dans l'eau avec une grâce de pachyderme, soulevant une grande gerbe d'éclaboussures. Le lest dont elle était chargée l'attira aussitôt vers le fond. Cependant, une seconde avant de couler, elle eut le temps de distinguer une main qui – sortant de la tanière du couloir – se tendait vers le conteneur. Elle était d'une saleté repoussante et chacun de ses doigts se terminait par un ongle long et ébréché qu'on ne pouvait s'empêcher de comparer à une griffe.

Psychose hallucinatoire

Depuis quelques secondes, les yeux d'Esther Krautz avaient rétréci derrière le double écran de ses lunettes.

– Contrairement à ce qu'on raconte, murmura Lize, il y a des rescapés. Ils sont prisonniers des poches d'air qui se sont formées sur le réseau. Le problème, c'est qu'ils refusent tout contact avec nous. Mon travail consiste à les ravitailler. Vous comprenez ? Je vais de station en station pour leur apporter de quoi manger.

Esther demeurait silencieuse.

– Je vois, fit-elle d'un ton où perçait une certaine irritation. Ils sont prisonniers d'une « poche », comme un bébé l'est d'un placenta. En quelque sorte, ils ne veulent pas naître. Vous les nourrissez comme une mère alimente l'enfant qu'elle porte dans son ventre.

Lize se tut, douchée. Elle savait ce qui allait suivre.

– Ils ne veulent pas sortir du ventre maternel, insista Esther Krautz. Et vous devez vous en occuper. *Comme vous vous occupiez de Nacha, c'est ça ?* Vous étiez un peu sa maman. Elle était votre sœur... et votre fille, d'une certaine manière.

– C'est vrai que j'ai dû veiller sur elle, admit Lize en ayant conscience de s'égarer. Nos parents étaient des gens adorables mais... défaillants du strict point de vue parental. Des bohèmes, des artistes coupés du réel. Je vous ai déjà raconté tout ça. Nous avons eu une enfance merveilleuse mais parfaitement handicapante.

– Je voudrais que nous réfléchissions sur votre apparence physique, contre-attaqua Esther. Vous êtes très musclée, trop pour une femme. Vous faites du *body building,* comme si vous vouliez annuler votre féminité... voire devenir un homme.

– Je ne suis ni lesbienne ni transsexuelle.

– Je sais. Je pense qu'inconsciemment vous vouliez être tout à la fois le père et la mère de Nacha. Un couple parental à vous toute seule.

– Je suis musclée parce que j'ai beaucoup nagé. J'ai débuté comme plongeuse à la brigade fluviale. Je pataugeais dans la vase pour récupérer les noyés, les suicidés, les cadavres broyés par les hélices des bateaux. C'était un sale boulot dont les jeunes recrues ne voulaient pas, c'est d'ailleurs comme ça que je l'ai eu. Ensuite, il y a eu la brigade des scaphandriers. Avez-vous une idée de ce que pèse un équipement de « pieds lourds » ? Si je n'étais pas musclée je m'effondrerais.

Esther fit la moue, montrant qu'elle n'était pas dupe.

– Vous rationalisez, lâcha-t-elle avec un sourire en coin. Vous présentez les choses à l'envers. Votre choix professionnel a été directement orienté par vos problèmes de maternité déplacée. Ne pourrait-on pas dire que pendant toutes ces années vous avez été perpétuellement enceinte de Nacha, avec l'espoir de la refondre dans le moule de votre matrice personnelle ? Vous vouliez corriger le travail de vos parents. De même qu'un policier est là pour corriger les erreurs sociales.

Lize se leva, elle en avait assez.

– Vous ne m'écoutez pas, soupira-t-elle. Je voulais vous parler des rescapés qui se cachent. J'attendais que vous m'expliquiez ce qui peut pousser les survivants d'une catastrophe à se conduire ainsi. Pourquoi refusent-ils de remonter à la surface ?

Esther Krautz prit une expression peinée qui la vieillissait de dix ans.

– Liza, dit-elle d'un ton « médical », *vous savez bien qu'il n'y a pas de survivants.* Ces rescapés n'existent que dans votre imagination. Personne ne peut se dissimuler trois ans dans une poche d'air. Reprenez-vous, acceptez de travailler sérieusement avec moi ou je serai forcée de réclamer une mise à pied pour dérèglement psychique.

Lize enfila son imperméable et quitta la pièce.

La statue assassinée

Le pont surplombait la maison, la dominant comme une arche de ciment. Pour une obscure raison, les architectes chargés d'établir le tracé de l'autoroute n'avaient pu obtenir des services de la municipalité l'autorisation de raser cette bicoque de brique rouge qui contrariait leur avance. Il avait fallu se résoudre à bâtir un dos d'âne qui l'enjambait, la dominant telle une voûte grise de temple païen. Ce toit courbe, que la ruée permanente des voitures faisait vibrer, jetait son ombre gigantesque et rectiligne sur la villa, la privant à jamais de la lumière du soleil.

Lize avait fini par s'habituer à cette grisaille qui la contraignait à allumer l'électricité à 3 heures de l'après-midi. De temps à autre, une voiture lancée à pleine vitesse crevait le parapet et plongeait dans le vide pour aller s'écraser, vingt mètres plus bas, dans le jardin entourant la villa. Lize était alors réveillée par le fracas de l'impact et les flammes de l'incendie qui ne manquait jamais d'en résulter.

Avec le temps, les accidents hebdomadaires avaient érigé un mur de ferraille tout autour de la maison. Le jardin s'était peu à peu changé en cimetière de voitures ; et les carcasses empilées les unes sur les autres avaient formé une sorte d'enceinte circulaire que la pluie et la rouille avaient saupoudrée d'un vilain rouge oxydé. Au centre de cet anneau de tôle mâchée la villa se dressait, fragile, avec ses volets écaillés, sa véranda striée de fêlures, ses ardoises manquantes. Le propriétaire ne voulait ni la vendre ni l'habiter. La bâtisse n'attirait guère les locataires car on ne pouvait s'empêcher de penser qu'un jour ou l'autre un poids lourd en chute libre ricocherait sur l'une des arches du pont pour terminer sa course au beau milieu de la chambre à coucher. Le loyer, pratiquement symbolique, convenait parfaitement au maigre salaire de Lize.

La jeune femme laissa retomber le pli poussiéreux du rideau et se détourna de la fenêtre. Le centre de la pièce était occupé par un matelas à rayures bleues sur lequel reposait la grosse chenille molle d'un sac de couchage de l'armée. Des piles de livres encerclaient la couche. Des romans sentimentaux mais aussi des ouvrages techniques, ainsi que des revues de *body building* copieusement tachées de café.

Depuis son entrevue avec la psychologue Lize ne décolérait pas. Il fallait qu'elle parle à quelqu'un. Quelqu'un qui l'écouterait. Elle se décida à décrocher le téléphone pour former le numéro de Tropfman. L'espace d'une seconde, elle l'imagina, debout dans sa boutique minable, occupé à brosser un caniche, des poils de chien plein les vêtements, et faillit raccrocher.

Il répondit à la première sonnerie, signe qu'il ne devait pas être débordé. Elle n'eut pas à se présenter, il identifia immédiatement sa voix.

– C'est dur, hein ? dit-il. Toi, tu as vu encore un sale truc.

– Oui, ça s'est passé il y a trois jours, je...

– *Ne me raconte pas,* coupa Tropfman. Je ne veux plus entendre parler de tout ça. Je m'en suis sorti de justesse avant de devenir dingue. Je ne veux pas replonger. Tu devrais m'imiter. T'es encore jeune. Tire-toi de ce merdier.

Il accentuait curieusement ses phrases, comme s'il essayait de leur donner un double sens.

– Écoute-moi, chuchota-t-il, Zac et le gros Manfred, tu te souviens d'eux. Ils ont été mis à la retraite en même temps que moi. Ils se sont *sui-ci-dés.* Peut-être qu'ils en avaient trop vu, hein ? Que ça les a *tués*...

Encore une fois, Lize eut l'impression désagréable que son interlocuteur tentait de lui transmettre un message codé.

– Je t'appelais pour autre chose, improvisa-t-elle. Tu te rappelles ma sœur, Nacha... Elle vivait avec une fille, une copine. Gudrun Straub. Elles partageaient la même piaule et la même guitare. Nacha chantait le jour, Gudrun la nuit. Saurais-tu ce qu'elle est devenue ?

– Pourquoi ? grommela Tropfman tandis que des aboiements lointains éclataient dans l'écouteur.

– Je voudrais voir si elle a conservé des objets appartenant à Nacha. Des souvenirs. C'est... C'est pour mes parents.

– *Mouais*..., fit l'homme. T'as pas encore réussi à tirer un trait là-dessus, hein ? T'es mal barrée, ma grande.

– Alors ?

– La dernière fois que j'ai entendu parler d'elle, elle

vivait dans un squat, du côté de Werdonsk-Mabraü. L'ancien immeuble de la Compagnie Ziegler, tu vois ?

– Oui.

– Fais gaffe, c'est de la mauvaise graine. Toute jeune et déjà pourrie à cœur. Encore une qui fera pas long feu. Bon, je bavarderais bien mais les chiens m'appellent. À une autre fois, peut-être.

Il semblait pressé de raccrocher. Lize n'insista pas.

Brusquement, alors que son regard effleurait de vieilles photos punaisées au mur, la jeune femme ne put s'empêcher de penser à la maison familiale, la propriété d'Oldenburg, avec sa statue défigurée dressée au milieu des fougères.

« Mon Dieu ! se dit-elle, c'est sûrement là que tout a commencé. C'est là que j'ai pris Nacha sous ma protection, parce que ni Papa ni Maman ne faisaient attention à nous. »

Elle aurait voulu endiguer ce flot qu'elle sentait monter, cette hémorragie mémorielle. Ce « mal des vieux », comme elle avait coutume de l'appeler, mais la logorrhée du passé finissait toujours par submerger son esprit, comme... *comme une inondation,* alors elle se laissait emporter par le courant.

– Mes parents ? avait-elle dit un jour à Esther Krautz. Ils ne vivaient pas sur cette planète. Une petite rente, qui venait de mon grand-père paternel, les dispensait de travailler. Rien de fabuleux, mais cela leur suffisait. En fait, ils vivaient dans leur tête.

– Dans leur tête ? répéta Esther selon une technique éculée.

– Oui. C'étaient des intellectuels... Ils se payaient de

mots, se gavaient de discussions interminables. L'art, l'avenir de la peinture, la mort de la civilisation, tout ça... Pendant ce temps-là, je lavais, j'habillais et je faisais manger ma sœur. J'avais 10 ans, elle 8. Notre mère avait vite cessé de nous trouver amusantes. Peut-être parce que nous n'avions aucun talent précoce à exhiber en société. Elle disait de moi : « Lize est courageuse, mais on voit bien qu'elle ne sera jamais intelligente. Espérons que nous aurons plus de chance avec Nacha, mais elle a déjà 8 ans et ne semble douée pour rien. C'est triste. »

La maison, oui... La maison du crime.

La maison d'Oldenburg se dressait face à la plage, avec ses colombages grignotés par le vent et le sel, sa terrasse parsemée de chaises longues décolorées, son vacarme aux relents d'huile solaire. Le grenier constituait le seul endroit où Lize et Nacha se sentaient bien. Peut-être parce que l'architecture de poutres et de tuiles ressemblait à une île déserte perdue loin des adultes et de leurs jacasseries incessantes ? Les deux fillettes s'y tassaient au fond d'un fauteuil de bambou desséché qui craquait à chaque mouvement, les pieds posés sur le cuir couturé d'une vieille selle. Le coffre à portée de la main. *Le coffre...* Elles en soulevaient le couvercle comme elles l'auraient fait de la dalle d'un tombeau. Sur le dessus, masquant les rangées de livres, s'étalait un morceau de caoutchouc gris, fripé par les ans. Une peau d'animal énigmatique à ne toucher qu'avec précaution.

– Un morceau de ballon dirigeable, avait précisé Papa avec une moue amusée, un fragment du *Hindenburg,* pour être exact.

Il expliqua aux deux fillettes que l'aérostat en question avait connu une fin tragique à l'aube d'une quelconque guerre mondiale, précipitant ses passagers dans les flammes au terme d'un mystérieux sabotage. À la suite de ce récit, Lize n'avait plus manipulé la morbide relique qu'avec un infini respect. Dessous se cachaient les livres... L'intégrale de la collection publiée par son grand-père, l'éditeur forain, pendant trente ans, soit plus de mille fascicules aux couvertures effritées, jaunies ; aux illustrations barbouillées de couleurs trop vives.

– De la littérature de colporteur, disait souvent Papa avec mépris. Du feuilleton populaire comme les kiosques en dégorgeaient à cette époque !

Mais les fillettes, sans l'écouter, extrayaient les minces plaquettes une à une, examinant les couvertures avec un soin jaloux.

... Un escalier obscur que descend une jeune femme en chemise de nuit, l'air effrayé, brandissant une bougie à la trop faible lueur. Sous ses pieds l'une des marches s'est ouverte comme une trappe, laissant passer une main décharnée qui lui saisit la cheville. Avec, au-dessus, la mention : Le retour du Docteur Squelette !

Le plancher d'une chambre à coucher qui bascule comme un simple couvercle, projetant les dormeurs au fond d'une fosse garnie d'épieux. Et le titre : Les invités du Docteur Squelette !

Lize puisait dans cette iconographie malhabile avec une infernale jubilation, se gorgeant des tristes aventures de ce Fantômas du pauvre, de ce savant au visage momifié par des Indiens patagons, et dont la peau épousait si étroitement les os du crâne qu'elle évoquait irrésistiblement une tête de mort !

Elle en oubliait ses parents, leurs discussions incompréhensibles, leurs disputes à propos de théories esthétiques auxquelles leurs filles ne comprenaient pas un traître mot. Rien ne comptait plus que ces feuillets craquants entre ses doigts, que les lignes de gros caractères si semblables à ceux de ses livres de lecture scolaires.

Et le diabolique médecin inventait une pilule lui permettant de changer de sexe à volonté, ce qui l'autorisait à revenir en toute impunité sur les lieux de ses crimes, à échapper à ses poursuivants en se métamorphosant en vieille femme...

Il y avait aussi Hurlemort, la ville maudite, où chaque jardin était un cimetière, chaque voiture un corbillard.

Le tunnel fantôme avalant les trains les nuits de pleine lune, et aussi...

Elle lisait à voix basse pour Nacha, recroquevillée sur un vieux canapé. Elle lisait en « mettant le ton », jusqu'à la migraine, jusqu'à l'assoupissement. Jusqu'à ce que l'obscurité emplisse le grenier et noie ses mains dans l'ombre, alors elle refermait le coffre, soulevait dans ses bras sa petite sœur endormie et redescendait chez les « artistes ».

Trois étages plus bas, elle retrouvait ses parents et leurs amis, le rire et l'invective, tour à tour, à la bouche, déclamant des poèmes ou s'excitant en d'étranges jeux littéraires. Ils buvaient beaucoup, chantaient, dansaient, lançaient mille projets grandioses dont aucun ne verrait le jour. Le matin, c'était un roman polyphonique qu'on écrirait à plusieurs mains ; le soir un opéra ou une pièce de théâtre, ou encore un ballet. Ils étaient tellement talentueux que rien ne leur faisait peur.

Lize, elle, allait coucher Nacha et s'étendait près d'elle, tandis que les braillements des invités retentissaient à travers les portes closes, jusque tard dans la nuit. Il n'était pas rare qu'aux premières lueurs de l'aube, des couples nus se poursuivent dans le parc, entre les arbres.

– Qu'est-ce qu'ils font ? demandait Nacha. Ils jouent à cache-cache ?

– Je ne sais pas, mentait Lize.

– Ça a l'air rigolo, s'esclaffait la petite. Je ferai pareil quand je serai grande.

– Non, grondait Lize, ce sont des imbéciles. Des bons à rien. Plus tard, on vivra toutes les deux ensemble, on ne se séparera jamais. Je veillerai sur toi, je te protégerai.

La villa avait une histoire. Un siècle auparavant, un acteur de théâtre fort connu, le Grand Hanafosse Guthbrand, y avait été assassiné pour des raisons mystérieuses. Malgré des recherches intensives on n'avait jamais découvert le coupable, et, durant des mois, l'affaire avait fait la « une » des journaux.

Il fut établi (Lize l'apprit grâce aux quotidiens jaunis dénichés dans la malle) que la victime avait été empoisonnée à 8 heures du matin, mais que sa robuste constitution résista à l'effet du poison au-delà des limites communément admises. Effrayé, l'assassin lui tira alors une balle en pleine poitrine. Malgré cela, le Grand Hanafosse trouva la force de remonter de la cave où on l'avait jeté, et de poursuivre son meurtrier à travers le parc. C'est alors qu'à la hauteur de la grille d'entrée, et sans doute pour faire cesser les cris du moribond, le criminel l'égorgea d'un coup de rasoir. On s'était perdu en conjectures sur l'identité de l'assassin : maîtresse délaissée ? Auteur dramatique éconduit ? Comédien jaloux ?

Toujours est-il que six mois après la clôture de la succession, un forain astucieux (le grand-père de Lize et de Nacha) achetait la maison pour une bouchée de pain. Il eut l'idée de retracer les divers épisodes de cette triste aventure au moyen de statues de plâtre grandeur nature disséminées à l'intérieur du parc et du bâtiment. Moyennant un droit d'entrée, on pouvait suivre, séquence par séquence, la mort du Grand Hanafosse.

Dans la salle à manger, un mannequin de la taille d'un homme adulte portait à sa bouche une tasse de porcelaine. Derrière lui, l'assassin figuré par une statue au visage lisse, sans yeux ni lèvres, glissait dans la poche d'un vêtement ample, informe, et pouvant appartenir indifféremment à l'un ou l'autre sexe, une petite fiole emplie d'un liquide noir. Près de la porte menant à la bibliothèque, une troisième sculpture montrait le comédien vacillant, la main plaquée sur son sein, et se retenant au chambranle. Toute la maison se trouvait ainsi jalonnée par l'étrange procession de ces pantins funèbres aux doigts lisses, d'une blancheur cadavérique.

Hanafosse émergeant de la cave, cramponné à la rampe d'escalier, avec sa chemise déchirée et sa poitrine crevée par la balle (à cet endroit on avait aspergé les marches de grandes flaques de peinture rouge !). Hanafosse se traînant dans les buissons du parc, les yeux révulsés, vitreux, et poursuivant l'assassin sans visage, ce monstre anonyme qui courait vers la grille dans une lourde envolée de cape. Puis, tout près du mur d'enceinte, le dernier tableau : le criminel à la figure vide, sabrant l'air de son rasoir, pour ouvrir une blessure béante dans la gorge du malheureux.

L'attraction connut un succès fabuleux. En achetant la maison, le grand-père de Lize avait eu dans l'idée de réaliser une opération publicitaire dont l'écho ne manquerait pas de rejaillir sur ses publications populaires. Les brochures ne mentionnaient-elles pas au-dessus de l'adresse des éditions : « Le seul éditeur de feuilletons policiers à vivre sur les lieux mêmes du plus grand crime parfait de l'histoire ! » ?

Lorsqu'ils héritèrent de la bâtisse, les parents de Lize et de Nacha eurent à cœur de ne rien changer.

– C'est trop dément ! ne cessait de répéter leur mère. Tellement kitsch que ça en devient génial. On fera des fêtes géniales dans un décor pareil !

Les sinistres sculptures demeurèrent donc, à leur place, émergeant des taillis, blanchies par les pluies et les intempéries, spectres de plâtre aux contorsions mélodramatiques. Nacha et Lize avaient appris à les considérer comme de grandes poupées familières. Elles s'étaient même donné pour mission de les nettoyer. Nacha, du haut de ses 8 ans, aimait jouer au guide : « Là, c'est quand l'assassin lui tire une balle dans la poitrine, expliquait-elle à ses visiteurs imaginaires, on aperçoit même le pistolet, si on glisse une cigarette allumée dans le canon, ça fume, et on a l'impression que le coup vient d'être tiré ! C'est ça qu'on appelle des effets spéciaux. »

Les deux sœurs se pressaient, moites et chuchotantes, épiant les bribes tragiques de ce musée des horreurs : l'arme brandie, la chemise déchirée par l'impact de la balle et déjà rougie de plusieurs litres de sang...

Souvent, elles couraient à travers le parc, s'égratignant les mollets aux ronces, se frayant un chemin au milieu des broussailles en direction des dernières statues décolorées. À maints endroits la végétation avait déjà recouvert le corps d'Hanafosse rampant dans les hautes herbes, et, en automne, il n'était pas rare de ne retrouver de ce demi-cadavre qu'une main crispée au-dessus des feuilles mortes, telle celle d'un noyé à la crête d'une vague.

La séquence de l'égorgement était, bien sûr, celle qu'elles préféraient entre toutes. Plus d'une fois Naszia émit l'idée de casser le poignet tenant le rasoir pour l'emporter à l'école afin d'impressionner les garçons, et Lize eut le plus grand mal à l'en dissuader.

Le grenier de la maison d'Oldenburg, le parc, clos, repliés sur leurs rituels. C'est là que les choses avaient commencé à s'organiser en une synthèse puissamment vénéneuse.

C'est là que Lize avait compris que leurs parents ne seraient jamais de vrais adultes, et qu'elles devraient, Nacha et elle, se débrouiller toutes seules.

« J'aurai un métier sérieux, moi, se répétait-elle à 14 ans. Je n'aurai pas peur des choses du vrai monde. »

Hélas, rien n'avait fonctionné comme prévu. Nacha lui avait échappé, petite anguille de plus en plus fuyante. Elle avait pris ses distances... À tel point que les deux sœurs avaient fini par se perdre de vue.

– Finalement, elle a fait comme elle avait dit. Elle a joué à cache-cache... *avec moi,* avait déclaré Lize à Esther Krautz. Elle ressemblait beaucoup à notre mère, elle se prenait pour une artiste. Elle commençait mille choses et ne finissait rien, jamais. Les cours de chant, de musique... L'opéra, la chansonnette, tout y passait, sans résultat. À la fin, elle chantait dans le métro... et elle y est morte.

*

Lize dut faire un effort prodigieux pour s'arracher à sa lente dérive mentale. Il faisait nuit. Le vent s'acharnait sur un volet mal fixé.

La lumière coulait comme de l'huile sur le carrelage du couloir.

Abandonnant le téléphone, elle prit la direction de la salle de bains. Au passage, ses pieds nus bousculèrent la fragile architecture des livres entassés. Après avoir drapé le peignoir d'éponge sur ses épaules, elle alluma l'unique ampoule éclairant le cube carrelé où trônait une baignoire sabot antédiluvienne. Un radiateur de fonte glougloutait dans un coin, dispensant une chaleur acceptable. Lize se débarrassa du peignoir et s'examina dans la glace suspendue au-dessus du lavabo. Elle avait un joli visage volontaire que des cheveux blonds coiffés en brosse courte n'arrivaient pas à enlaidir. Elle tourna les robinets, éveillant un affreux vacarme à l'intérieur du réseau de canalisations. Appuyée au lavabo, elle attendit que la baignoire daigne se remplir, mais l'eau devint rouge, et elle renonça. Elle devrait, une fois de plus, se contenter d'une toilette rapide. Elle se détailla dans le miroir. Esther Krautz avait raison : elle avait un corps trop musclé pour une femme. Ses abdominaux saillants, ses cuisses noueuses, l'empêchaient d'être belle. De même ses épaules trop larges, presque viriles, annihilaient le désir. Nue, elle donnait l'impression d'une magnifique bête de gymnase. On avait envie de la voir courir, bondir, soulever des poids... pas de la coucher sous soi pour la pénétrer. En face d'elle, presque tous les hommes ressentaient cette sorte d'inhibition, elle le savait. L'un de ses rares amants lui avait déclaré un jour : « Ça n'a rien d'emballant de se coucher sur un colosse ! Quand la lumière est éteinte, j'ai l'impression de peloter un Monsieur Muscle ! »

La vapeur montant du lavabo avait changé la glace en un rectangle de brouillard. Lize appliqua sa paume sur le verre pour nettoyer un espace large comme la couverture d'un livre de poche. Dans ce rectangle humide aux reflets d'eau elle examina ses yeux. Des veinules anormalement développées les parcouraient. Elle jura à voix basse, et effleura la peau de ses seins et de son ventre du bout des doigts. Tout de suite elle repéra le contour des plaques rouges gonflant son épiderme. Les marbrures semblaient moutonner sur sa chair. Dès qu'elle les toucha, elle éprouva une intense sensation de démangeaison. Elle savait parfaitement que ces anomalies trahissaient les petits accidents de décompression qu'elle subissait chaque jour sans y prendre garde. Les bulles d'air microscopiques stockées lors de la remontée finissaient par stagner à l'intérieur de son corps, créant de véritables poches qui entravaient la libre circulation du sang. Tous les plongeurs professionnels connaissaient ce genre de désagrément.

Elle fit basculer le couvercle métallique de son coffre à pharmacie, en tira une pommade à la cortisone dont elle enduisit chaque marbrure. En argot professionnel, on appelait ça des *moutons*.

La voix de la psychologue résonna dans sa tête :

« Lize, savez-vous pourquoi vous vous cramponnez de manière compulsive à cette histoire de rescapés fantômes ? Parce que vous ne voulez pas admettre que Nacha est morte noyée le jour de la catastrophe. Vous préférez l'imaginer prisonnière des tunnels. Dans votre esprit, elle est quelque part, dans l'une des poches d'air... et elle vous appelle au secours. Voilà pourquoi vous accordez tant de crédit à ces légendes urbaines sans fondement. Vous continuez à la chercher. Vous refusez le travail de deuil, vous êtes en train de devenir psychotique. Dans peu de temps vous entrerez dans la phase hallucinatoire... *si ce n'est déjà fait.* »

Psychose hallucinatoire

– J'ai bavardé avec le maire, au cours d'un déjeuner officiel, déclara Esther Krautz. Il considère l'éventualité d'une survie souterraine comme nulle. Il estime que tout ce qu'on raconte au sujet des rescapés prisonniers des poches d'air relève de la légende urbaine. Lize... Je voudrais attirer votre attention sur un point important. Vous êtes la seule femme à travailler dans cette équipe. Il n'est pas impossible que vous soyez victime d'une mauvaise blague de la part de vos collègues. L'humour des hommes reste assez « potache », vous le savez bien. Je voudrais vous mettre en garde. Êtes-vous certaine de ne pas faire les frais d'une mise en scène de mauvais goût ? À votre place, je me montrerais circonspecte.

Cache-cache

Pendant deux ans, Nacha s'était évaporée dans la nature. Ses parents n'en avaient conçu aucune inquiétude.

– Il faut que jeunesse se passe, répondait rituellement Magda Unke, sa mère, quand Lize lui faisait part de ses angoisses. Lorsque nous avions votre âge, ton père et moi, nous sommes partis au Népal les mains dans les poches ! Tu imagines un peu ! Nacha a besoin de se construire en faisant des expériences. Il lui fallait de l'air, c'est normal, tu la couvais trop.

Lize ne partageait pas cette insouciance. Son travail dans les services de police lui faisait trop souvent toucher du doigt les horreurs de l'existence.

– Si tu as des enfants, ricanait Magda, tu te conduiras avec eux comme une mère-poule ; ils finiront par te haïr. Je me demande si ce n'est pas ce qui s'est passé avec ta sœur, du reste. Tu étais toujours sur son dos. Laisse-la vivre sa vie. Quand elle aura envie de revenir, elle reviendra. Cesse donc d'être si... sérieuse.

Deux ans. Le trou noir absolu. Lize avait usé des facilités dont elle disposait pour lancer de multiples avis de recherche. Elle n'avait trouvé trace de Nacha nulle part. Aucune compagnie aérienne, aucun poste frontière ne semblait avoir enregistré son passage.

– Elle doit vivre dans une communauté, quelque part dans la montagne, soupirait leur mère. Ou alors elle est devenue apprentie chez un luthier. Ou bien elle joue les actrices, et va de ville en ville avec une troupe de comédiens. Pourquoi se casser la tête ? Je suis sa mère et je ne m'inquiète pas, alors pourquoi t'angoisses-tu ? Tu devrais te trouver un homme et faire des gosses, ça t'occuperait. Ta sœur doit suivre son propre chemin. Elle n'a pas à t'en demander la permission.

Un jour, Nacha refit surface. Calme, sereine... distante.

Quand on lui demandait ce qu'elle avait fichu pendant ces deux années, elle restait évasive et se contentait de répondre : « J'ai voyagé. » Une manière de dire : « Ça ne vous regarde pas. »

Au bout d'un moment, Lize avait renoncé. Nacha était devenue fuyante. Une anguille. Toujours trop occupée pour déjeuner avec sa sœur, parlant peu, souriant mystérieusement lorsqu'on la pressait de questions.

La partie de cache-cache continuait.

Elle avait mûri, ses yeux recelaient des secrets, et cela même si elle conservait son air d'éternelle adolescente. Le plus souvent, elle paraissait ailleurs, perdue dans une rêverie lointaine. Elle chantait dans des cafés-concerts en s'accompagnant à la guitare. Lize alla l'écouter. Rien de bien terrible. Intellectualisme facile et poésie de province. Sa voix ne couvrait pas le murmure des conversations.

Magda Unke prit ombrage des initiatives de son aînée.

– Cesse de la harceler ! siffla-t-elle un dimanche, alors qu'elle faisait la vaisselle en compagnie de Lize dans la cuisine géante de la maison d'Oldenburg. Tu te conduis en vrai flic, c'est intolérable ! Nacha n'a pas de comptes à te rendre.

– Mais pourquoi me fuit-elle ? répliqua Lize.

– Je crois qu'elle a une bonne amie, répondit sa mère. Une fille qui s'appelle Gudrun.

– Tu... tu veux dire que Nacha est lesbienne ?

– Je n'en sais rien et je m'en fiche. Quelle importance pourvu qu'elle soit heureuse ! Avant de connaître ton père j'ai, moi aussi, fait l'amour avec des femmes, tu sais ? C'était l'époque de la révolution sexuelle. On essayait toutes les combinaisons.

– *Maman !*

Voilà comment Gudrun Straub était entrée dans le jeu. Lize l'avait prise en filature. Elle ressemblait à Nacha. Du moins, elle essayait. Même coiffure, mêmes vêtements. Mais il y avait quelque chose de dur en elle, d'âpre, qui trahissait ses origines prolétariennes. Plus méfiante que Nacha, elle ne se laissait pas approcher. Lize avait vainement essayé de l'amadouer, de lui arracher un déjeuner. Gudrun s'était toujours défilée. Une fouine. Une belette, avec un sourire plein de petites dents pointues. De jolis crocs habitués au combat. Un double négatif de Nacha. Une ombre malade, collée à ses talons.

Nacha et Gudrun partageaient le même studio minable. Elles avaient pareillement tâté du théâtre, du cabaret. Après les tours de chant dans les cafés, elles s'étaient rabattues sur le métro, se repassant leur unique guitare. Un jour l'une, l'autre le lendemain. Elles se copiaient tellement qu'on finissait par les confondre.

Lize, elle, ne se laissait jamais duper par leur déguisement de sœurs jumelles. Elle aurait reconnu Nacha sous trente épaisseurs de maquillage et trois masques en latex ! Mais Nacha continuait à la fuir.

Le cache-cache, toujours...

– Je ne sais pas pourquoi elle a choisi une fille qui lui ressemble, disait souvent Lize lorsqu'elle bavardait avec sa mère. C'est du narcissisme échevelé, ou alors c'est pour brouiller les pistes. Une ruse pour me semer plus facilement.

Magda Unke haussa les épaules.

– Tout ça c'est dans ta tête, soupira-t-elle. Nacha m'a montré une photo de Gudrun, elle ne lui ressemble pas tellement.

– Est-ce qu'elle t'a montré la bonne photo, au moins ? siffla Lize.

– Tu vas finir paranoïaque, souffla sa mère. Arrête de suivre ta sœur ou ça va mal finir.

Elle ne se trompait pas, les choses avaient mal tourné. Nacha était descendue dans le métro et s'y était noyée.

Peut-être... ou peut-être pas.

Vilaine fille

L'autobus dérivait dans le flot des voitures, prisonnier du nuage de gaz carbonique qui s'élevait de l'asphalte vers les étages supérieurs des immeubles, saturant les plantes vertes amarrées aux balcons. Lize avait appuyé son front sur la vitre glacée. Elle se sentait fatiguée et elle avait les jambes lourdes.

Le bus mit près de trente minutes pour sortir du quartier marchand. La jeune femme se laissa cahoter au rythme des bouchons, trop lasse pour prendre la décision de descendre et de continuer à pied. Elle atteignit enfin le boulevard de ceinture et sonna pour qu'on la libère à proximité du pont de l'autoroute, là où se dressait l'ancien immeuble Ziegler, transformé en squat depuis la faillite de la compagnie financière qui l'occupait. Relevant le col de son imperméable, elle commença à zigzaguer entre les flaques boueuses du terrain vague. Alors qu'elle s'engageait dans la rue menant au bâtiment, elle avisa trois vigiles des groupes de sécurité urbaine qui patrouillaient en bordure de la route. Lize serra les mâchoires en se demandant ce que les Antiterroristes trafiquaient dans ce secteur ? Elle ne les aimait guère car ils avaient profité de la Catastrophe pour se faire voter les pleins pouvoirs. De simple service de police, ils étaient devenus une sorte d'escadron noir, aux menées aussi obscures qu'inquiétantes. Elle marcha à grandes enjambées vers le bâtiment.

En quelques années, la tour était devenue le lieu d'élection des jeunes vedettes de la *Jugendkriminalität* (délinquance juvénile).

Sitôt dans le hall, elle empoigna par le col de son blouson un gamin blême, à la face constellée de croûtes et lui demanda :

– Une fille nommée Gudrun... Je la cherche. À quel étage ? Vite !

Le gosse balbutia des indications confuses, avant de conclure :

– Elle est peut-être crevée à c't'heure... Hier, elle est rentrée blessée. Elle pissait le sang comme une truie. Elle est facile à trouver, z'aurez qu'à suivre les taches.

Lize le lâcha, et il s'effondra comme un tas de chiffons. Sans lui jeter un regard, elle traversa le hall, puis, dédaignant les ascenseurs, s'élança dans l'escalier.

Elle avait à peine posé le pied sur le premier palier qu'elle remarqua les taches de sang pointillant le sol. Un semis de petites gouttes brunes qui avaient viré au noir en séchant. Lize s'avança sans déployer aucun effort pour dissimuler son arrivée. Ses talons sonnaient sur le carrelage. Les taches de sang dessinaient un pointillé qui semblait dire *suivez la flèche.* Au fur et à mesure, elles paraissaient plus abondantes. Lize empoigna la rampe et se hissa à l'étage supérieur. Sur le plancher d'une pièce encombrée de détritus, elle aperçut un blouson clouté et des chiffons souillés dont on s'était servi en guise de pansements. Un corps pâle et nu occupait un matelas posé à même le sol. Celui d'une adolescente au crâne rasé et aux hanches étroites. Une serviette de bain tachée de rouge entourait son épaule gauche.

– Gudrun ! souffla Lizzie en identifiant enfin la jeune fille.

La gosse ouvrit les yeux. Elle avait les traits tirés, le maquillage de crasse dont elle était couverte accentuait sa pâleur maladive. De près, on réalisait qu'elle était nettement plus âgée. Lize fit un pas, toucha la serviette poisseuse du bout des doigts.

– Les Antiterroristes ? fit-elle en levant les sourcils. Ils sont en bas, c'est toi qu'ils cherchent ?

– Non, grommela la fausse adolescente, une dispute conjugale qui a mal tourné. C'est pas grave mais ça saigne beaucoup. Tu pourrais me recoudre ?

Elle plissa les paupières pour scruter la visiteuse penchée sur elle, et qui examinait à présent sa blessure.

– Oh ! murmura-t-elle, mais je te reconnais. Tu es Lizzie, la grande sœur de Nacha. Bon sang ! Je t'avais prise pour une assistante sociale, elles sont tout le temps à traîner dans le coin, pour nous ramener dans le droit chemin. Qu'est-ce que tu me veux ? Ça doit bien faire trois ans qu'on ne s'est pas vues. Lize... C'est bien ça ? Lize Unke.

« Petite salope, songea l'interpellée, comme si tu ne savais pas. »

– Je... je voulais parler d'elle, avec quelqu'un.

– Parler de Nacha ?

Gudrun pouffa de rire, grimaça de douleur, et cala sa nuque sur l'oreiller.

Lize ignora la provocation, s'assit au bord du matelas et déroula lentement la serviette. Une entaille superficielle béait sous la clavicule. Du sang avait suinté sous le bras de la gamine, s'accrochant en caillots aux poils de l'aisselle. Rien de bien grave.

– Tu as désinfecté ? questionna-t-elle.

Gudrun plissa le nez.

– Non, j'ai eu peur que ça pique. J' veux pas d'alcool ou de machin comme ça. Y a qu'un truc à faire : je prends une dose de came et pendant que je suis dans le cirage tu me recouds au petit point, comme une vraie brodeuse. Okay ?

Lize examina la jeune fille. Son corps maigre et nu évoquait celui d'un lévrier, avec ses côtes saillantes et son ventre creux. La peau était sale, et la crasse avait fini par s'incruster dans le tracé des cicatrices constellant les cuisses filiformes. Lize pensa que cinq ans plus tôt elle l'avait haïe de toutes ses forces, l'accusant de dévoyer Nacha, de faire d'elle une marginale. Aujourd'hui elle ne savait plus.

– Cette nuit, dit-elle, j'ai encore rêvé d'elle. Je la voyais dans le métro. Je l'entendais chanter cette espèce de ritournelle idiote que vous aviez composée toutes les deux. Mon Dieu ! comme vos chansons étaient bêtes...

– J'ai soif, murmura Gudrun d'une voix curieusement enfantine.

Lize lui toucha le front. Elle avait de la fièvre. Sa sueur délayait la suie, tachant l'oreiller et les draps de macules noirâtres. La jeune femme s'empara de la carafe trônant en équilibre sur une caisse, près d'une lampe de chevet et d'un livre de poésie indienne.

– Pas ça, grogna l'adolescente, de la bière ! De la *Gruber,* y en a dans la glacière, là-bas. Ou alors de l'ouzo avec du jus de citron.

Lize lui tendit la carafe d'eau, se redressa et marcha vers la fenêtre. De l'autre côté de la place, les Antiterroristes poursuivaient leur manège indécis. Cherchaient-ils quelqu'un ? Elle ouvrit son sac, y pêcha un tube de comprimés et revint s'asseoir au bord du matelas.

– C'est vrai ce qu'on raconte ? chuinta Gudrun, que tu travailles au métro englouti ? C'est un job de croque-morts, non ? Vous ramenez les macchabées dans un filet ou vous les pêchez un à un... au fusil harpon ?

Lizzie déboucha le tube, cueillit trois cachets au creux de sa paume et les enfourna d'autorité dans la bouche de Gudrun. La gosse eut une quinte de toux.

– C'est un job dont les flics de M. le Maire ne voulaient pour rien au monde, rétorqua Lize.

– Qu'est-ce qui s'est passé exactement, avec ce métro ? murmura Gudrun d'une voix pâteuse, je veux dire quelle est la cause réelle de l'accident ? Tu dois en savoir un peu plus sur le sujet, maintenant. Ça a fait un sacré potin, à l'époque on parlait d'attentat terroriste. C'était quoi, en réalité ?

– Tu n'as pas suivi l'enquête ? Pourtant, j'aurais pensé qu'avec la disparition de Nacha...

– Non, j'avais déjà pour principe de ne jamais prêter l'oreille aux propos des vieux. Je sais qu'il y a eu beaucoup de morts et qu'on a fermé toutes les stations. Dans la plupart des quartiers ils ont cimenté les bouches d'accès en posant dessus des dalles qui ressemblent à des pierres tombales, dans les autres ils ont construit des sortes de bunkers... Qu'est-ce que vous y trafiquez ?

Lize eut un geste vague.

– Les bunkers protègent les rares bouches d'accès

encore ouvertes, fit-elle d'un ton neutre, celles qui permettent de descendre jusqu'aux poches d'air parsemant le réseau. On les appelle pudiquement *les oasis respirables.*

– Y a encore des gens là-dessous ? Ou c'est encore un canular ?

Lize baissa les yeux, gênée.

– Certains affirment que oui, d'autres crient à la légende urbaine, au mythe. En fait, je crois surtout que le maire veut suspendre les recherches parce qu'elles coûtent trop cher. Les statistiques avancent un chiffre de 25 000 morts. Les spécialistes estiment généralement que le nombre des rescapés doit tourner autour de 500... Encore faut-il les trouver.

« Et le convaincre de les remonter », songea-t-elle avec amertume.

– Cinq cents types qui croupissent dans leurs bulles de gaz, à respirer un air qui sent le pet ! gloussa Gudrun. Le bonheur, quoi !

Lize réprima une mimique d'agacement. Elle se demanda pourquoi elle se donnait la peine de répondre aux questions de Gudrun.

– Ce qui m'étonne, c'est qu'on n'ait jamais *vraiment* essayé de les tirer de là, observa perfidement la jeune fille.

Lize crispa les lèvres. L'éternelle question piège, celle que remâchaient depuis des années les journalistes d'opposition.

– Quand la paroi isolant le circuit souterrain du lit du fleuve a cédé, récita-t-elle, l'eau a envahi les tunnels en l'espace de quelques minutes. Tout a été submergé. Des coulées de boue ont obstrué les galeries, les couloirs. Le réseau ferré s'est changé en aquarium, noyant les rames et leurs passagers. Tous ceux qui attendaient sur les quais, tous ceux qui se trouvaient dans les wagons ont péri par noyade ou asphyxie avant que les secours ne soient en mesure d'intervenir. Pendant longtemps on a ignoré la présence des poches d'air, des oasis respirables. Certaines organisations exigeaient qu'on assèche les tunnels pour récupérer les morts mais c'était un travail de titan. Une entreprise qui aurait ruiné l'État. De plus, le choc psychologique sur la population aurait été désastreux. Les sondages ont révélé que peu de gens se risqueraient, à l'avenir, à utiliser ce mode de transport. La catastrophe avait réduit à néant l'image de marque du métro d'Alzenberg...

– Tu ne réponds pas à ma question, siffla Gudrun, les survivants. *Pourquoi les gardez-vous prisonniers des poches d'air ?*

Lize tressaillit. Le visage de son interlocutrice avait soudain perdu son masque de naïveté enfantine. « Une fouine, songea-t-elle. Une vilaine petite belette qui vient de ravager un poulailler. J'avais oublié qu'elle était douée pour la comédie. »

Lizzie se redressa.

– Qu'est-ce que tu veux me faire dire ? souffla-t-elle. On a découvert l'existence des bulles par hasard, en recensant les cadavres. Des types du gouvernement sont descendus, et des psychologues, et des médecins... Tous ont donné le même diagnostic. L'air des poches est nocif, en le respirant à longueur d'année les survivants ont subi de gros dommages cérébraux. La raréfaction de l'oxygène a conduit leurs cerveaux à ne plus fonctionner qu'au ralenti. Certains sont devenus débiles, d'autres complètement fous. La plupart ont régressé au point de se comporter comme des animaux.

Les scientifiques ont prétendu qu'il serait impossible de les réacclimater à la surface. Les hommes politiques, eux, ne tenaient pas à ce qu'on exhume un nouveau scandale à la veille des élections. Ils ont décidé le « *maintien sur place des malades intransportables* ». Jolie terminologie, non ? En fait on a créé une sorte de... réserve sous-marine, d'asile d'aliénés aquatique !

Elle prit conscience qu'elle ne pouvait plus s'empêcher de parler. Il y avait trop longtemps qu'elle gardait cette vérité scellée au fond de son esprit.

« Je ne devrais pas lui raconter ça, songea-t-elle. Je suis en train de lui livrer la version officieuse, la version *classifiée,* à laquelle le grand public n'a jamais eu droit. Une vérité que les gens comme Esther Krautz ne voudraient jamais admettre. »

– On ne peut vraiment pas les remonter ? insista Gudrun.

Lize soupira. Ses mains tremblaient.

– Je ne sais pas, avoua-t-elle. Je ne suis pas une scientifique. Les toubibs ont avoué qu'ils n'étaient pas certains de parvenir à recomposer les atmosphères spécifiques des différentes poches de survie. De plus, il aurait fallu construire un hôpital psychiatrique dont chaque cellule aurait été constituée d'un caisson étanche alimenté par mélange spécial. Cela supposait une mise de fonds démentielle.

Elle se tut, la bouche sèche. Immobile au centre du lit, pantin blanchâtre, Gudrun la dévisageait d'un œil acéré. Lize devina qu'elle l'avait laissée parler pour le plaisir de la voir s'empêtrer. La banderille allait maintenant jaillir d'une seconde à l'autre. Elle ne se trompait pas...

– Ça c'est la version « officieuse » officielle, si je puis dire, souffla doucement la jeune fille barbouillée de crasse, je croyais que tu allais me raconter la vérité... *la vraie vérité,* pas celle du maire, ni celle des crétins d'Internet.

– Quelle vérité ? Je n'en connais pas d'autre !

– Tu as lu le rapport de la commission Wendel-Baumansky sur la catastrophe ?

– Comme tout le monde.

Gudrun plissa le nez, rééditant une grimace qui semblait représenter son jeu de physionomie préféré.

« Une mimique qu'elle a piquée à Nacha, réalisa soudain Lize avec un pincement à l'estomac. Mon Dieu ! Je ne m'en étais pas rendu compte mais chacun de ses gestes est copié sur ceux de Nacha. En a-t-elle conscience ? »

– Le rapport, lâcha Gudrun, il est truqué. C'était aussi l'opinion d'un petit journaliste que j'ai rencontré il y a deux ans. Il se cachait dans les égouts, il avait peur. Il paraît qu'il avait mis le doigt sur des trucs plutôt embarrassants pour la municipalité. Tu ne vois pas ?

– Non...

– Le pire avec toi, Lize chérie, c'est que tu es sincère ! Je me demande comment, avec une telle dose de naïveté, tu as pu devenir flic !

– Alors ?

Gudrun se redressa précautionneusement sur un coude.

– Le métro servait de couverture à autre chose, énonça-t-elle en détachant les mots. Le réseau que nous connaissons tous en cachait un second. Une base militaire peut-être. Des silos de stockage. Il y a eu une

fausse manœuvre et le labyrinthe secret a pété, provoquant l'irruption du fleuve dans les galeries. Ce n'est pas l'air vicié qui a troublé l'esprit des survivants. Mais les radiations... Si on les remontait à l'air libre il y aurait toujours un petit malin pour s'apercevoir qu'ils souffrent en réalité de mutation ! Oui, tu m'as bien entendue Lizzie : ce sont des *mutants,* pas des tarés !

Lize haussa les épaules. Elle connaissait par cœur ces *hoax* fabriqués par les affabulateurs sévissant sur Internet.

– Des radiations, soupira-t-elle, c'est idiot ! On les aurait repérées depuis longtemps. Si tu veux qu'on te croie, il faudrait plutôt parler de gaz de combat...

Au moment même où elle prononçait ces mots une sonnette d'alarme retentit dans son crâne. Gudrun claqua des doigts, les yeux brillants.

– *Exact !* triompha-t-elle. Des gaz neurologiques stockés sous la ville. Il a suffi d'une erreur de manipulation et boum ! Les fuites se sont localisées dans les fameuses poches respirables, modifiant la physiologie des survivants... Tu vois que tu ne raisonnes pas trop mal quand tu veux t'en donner la peine.

Lize se redressa. Elle perdait son temps. Gudrun n'avait pas changé. Elle resterait une adolescente attardée, la cervelle gâtée par la philosophie marginale dont elle s'abreuvait depuis l'âge de 14 ans. Pourquoi supporter une minute de plus les élucubrations de cette petite camée ? Pourtant, alors qu'elle boutonnait son imperméable, elle constata que son pouls battait anormalement vite.

– Tu t'en vas ? dit Gudrun. C'est dommage, on a pourtant beaucoup de choses à se dire, tu sais. Tu veux que je te parle de Nacha ? J'en sais des trucs sur elle. Des trucs que tu n'as jamais soupçonnés. Je pourrais te donner des cours du soir pour parfaire ton éducation. Ce *serait plus simple si je m'installais chez toi.* J'ai envie de déménager, le coin devient malsain pour moi.

– D'accord, lâcha Lize sur une impulsion. Tu sais où j'habite ?

– Oui.

– Viens demain soir.

Elle tourna les talons avec la désagréable impression de s'être fait posséder. Mais l'appât était trop alléchant. Gudrun avait vécu avec Nacha pendant les trois dernières années de sa vie. Ces fameuses années « trou noir » pendant lesquelles Lize n'avait plus entrevu sa sœur que de loin... de *très* loin.

– Viens demain soir, répéta-t-elle en atteignant la porte, consciente d'avouer sa défaite.

– Pour la nourriture, ne t'en fais pas ! cria Gudrun dans son dos. J'ai des goûts simples. Nacha et moi, on aimait les mêmes choses.

Lize effectua le trajet de retour dans un état somnambulique. Elle ne cessait de revoir les mimiques de Gudrun, ses gestes, sa manière de pencher la tête sur le côté gauche en plissant les yeux.

« C'est comme si elle était possédée par le fantôme de Nacha, se dit-elle en réprimant un frisson. Comme si elles étaient toutes les deux *superposées...* »

Elle s'aperçut que les passagers de l'autobus la lorgnaient du coin de l'œil, et comprit qu'elle devait avoir l'air totalement égaré.

« Reprends-toi ! s'ordonna-t-elle. Gudrun est une petite garce. Il est tout à fait possible qu'elle joue un rôle pour te séduire. Elle sait qu'en devenant la doublure de Nacha, elle aura sur toi un certain ascendant... et en tirera profit. »

Elle quitta le bus, le nez baissé, poursuivie par les regards des passagers.

De retour chez elle, elle se précipita à la cuisine pour tenter de recouvrer ses esprits en buvant une tasse de café soluble. Dehors, la nuit s'installait. Une nuit précoce d'automne qui faisait danser des reflets mouillés sur les carcasses des voitures tombées du pont.

Pour meubler l'obscurité de la cuisine, elle ouvrit le frigidaire. Un angle de lumière jaune sentant la viande froide se coula sur le carrelage. Pourquoi n'allumait-elle pas le tube au néon fixé au-dessus de l'évier ? Elle s'aperçut qu'elle se comportait soudain comme une coupable. Mais coupable de quoi ? De cacher Gudrun, de bientôt donner asile à une mythomane ? Non, c'était un malaise plus diffus. La sensation inexplicable d'avoir frôlé quelque chose de dangereux. Une vérité innommable ou une maladie grave, terriblement contagieuse...

« Je suis fatiguée ou je deviens folle », constata-t-elle en fixant l'intérieur du réfrigérateur. Elle se secoua, prit dans une assiette un morceau de gruyère et le grignota sans penser à s'asseoir. La maison lui semblait lourde ce soir, pleine d'une cargaison invisible et pourtant encombrante. Même le poids de la nuit n'était plus le même. Elle se décida à allumer le plafonnier. La clarté sautillante fusa jusque dans les recoins, faisant briller les robinets.

Elle mangea, se refit du café. Elle gagnait du temps. L'idée de se retrouver en tête à tête avec Gudrun lui faisait battre le cœur. Finalement elle s'assit, les mains à plat sur la table de formica. Au bout de cinq minutes elle se releva pour aller fouiller dans le placard du hall. Lorsqu'elle émergea du réduit elle tenait un gros volume écorné à la main. La couverture qui avait été blanche annonçait :

« Commission Wendel-Baumansky.
Sinistre du 18 avril 2015 »
Auditions des témoins et conclusions

Qui le lui avait prêté ? Tropfman peut-être. Elle se demanda la tête qu'il ferait si elle allait le trouver dans son débit de dentifrice canin pour lui rendre le gros tas de feuilles mal imprimées. Elle soupira. Malgré ses paupières lourdes elle sentait venir l'insomnie. Elle s'assit sur les marches de l'escalier, ouvrit le volume au hasard.

Elle lut :

« M. Andrezj Wolanski (45 ans. Employé de bureau) J'étais sur le quai quand la boue a jailli du tunnel. C'était comme si on pressait un tube de cirage géant. Tout l'espace entre les quais s'est trouvé rempli. Les murs vibraient de façon épouvantable, cela cognait comme une vieille canalisation de salle de bains. Un courant d'air violent soufflait dans certains couloirs, renversant les hommes et les femmes qui tentaient de les emprunter. On aurait dit qu'un tuyau de gaz venait de crever. L'odeur était affreuse. Irrespirable. J'ai couru en arrière, vers la sortie. J'étais à peine en haut de l'escalier que l'eau a envahi le couloir. Elle moussait comme si elle charriait de la lessive. Tous ceux qui se trouvaient sur l'escalator ont été électrocutés. J'ai vu l'éclair et j'ai entendu le grésillement, c'était affreux. Je me suis effondré sur le trottoir pendant que l'eau jaillissait de la bouche de métro. La vague est

retombée sur moi puis s'est retirée. Je me suis traîné jusqu'à une cabine téléphonique et j'ai appelé ma femme... »

Lize referma le dossier et baissa la tête. 25 000 victimes. Des kilomètres de couloirs et de tunnels obstrués à jamais. Officiellement on parlait d'affaissement de terrain. *Officiellement,* voilà qu'elle se mettait à parler comme Gudrun ! Tropfman avait travaillé à la compilation des témoignages, elle croyait se le rappeler.

Tropfman et qui ?

Elle siffla entre ses dents, se releva d'un coup de reins, rouvrit le placard et y jeta le rapport.

Des nouvelles de la souris...

D'abord il y a la fissure qui s'ouvre dans le plafond de la station. *Cric-crac-criiic-criiic...* Personne ne l'entend, bien sûr, avec le vacarme des rames. À peine un cri de souris à qui l'on marche sur la queue. Et puis la voûte est si haute. En outre, qui, dans le métro, aurait l'idée de lever la tête pour regarder ce qui se passe là-haut ? Qui, à part un clochard, peut-être, allongé sur le quai. Mais qui l'écouterait s'il poussait, tout à coup, un cri d'alarme ?

La fissure progresse. Les vibrations se propageant dans les parois du tunnel l'y aident. Chaque nouvelle rame y va de son petit coup de pouce. *Criiiic-criiic.*

Sur le quai, il y a Nacha, Lize la voit bien. Elle est là, contre un pilier de béton à gratter sa guitare, d'une minceur, d'une blondeur norvégienne, avec ses cheveux tressés, sa peau de lait. Lize voudrait lui crier : « Fiche le camp ! *Ça va se produire d'une minute à l'autre !* » Hélas, elle ne peut pas. Dans les rêves on n'arrive jamais à hurler.

Pickpocket des abîmes

Les bulles bouillonnaient autour du casque de cuivre, dessinant une écharpe d'oxygène qui s'effilochait dans le courant. Lize leva son poignet, amenant le gros cadran du profondimètre à la hauteur de son hublot frontal. L'aiguille indiquait *30 mètres*. La pression à ce niveau atteignait quatre kilos au centimètre carré, et la consommation d'air du plongeur passait à près de 80 litres à la minute. La jeune femme s'assura que rien ne gênait la course du tuyau d'alimentation et s'engagea dans la section de couloir qui menait au quai. Un banc de poissons gris faisait du surplace, fermant la sortie du corridor comme une grille vivante. Ils s'éparpillèrent lorsqu'elle tendit la main pour les toucher, et certains la heurtèrent au ventre, aux genoux. Elle s'avança sur le quai, attentive à ne pas remuer la vase avec les semelles des brodequins. La station baignait dans une lumière verdâtre qui tremblait dans le courant. Le halo des lampes, par un curieux phénomène de réfraction, paraissait épaissir la masse liquide, lui donnant la consistance de la gelée.

Les wagons attendaient au bord du quai comme si la rame allait soudain s'ébranler pour rallier la station suivante. Exception faite de leur toit couvert de mousse, ils étaient intacts. Vitres et tôles avaient résisté à la pression de l'inondation. L'eau s'était infiltrée par les gaines d'aération, transformant les voitures en aquariums de métal.

Lize brandit sa lampe ainsi qu'elle l'aurait fait d'une arme, comme si le triangle lumineux jaillissant du boîtier allait la protéger de la légion des morts. L'accoutumance ne l'avait pas immunisée contre la sourde horreur des cimetières sur roues, et, chaque fois qu'il lui fallait entreprendre une inspection, son estomac se serrait.

Le faisceau isola la portière avec son double battant caoutchouté, puis le rectangle de la fenêtre en verre *Securit.* Lize nota mentalement qu'il s'agissait d'une voiture de deuxième classe. Une foule rigide encombrait l'espace interne du cercueil d'acier. Des hommes et des femmes, debout, serrés les uns contre les autres par la grande ruée de l'heure de pointe. Malgré trois années d'immersion leurs corps n'avaient subi aucune dégradation. À peine leur épiderme s'était-il légèrement décoloré. À travers les vibrations de l'eau, ils ressemblaient à des mannequins plantés dans la vitrine d'un grand magasin mal éclairé. Leurs cheveux flottaient en auréole autour de leur tête. Les vêtements avaient l'air taillés dans des serpillières aux fibres dilatées...

Lize se rapprocha. Trompée par la réfraction, elle calcula mal la distance la séparant du wagon et son casque heurta la vitre. Cet incident banal propagea à travers son système nerveux un écho disproportionné. Les noyés la regardaient de leurs yeux morts grands ouverts. Aucun des visages ne reflétait la souffrance ou l'agonie, juste une intense surprise qui avait raidi les sourcils en accents circonflexes. Les mains, elles, étaient restées crispées sur les barres d'appui, les dossiers des sièges ou les poignées de plastique pendant au plafond. Toutes les rames englouties offraient le même spectacle : des cadavres en parfait état de conservation... *comme momifiés.*

Lors de sa première plongée – forte de l'expérience acquise à la brigade fluviale – Lize s'était préparée à découvrir un épouvantable charnier aquatique peuplé de corps gonflés comme des outres de peau blême, et que les poissons auraient en partie dévorés. Elle avait été stupéfaite en explorant les multiples convois engloutis. Chaque tombeau collectif – qu'il fût de première ou seconde classe – transportait le même bataillon momifié, miraculeusement préservé des atteintes de la putréfaction et de l'appétit de la faune aquatique. Des statues qu'on eût dites de cire ou de marbre, des mannequins affreusement réalistes, mais qui ne ressemblaient en rien à des cadavres ! De prime abord, la constatation l'avait rassurée, puis une angoisse trouble l'assaillit. Le côté irrationnel de cette conservation lui fit peur. Elle avait repêché assez de noyés au cours de son passage à la brigade fluviale pour savoir qu'un corps immergé se délabre en l'espace de quelques jours, se changeant en une monstrueuse caricature aux chairs bouffies. Les victimes du métro, elles, restaient solides, compactes. Leurs muscles, leur épiderme avaient la consistance du vieux cuir. Loin de flotter ou de s'affaisser comme des poupées molles, elles demeuraient figées dans un éternel garde-à-vous. Lorsqu'on était amené à les déplacer, force était d'admettre que cette étrange *rigor mortis* leur conférait les propriétés du marbre, leur interdisant toute flexion.

Cette solidification les protégeait de la voracité des poissons dont les dents s'avéraient incapables d'entamer cette chair de pachyderme.

Lize n'avait pu s'empêcher d'interroger Connoly.

– Les toubibs disent que la momification est une conséquence de la boue qui a envahi les tunnels, lâcha l'Irlandais avec une moue de scepticisme, certains peuples de l'Antiquité faisaient de même, paraît-il. D'après ce que je sais, on aurait retrouvé des nécropoles entières immergées dans la boue. Des nécropoles de cadavres intacts malgré les siècles écoulés. La glaise possède un véritable pouvoir d'embaumement, c'est connu. C'est une explication qui en vaut une autre. De toute manière, nous ne sommes pas là pour poser des questions.

– Mais les poissons, objecta Lize, ils nagent dans la boue en suspension, ils devraient normalement se changer en cuir.

– Non, rétorqua Opa, parce qu'ils sont vivants. La momification n'intervient que sur les organismes morts.

Cet embryon de réponse n'avait pas balayé les appréhensions de Lize Unke, et les noyés momifiés continuaient à hanter ses rêves. En ce cas précis, l'absence d'horreur devenait elle-même horrifiante parce que inexplicable.

Lize posa la lampe sur le quai et empoigna le loquet d'ouverture des portières.

En cette minute, elle aurait voulu pouvoir débrancher son imagination comme on éteint un ordinateur.

Elle détestait ce qu'elle était en train de faire, mais le recensement avait ses exigences.

Le battant coulissa sur son rail sans trop de mal, dévoilant la moitié inférieure des corps statufiés. De la mousse et des herbes aquatiques avaient poussé entre les pieds des cadavres, gainant leurs jambes de feuilles souples qui dansaient dans les remous. Quelques poissons nichés sous les banquettes s'enfuirent dès que la lumière les effleura. Certains avaient pris l'habitude de loger à l'intérieur des sacs, des cartables entrebâillés des voyageurs.

Lize saisit l'ardoise spéciale qui pendait à sa ceinture et nota les références de l'opération : *Station Schillerman, direction Bagdenhöff, rame numéro 453. Wagon de tête A 68.* Cela fait, elle tendit la main vers l'un des cadavres – un quinquagénaire en imperméable mastic – et introduisit ses doigts dans l'entrebâillement de son veston.

« Pickpocket sous-marin », c'est encore Connoly qui avait trouvé cette analogie stupide. Sur le moment ce bon mot l'avait agacée, puis elle avait dû lui reconnaître une certaine vérité. N'était-ce pas ce que leur demandait la municipalité ? Délester les cadavres de leur portefeuille pour dresser le recensement des victimes de la catastrophe dont on ignorait toujours le nombre exact et l'identité trois ans après le drame ?

Elle toucha un rectangle de cuir, s'en saisit habilement et l'ouvrit... C'était un porte-cartes classique nanti de fenêtres plastifiées. Les papiers qu'il abritait paraissaient en bon état. Lize le jeta dans le sac de caoutchouc qu'elle avait amené à cet effet, et tendit de nouveau le bras.

Cette fois elle ouvrit un sac à main, repoussa un poudrier rouillé, un agenda réduit à l'état d'éponge. Elle procédait en évitant de regarder les visages mais ce n'était pas toujours facile. Lorsqu'elle aurait inventorié les poches des victimes encadrant la porte, il lui faudrait pénétrer plus avant à l'intérieur du wagon, et pour ce faire déplacer les cadavres, quitte à les sortir sur le quai comme les mannequins qu'un étalagiste promène d'une vitrine à l'autre. Cette manœuvre mettait ses nerfs à rude épreuve car il fallait empoigner le mort à bras-le-corps dans la position que les lutteurs dénomment *ceinture avant,* et le porter à travers la voiture, jusqu'au quai. L'inventaire d'une rame prenait quatre heures, mais Lize avait travaillé jusqu'à dix heures d'affilée sur certains trains bondés desservant les grands centres d'activité de la cité. Cette besogne représentait ce qu'elle détestait le plus au monde car elle associait dans son esprit des images chargées d'une force négative : pickpocket, violeur de sépulture, détrousseur de cadavres, toutes ces corporations qui hantent les films à sensations et éveillent chez le spectateur un dégoût mêlé de fascination.

Certaines victimes ne possédaient pas de papiers. Dans ce cas Lize devait les photographier à l'aide de son appareil sous-marin. Les clichés iraient grossir le fichier des noyés inconnus à la disposition des familles qui demandaient à le consulter. La mairie assurait depuis trois ans le fonctionnement d'un service spécialisé dans le recensement des *Personnes disparues ou présumées manquantes* qui délivrait chaque semaine une liste additive à l'usage du public. Le hall et les couloirs du bâtiment étaient assaillis en permanence par une foule aux poches bourrées d'actes de succession ou de formulaires d'assurance-vie et qui quêtait la confirmation d'un décès pour débloquer une procédure d'héritage en suspens depuis trente-six mois par faute de cadavre ou de *décès dûment constaté par un officier judiciaire assermenté.* L'ampleur de la catastrophe n'avait pas facilité les travaux de renflouement. On s'était contenté de déblayer les stations proches de la surface en remettant à plus tard l'exploration des sections enfouies du réseau. Puis, les mois s'écoulant, la municipalité avait interdit de façon formelle le repêchage des corps, travail titanesque qui aurait mobilisé des légions de scaphandriers 24 heures sur 24, leur faisant courir des risques invraisemblables. Il fut donc décidé que les dépouilles demeureraient sur place et qu'un office de recensement s'attacherait à tenir le bilan des décès au fur et à mesure de leur identification.

Lize arma le flash électronique. Elle travaillait en noir et blanc avec un film lent de *50 ASA* afin d'obtenir un meilleur contraste. Généralement elle utilisait un filtre jaune pour corriger les dominantes bleutées et leur effet « écrasant ». Elle fit son réglage sur la distance apparente et enfonça le bouton. Un bref éclair illumina le wagon. Les poissons curieux qui se pressaient contre les vitres, à l'extérieur, s'égaillèrent à grands coups de queue.

Pourquoi avoir laissé les cadavres en place ? Liza s'était souvent posé la question. Connoly, comme toujours, avait une réponse toute prête :

– Le maire ne voulait pas d'un enterrement à épisodes, d'une cérémonie fleuve qui se serait étendue sur plusieurs années. Chaque remontée aurait donné lieu à une nouvelle chapelle ardente, une nouvelle procession à travers la ville... Psychologiquement ç'aurait été une catastrophe. Il a préféré une cérémonie globale, avec inauguration de stèles et de monuments. Comme ça l'affaire était réglée en une seule fois, « proprement » ! Le sale boulot allait suivre, mais en coulisse, loin des yeux de la foule. On nous le réservait...

Lize abandonna l'appareil pour reprendre son travail de voleuse. Ses doigts crevaient parfois les étoffes détrempées, déchirant les chemises ou les corsages, dénudant une épaule ou un sein étrangement durs. Avec la fatigue on réussissait à s'anesthésier, à oublier l'aspect horrifiant des choses pour ne plus voir que les difficultés techniques. Le sac se gonflait lentement sur son butin de cartes tamponnées aux armes de la préfecture. L'inventaire du premier wagon touchait à sa fin. Lize palpa encore deux ou trois victimes statufiées puis regagna le quai.

La décision prise par le maire d'abandonner les dépouilles à leur cimetière de tunnels avait bien sûr soulevé des remous. Les protestations avaient fusé de toute part, pour se modérer lorsque les services financiers de la mairie avaient établi un devis du coût des recherches et annoncé qu'elles ne manqueraient pas d'occasionner une hausse démentielle des impôts locaux. L'indignation avait alors fait place à une prudente réserve. Peu après les autorités scientifiques de la cité avaient commencé à parler des vertus de la boue et d'une possibilité de « *momification naturelle* », cet aspect des choses avait contribué à calmer les esprits.

On s'était dépeint les galeries englouties comme des nécropoles, des territoires privilégiés où les défunts échapperaient à jamais aux injures du temps. À l'époque, Lizzie n'avait vu dans toutes ces déclarations qu'un fatras d'inepties destiné à endormir les électeurs. Sa première plongée lui apprit qu'il n'en était rien. Le métro submergé avait suspendu les processus physiologiques qui commandent d'ordinaire la désagrégation des corps. Ses couloirs, ses galeries, n'abritaient aucun charnier. En bannissant le temps, il avait transformé la légion des défunts en une armée irréelle qui défiait les lois de la biologie.

Elle claqua les portes du premier wagon, consulta sa montre. Elle avait quitté la surface depuis plus de quatre heures, lors de la remontée elle allait devoir subir des paliers abominablement longs. Elle grimaça à cette perspective. Elle décida de travailler encore une heure puis de battre en retraite et de céder la place à David, son coéquipier du jour. Avec un peu de chance, l'inventaire de la rame serait terminé à la nuit.

Soudain elle tressaillit en croyant discerner une ombre horizontale en bout de quai.

Elle s'immobilisa, mais les turbulences de la vase réduisaient son champ de vision, et au-delà de trois mètres les formes des objets les plus rigides semblaient animées d'une palpitation d'algue folle. Elle leva la lampe, cherchant à localiser un éventuel échappement de bulles. Comme tous les scaphandriers, elle redoutait les plongeurs clandestins, ces types qui – leurs bouteilles sur le dos – risquaient de brèves incursions dans les profondeurs du métro. C'étaient presque toujours des mercenaires. Des aventuriers que des familles réfractaires payaient pour qu'ils tentent de récupérer le corps d'un proche disparu. Ils s'infiltraient dans le labyrinthe des tunnels en perçant un trou dans la cave d'un immeuble inhabité. Frôlant la mort à chaque coup de palme, terriblement limités par la faible autonomie de leurs bouteilles, ils filaient le long des tunnels, inspectant chaque rame du parcours désigné dans l'espoir de mettre la main sur la dépouille dont ils avaient fixé la photo sur leur avant-bras droit.

Des chasseurs de primes, qui capturaient des cadavres...

Une note secrète, répertoriée LD-403, autorisait les agents du bataillon scaphandrier à les abattre au fusil harpon sans avoir à le mentionner par la suite dans aucun rapport.

Lize trouvait la mesure disproportionnée. Ramener un corps à la surface était un délit, soit, mais de là à mériter un tel châtiment...

Elle rouvrit la porte du wagon, de manière à bénéficier d'une protection si l'homme-grenouille décidait de passer préventivement à l'attaque. Les scaphandriers, handicapés par leur costume et son tuyau d'alimentation, n'étaient guère en position de force lors d'un affrontement. La plupart des clandestins fuyaient en les apercevant, mais certains, plus belliqueux, se faisaient un point d'honneur de sectionner le cordon ombilical des policiers sous-marins, les condamnant à la noyade.

Lize transpirait. Si on les avait laissés tranquilles, les clandestins n'auraient pas cherché à supprimer les

« pieds-lourds ». Le cercle vicieux de la répression excessive s'était une fois de plus retourné contre ses applicateurs.

La jeune femme détacha le court fusil à cartouche de CO_2 qui battait sa hanche. La portée en restait limitée. Elle chercha du regard le long tuyau qui serpentait sur le quai, il suffisait d'un coup de poignard pour y ouvrir une brèche mortelle, une entaille d'où l'air comprimé jaillirait en bouillonnant. Les minutes s'écoulaient, pesantes. Quand la sueur fut sèche sur son front, elle décida qu'elle ne risquait plus rien. Le plongeur pirate avait sans doute fait demi-tour en l'apercevant. Elle ramassa son sac et se replia vers l'escalier menant à l'étage supérieur.

Elle n'avait jamais abattu de clandestins, mais David, Nath et Connoly se vantaient d'un tableau de chasse fourni.

– Ce sont des rats ! disait l'Irlandais, ils pénètrent dans les wagons, éparpillent les corps au hasard des tunnels. Le plus souvent ils volent les portefeuilles pour y récupérer les nouveaux billets imputrescibles de la banque nationale. J'en ai coincé un une fois, au moment où il sortait à l'air libre. Il avait sur lui plus d'un million ! Ce sont des pilleurs d'épaves, si on les laissait faire le métro deviendrait leur lieu de prédilection. Les morts sont plus faciles à détrousser que les vivants !

David était du même avis : « Les gardiens de cimetière ont droit d'ouvrir le feu sur les violeurs de sépulture, arguait-il, or nous sommes des gardiens de cimetière ! »

Peut-être avait-il raison.

Lize s'assit sur une marche, fit glisser dans sa paume le carré de plastique de sa table de plongée et s'absorba dans le calcul des paliers qu'elle allait devoir s'infliger à proximité de la surface.

Bien qu'elle ne voulût pas se l'avouer, elle était pressée de retrouver le ciel gris surplombant la petite cour du bâtiment. Elle se sentait désarmée face aux glissades souples et sombres des plongeurs autonomes. Jamais mieux que dans ces moments d'attente angoissée elle ne prenait conscience de la vulnérabilité de sa carapace de caoutchouc et de cuivre. Fœtus d'acier, sa survie se résumait à la sauvegarde de son cordon ombilical. L'éclair d'une lame et c'était fini...

Un jour ou l'autre elle mourrait en vomissant des bulles. Isolée de l'eau par son costume étanche, elle ne pourrait bénéficier des propriétés miraculeuses de la boue, elle serait donc la seule à pourrir au fond des tunnels, prisonnière de sa « peau de cochon » comme d'un linceul de caoutchouc. Cette perspective avait quelque chose de dérisoire.

Elle se remit en marche, s'éloignant du cimetière immergé. Des poissons ventouses se collèrent sur son casque, lui faisant une couronne de nageoires.

Au palier des 9 mètres elle gonfla sa combinaison de manière à flotter légèrement, les bras écartés dans une posture propice à la relaxation. Elle avait mal aux dents. L'air concentré respiré à moins 30 mètres s'était infiltré dans ses plombages, maintenant qu'il se détendait à l'approche de la surface, sa dilatation comprimait la pulpe des molaires mal obturées. Les plongeurs professionnels étaient coutumiers de ce genre de désagrément. Lize se promit une fois de plus de consulter un dentiste en sachant très bien qu'elle oublierait sitôt la douleur évanouie. Ses pensées vagabondes la ramenèrent vers Gudrun qui avait emménagé deux jours auparavant. Lorsqu'elle l'avait quittée, ce matin, l'adolescente dormait encore. Lize avait fouillé son blouson mais n'y avait découvert qu'une petite quantité de drogue. Une poudre de mauvaise qualité, fortement coupée. Elle redoutait de voir s'établir entre elle et la jeune délinquante des liens de complicité. Gudrun possédait la maîtrise d'un art redoutable : celui qui consiste à semer le doute au moyen de phrases à double sens... d'interrogations faussement naïves, or Lize ne voulait pas d'une remise en question, elle avait soif de certitudes.

Elle purgea la combinaison dont la portance excessive l'avait amenée à frôler le plafond, et consulta avec impatience sa montre étanche. Le temps s'écoulait avec une lenteur exaspérante.

Dans son esprit, une petite voix qu'elle connaissait bien se mit à murmurer :

« L'important c'est de ne pas avoir aperçu Nacha, n'est-ce pas ? Tu sais bien que tu n'as pas arrêté de la chercher du coin de l'œil pendant que tu explorais les wagons. À chaque fois que tu plonges, tu t'attends à la découvrir au détour d'un couloir, d'un tunnel... Tu te dis qu'un jour, tu te retrouveras nez à nez avec son cadavre, qu'elle sera là, intacte, avec ses cheveux blonds auréolant sa tête comme une anémone de mer. Mais ça ne s'est pas produit. Et tant que tu ne la vois pas, tu peux te raconter qu'elle est encore vivante... qu'elle est là, quelque part, prisonnière d'une poche de survie. *Nacha...* »

Le labyrinthe des inutiles

Quand elle déboucha à l'air libre, deux paliers plus tard, David l'attendait en haut des marches, nonchalamment appuyé à un distributeur de tickets, une bouteille de *Gruber* à la main. C'était un grand garçon musclé qui ignorait le froid et se promenait, été comme hiver, torse nu sous un blouson en cuir de cheval. Il était brun et se tondait les cheveux au ras du crâne, à la mode des troupes d'assaut. Lize le soupçonnait d'appartenir à une faction extrémiste des forces de police, mais elle n'en avait jamais débattu avec lui. Elle le salua d'un geste vague en songeant qu'il avait tort de boire de la bière. Après cinq ou six heures de travail sous-marin, la boisson fermenterait dans ses intestins, et les gaz ainsi produits – en se dilatant à la remontée – ne manqueraient pas de provoquer une crise d'aérophagie doublée de sérieuses colites. Le garçon en serait quitte pour se gaver d'antispasmodiques sitôt son casque dévissé. Il lui cria quelque chose qu'elle ne comprit pas. Elle avait les tympans et les sinus douloureux. Connoly la soutint jusqu'au salon d'habillage tandis que David s'emparait du sac contenant les pièces d'identité. La procédure voulait qu'on place immédiatement les documents dans une boîte scellée et qu'on les achemine sur l'heure à la mairie. Lize se laissa tomber sur le banc de bois. Connoly leva son serre-joint et s'attaqua aux écrous du casque. La jeune femme ferma les yeux, s'abandonnant à la lente cérémonie libératoire.

– Le premier wagon est inventorié, murmura-t-elle, l'eau est claire mais il m'a semblé voir un clandestin. Il n'a pas insisté, je pense qu'il a rebroussé chemin le long du tunnel.

– S'il se pointe, je l'épingle ! rugit David qui posait les scellés sur le coffret métallique destiné aux services municipaux, j'ai passé le week-end à bricoler mon arbalète. Maintenant je peux utiliser des cartouches de CO_2 « Double charge ». Je l'ai essayée à la piscine, ça fait un drôle de pet quand ça part, tudieu ! À tous les coups le gars qui intercepte ce tire-bouchon se paye une mauvaise grimace !

Connoly lui fit écho en modulant un ricanement approbateur.

– Y a du nouveau avec les survivants de la poche 5, observa David en décapsulant une deuxième bouteille de *Gruber,* les types ont l'air de plus en plus marteaux. Vous savez qu'ils se sont mis à se prosterner devant un distributeur de chewing-gum ? *Si ! Si !* Je les ai vus ! Ils l'adorent comme un dieu. Le dimanche, l'un d'eux coiffe une casquette de chef de station et les fait communier en leur posant une boule de gomme à mâcher sur la langue ! Garanti exact ! Je ne sais pas si leur religion les autorise à faire des bulles...

Connoly s'esclaffa, et son rire se changea en hennissement lorsque David entreprit de mimer le rite auquel il prétendait avoir assisté. Lize acheva de se défaire de la peau de cochon sans partager leur hilarité.

« Est-ce qu'ils se moquent de moi ? se demanda-t-elle. Cette petite mise en scène a-t-elle été soigneusement élaborée à mon intention ? Je suis une femme, n'est-ce pas, donc forcément prête à gober n'importe quel canular. »

– D'après Nath, il y aurait une véritable tribu à la station *Kaiser Ulrich III,* reprit l'Irlandais en essuyant les larmes de rire qui perlaient au coin de ses paupières, une forte concentration avec des enfants en bas âge. Des nouveau-nés.

– *Kaiser Ulrich III ?* marmonna David, pensif. C'est une grande station, ça. Une correspondance en étoile, non ?

Lize s'essuya les mains et les pieds avec une serviette-éponge, traversa le couloir en direction du vestiaire. Pendant qu'elle changeait de vêtements, la conversation des hommes continuait à bourdonner dans le lointain. Elle ne souffrait pas d'en être exclue. Elle savait qu'ils l'avaient classée dans la catégorie des emmerdeuses dépourvues d'humour. Lorsqu'elle eut enfilé son jean et son blouson, elle retourna dans le salon d'équipement pour prendre la valise de fer contenant les papiers d'identité et les chargeurs photographiques impressionnés.

– J'y vais, lâcha-t-elle, je suis de retour dans une heure.

– Prends ton temps ! rigola David, je plongerai pas avant d'avoir pissé toute cette bière ! J' tiens pas à me jaunir les chaussettes en lansquinant dans mon scaphandre !

Et, déboutonnant sa braguette, il entra dans les cabinets dont il laissa la porte ouverte. Lize ignora la provocation, saisit l'attaché-case de fer et gagna le porche. Dès que le battant blindé eut claqué dans son dos, elle sauta dans le tramway à plate-forme qui desservait le centre-ville. Le bâtiment du recensement n'était qu'à dix minutes de route du bunker. En se penchant, on apercevait sans mal ses dix étages de béton dominant le flot des voitures. Lize tâta du pouce et de l'index ses sinus douloureux. Depuis quelque temps son organisme accumulait les petits accidents de décompression. Des symptômes, bénins mais dont la répétition finissait par laisser présager à plus ou moins brève échéance des traumatismes plus sérieux. Elle aurait dû consulter un médecin, mais elle n'y tenait pas. Comme Connoly, elle se rabattait sur l'automédication ; c'était stupide mais elle ne voulait pas courir le risque de se retrouver confinée sur une voie de garage, au fond d'un sous-sol d'archivage, ou derrière une machine à écrire au service du recensement.

Elle sonna, sauta de la plate-forme une seconde avant l'arrêt, comme pour se prouver qu'elle était toujours en bonne condition physique. Elle se tordit la cheville en s'injuriant. Une foule terne encombrait les abords du bâtiment administratif, stagnant en groupes hésitants et silencieux. De nombreuses personnes arboraient des brassards de crêpe noir en signe de deuil, voire de protestation. Lize remonta l'allée de gravier bleu qui lui donnait chaque fois l'impression de se déplacer au fond d'un aquarium et entra dans le hall. C'était un déambulatoire carrelé de gris. Des bancs de fer le jalonnaient. De grands panneaux tapissaient les murs, offrant au regard des listes de noms et des colonnes de mauvaises photos. Des hommes, des femmes erraient de l'un à l'autre, le visage vide, prenant garde à ne pas faire tinter leurs talons sur les dalles. Des chuchotements s'élevaient par instants, incompréhensibles, chuintant tel le vent dans le trou d'une serrure, puis le silence retombait. Un balayeur en blouse grise arpentait la salle, aspergeant les mégots à l'aide d'un arrosoir empli d'une solution désinfectante à la blancheur de lait. Il s'acquittait de son travail avec une placidité qui lui faisait un visage de machine. L'endroit tenait à la fois de l'hôpital et du palais de justice. Il y régnait un sourd relent d'exaspération humiliée, de désespoir muselé. Lize s'approcha d'un ascenseur de service. Les panneaux, constamment tenus à jour, s'efforçaient de compléter, au fil des mois, la liste des disparus. On y compilait tous les renseignements susceptibles de provoquer une identification.

La jeune femme grimpa dans la cabine, enfonça un bouton. Le cube aveugle la rejeta trois étages plus haut. Des fenêtres à meneaux dispensaient une lumière alourdie de poussière sur des bureaux isolés les uns des autres par des cloisons de contreplaqué. Un fichier métallique courait contre le mur ; des filles en blouse grise y fouillaient, les doigts tachés de crasse, les aisselles moites. Lize fila vers une console d'ordinateur sur laquelle peinait une femme rousse au chignon affaissé. Un macaron épinglé au revers de sa blouse de travail annonçait : *Greta Landbröke. Dépouillement des éléments collectés.*

Elle se redressa en reconnaissant Lize. Elle avait un visage agréable mais fatigué, qu'enlaidissait une paire de grosses lunettes d'écaille. Elle sourit tristement, s'empara de la mallette dont elle fit sauter les scellés.

– Station Schillerman, direction Bagdenhöff, annonça Lize en guise de salut, rame numéro 453, wagon de tête A 68. Ça va ?

– Vous voulez du café ? répondit Greta. Non, ça ne va pas. L'ordinateur est saturé de demandes. Nous avons de plus en plus de fantômes.

– De fantômes ?

L'employée ricana, releva ses lunettes trop lourdes qui penchaient, et versa une cuiller de mouture dans un filtre.

– C'est comme ça que nous appelons les gens qui ont mis à profit la catastrophe du métro pour s'évanouir dans la nature, se faire passer pour morts si vous préférez ! Ils sont légion : les endettés, ceux qui voulaient abandonner femme et enfants, celles qui voulaient fuir leur mari, leur famille. Les marginaux qui souhaitaient se refaire une virginité, couper les ponts. Les adolescents mineurs en mal de fugue prolongée (ce sont les plus nombreux !), tous ceux-là ont sauté sur l'occasion. En ne regagnant pas leur domicile, le 18 avril 2015, ils ont choisi de devenir des « présumés disparus ». Aucune poursuite judiciaire ne peut être lancée contre un « présumé disparu ». Il est mort, ou presque. Les avis de recherche sont du même coup annulés. Le 18 avril a fait, d'après les statistiques, 25 000 morts, mais nous devons aujourd'hui affronter une proportion égale de fantômes. Vous savez qu'à la campagne les bandes de vagabonds et de coureurs des bois se multiplient. Lorsqu'on les arrête on ne trouve sur eux aucun papier d'identité, et tous se prétendent « amnésiques ». Commode, non ?

L'attaché-case ouvert, elle enfila des gants de caoutchouc pour vider les portefeuilles décolorés par leur séjour aquatique.

– Il nous faudrait davantage d'informations, soupira-t-elle, pour l'heure on n'a formellement identifié que 12 000 défunts. Les cas litigieux augmentent chaque jour. Nous sommes assaillis par les avocats, les notaires. Les successions bloquées, les assurances-vie impayées s'accumulent. Des milliers d'héritage sont en suspens, en tutelle judiciaire. Les héritiers potentiels n'ont pas la patience d'attendre encore vingt-quatre mois que le cher disparu soit déclaré légalement mort, selon les termes de la loi des cinq ans relative à l'absence prolongée. Le Service du recensement est constamment assigné en justice. Il y a aussi des problèmes de corruption. Certains fonctionnaires, à qui on a graissé la patte, ont officialisé des décès sur lesquels on n'avait aucun élément. Tout cela finira mal.

D'une main lasse elle pianota sur la console, égrenant les patronymes qu'elle déchiffrait au fil du dépouillement.

– Vous savez que certains héritiers potentiels viennent nous trouver avec de faux papiers artificiellement détrempés, siffla-t-elle sans relever la tête, ils nous expliquent alors qu'ils ont retrouvé ces documents dans un égout ! Les fraudes se multiplient. Vous avez songé à tous ceux qui ont assassiné leur femme ou leur mari le 18 avril, qui ont fait disparaître le cadavre, et déclaré ensuite que le « cher disparu » avait pris le métro ce jour-là ? J'y pense, moi ! Combien de meurtriers impunis côtoyons-nous dans la rue ? Combien de monstres qui se savent aujourd'hui assurés de l'impunité ?

Son ton dérapa dans l'aigu. Elle se reprit et s'absorba dans sa besogne de transcription. Lize brancha la cafetière électrique que Greta Landbröke paraissait avoir oubliée. La machine crachota un jet de vapeur et d'eau bouillante additionnée de calcaire. Le café moussa dans le filtre. Pendant trois minutes on n'entendit plus que les borborygmes de l'engin, puis la petite femme rousse se rejeta dans son fauteuil, coupant le contact du terminal.

– Il y a des rumeurs, fit-elle à voix basse, on raconte que les scaphandriers ont isolé un groupe important de survivants à la station *Kaiser Ulrich III,* c'est vrai ? Quand vous déciderez-vous à nous apporter les noms de ces gens-là ?

Lize haussa les épaules.

– Officieusement, nous avons ordre de ne pas les approcher, dit-elle, les circulaires de la préfecture insistent bien là-dessus : *pas de contact avec les rescapés prisonniers des poches d'air.* Vous le savez comme moi, du reste. Notre rôle se borne à leur apporter des vivres et des médicaments. Plus exactement à déposer les conteneurs de ravitaillement en bordure du quai, là où les éventuels rescapés pourront les trouver.

– C'est inadmissible ! trépigna Greta pendant que ses lunettes glissaient sur la pente de son nez, nous ne pourrons jamais compléter le puzzle si vous laissez volontairement des pièces dans l'ombre ! Enfin, vous n'allez pas prétendre que ces pauvres types ont régressé au point de plus pouvoir bégayer leur nom !

Lize se ferma. Ses doigts froissèrent le gobelet de carton. La petite femme comprit qu'elle était allée trop loin. Il y avait des sujets qu'on n'évoquait plus depuis la catastrophe, mais, comme toutes les employées du recensement, elle avait été recrutée dans une autre ville afin qu'aucun ressentiment personnel ne vienne influencer son travail. Et c'était justement cela que leur reprochait la population. Combien de fois Greta ne s'était-elle pas entendu crier au visage : « Évidemment ! Vous n'êtes pas concernée ! Si vous aviez perdu quelqu'un le 18 avril, vous remueriez davantage votre gros cul ! »

Ces attaques étaient injustifiées, mais les quémandeurs avaient besoin d'exutoire. Faute de pouvoir s'en prendre au maire, on attaquait ses subordonnées. Dans la presse à vocation pamphlétaire le service de recensement était couramment surnommé : *Le grand Foutoir, Le labyrinthe des inutiles.* De part et d'autre on nourrissait de sourdes rancœurs, et les demoiselles du fichier menaçaient périodiquement de se mettre en grève. Chaque fois, le maire le leur déconseillait « amicalement » si elles ne voulaient pas être lynchées par les familles des disparus.

Lize éteignit la cafetière.

La machine se rendormit dans un dernier hoquet de vapeur. Les gouttes perlant de son bec entartré s'écrasaient sur la plaque chauffante où elles s'évaporaient en chuintant. Lize signa le procès-verbal de livraison, soudain pressée de fuir ces bureaux où d'étranges comptables thésaurisaient les cadavres. Elle marmonna une brève formule de politesse et tourna les talons, Greta Landbröke s'était déjà replongée dans ses bilans.

Caniches, secrets d'État et dentifrice...

En descendant l'allée caillouteuse qui menait à l'arrêt du tramway, Lize éprouva le besoin irrésistible de rencontrer Tropfman, le toiletteur de caniches. Poussant la porte d'une cabine téléphonique, elle forma le numéro d'appel du centre de plongée. Connoly ne répondit qu'à la dizième sonnerie.

– Je ne rentre pas, attaqua aussitôt la jeune femme, j'ai une hémorragie nasale, ça ne passe pas, je vais chez le toubib.

– Okay, grommela l'Irlandais, c'est pas grave. Nath est dans le secteur, je vais lui demander de venir te remplacer.

Il raccrocha. Lize en fit autant. Elle était un peu étonnée de sa propre audace. Jamais jusqu'à présent elle n'avait triché avec le service ; fallait-il voir dans cet écart l'influence néfaste de Gudrun ?

Elle traversa la chaussée à la hauteur des galeries Sankt-Marcus et s'engouffra dans l'avenue Hullreider, fendant la foule de l'épaule. La grisaille du jour finissant étouffait les couleurs sous son voile de cendre. Les badauds n'avaient plus aucun relief, ils semblaient peints en trompe-l'œil sur les façades et les portes cochères. Lize haletait. Passant la main sous son blouson elle s'aperçut que la sueur mouillait le devant de son tee-shirt. Elle repéra l'entrée de la galerie marchande logée dans un étroit passage surmonté d'une coupole transparente. La pluie crépitait sur la voûte de verre, délayant la fiente des pigeons. Les échoppes vomissaient des éclats de laser, striant l'espace de diagonales multicolores qu'on hésitait à franchir. Lize repoussa deux ou trois camelots, sans même entendre leur boniment, et courut jusqu'à la boutique de Tropfman. L'ancien flic était seul. Boudiné dans une blouse blanche, qui lui donnait l'air d'un garçon boucher, il s'escrimait à brosser les dents d'un caniche qu'il tenait coincé sous son bras gauche. La bête se débattait et bavait d'abondance. Avec sa gueule écumante, ses yeux dilatés par la peur, elle paraissait atteinte par la rage et prête à mordre tout ce qui passerait à sa portée.

Tropfman, lui, était au comble de la fureur. Son visage empâté frémissait, et une pellicule de sueur recouvrait son front, ajoutant à la brillance de son crâne chauve sur lequel il avait artistement disposé les trois mèches s'accrochant encore à son cuir chevelu ravagé par la séborrhée. Des tubes de pâte dentifrice s'entassaient le long des murs. Des boîtes d'onguents s'amassaient sur les étagères. Malgré le désordre, et sûrement à cause de l'odeur médicamenteuse, on avait l'impression de se trouver dans une pharmacie. Le timbre électrique surmontant le seuil émit une note aiguë. Tropfman releva la tête. Il mit deux secondes pour reconnaître Lize. Ses yeux brillants et les taches rouges marbrant ses joues indiquaient qu'il avait bu. La jeune femme remarqua une bouteille d'ouzo, un verre et des citrons, posés sur le dessus d'une caisse. Un électrophone antédiluvien tournait au bout du comptoir, son haut-parleur nasillard déversait *Ik be moe, er is iets niet in ordre met mijn motor* de Abdul N'Koulé Bassaï dans la version de 56 enregistrée à Nashville, avec Ahmed Choükran au cornet, et Ben Zimer au trombone.

– Oh, c'est toi, Lizzie ! balbutia le gros homme en levant sa brosse à dents dégoulinante de mousse et de bave. Si je m'attendais...

Il abandonna le caniche qui se mit aussitôt en devoir de cracher un flot de pâte blanche sur le carrelage. Le disque gratta un peu, puis les chorus annoncèrent *Tot ziens juffrouw*, toujours de N'Koulé Bassaï. Lize tendit l'oreille et crut identifier le vibrato terriblement sensuel de Ikhmet Hassan dont la clarinette dominait maintenant tout l'orchestre.

– C'est l'enregistrement de 69, expliqua Tropfman en s'essuyant les mains, celui réalisé au grand opéra de Tunis. On n'a jamais fait mieux depuis. Il venait juste de se séparer de son inspiratrice, Linda Bolkova. Le départ de cette salope lui a permis d'écrire ses meilleurs morceaux. Tu bois un coup ?

Sans attendre, il tira un second verre d'un tiroir, le remplit d'ouzo. Ses doigts maculés de dentifrice laissaient des traces blanchâtres sur tout ce qu'il touchait. Il se mit à presser un citron en soufflant fort par les narines, comme si cette besogne réclamait un prodigieux effort physique.

– Je me suis toujours demandé pourquoi Bassaï rédigeait ses titres en néerlandais, dit la jeune femme, celui que je préfère c'est *Ik vertrek... (je pars)*. J'ai les cinq versions de Hambourg, celles qu'il a improvisées au cours de la même nuit.

Elle fit une pause avant d'ajouter: « Et toi, ça va ? » Tropfman haussa les épaules.

– Ça roule doucement. Une clientèle de mémères qui bourrent leurs chiens de sucreries et s'étonnent ensuite de leur voir les dents gâtées. Elles sont prêtes à acheter n'importe quoi pour leur garder les crocs brillants. J'ai pas à me plaindre. Toi, tu patauges toujours dans la flotte ?

Lizzie grimaça, hésita une seconde avant d'attaquer :

– Justement, c'est pour ça que je suis venue. J'ai besoin de tuyaux. Tu as travaillé pour la commission d'enquête. Je voulais...

– *Laisse tomber, Lizzie !* coupa le gros homme en contemplant son verre, si tu veux un conseil laisse tomber.

– Mais pourquoi ?

– C'est une affaire pourrie, pas claire. Des pressions à tous les niveaux, on n'a pas pu réellement enquêter. Chaque fois qu'on s'étonnait, qu'on posait une question, un scientifique de l'armée nous expliquait sans détour qu'on était des crétins et que, de toute manière, on ne pouvait pas comprendre. Voilà l'ambiance. Maintenant, si tu y tiens vraiment, je peux te répéter ce qu'on m'a répondu. Qu'est-ce qui te fait tiquer dans la procédure ?

– Les... Les morts, hasarda Lize, cette histoire de momification naturelle. Si la boue agit ainsi sur les corps, pourquoi les plongeurs n'en subissent-ils pas les conséquences ? Nos mains sont souvent exposées, nos visages aussi lorsque nous utilisons les scaphandres autonomes pour des opérations de courte durée... Normalement nous devrions nous retrouver affligés d'une peau dure comme le carton à tous ces endroits. Sans parler des poissons.

Tropfman haussa les épaules.

– J'ai posé cette question dix fois, maugréa-t-il, on m'a toujours répondu la même chose : la boue n'a d'effet que sur les organismes morts, ce qui justifie que poissons et scaphandriers restent insensibles à ses vertus.

– Mais les cadavres ? insista la jeune femme, cette interdiction formelle de les remonter, ça paraît un peu fou, disproportionné...

– Tu connais comme moi l'argumentation du maire : pas d'enterrement à épisodes ! C'est mauvais pour l'électorat. Cela dit, je peux t'affirmer que dans les premiers temps on a effectivement remonté à des fins d'autopsie une dizaine de corps prélevés sur des sites différents. Le résultat des examens était plutôt surprenant : *aucun n'était mort noyé !* Tous semblaient avoir péri brutalement une seconde avant l'inondation. Leurs poumons ne contenaient pas une goutte d'eau, et leurs bronches présentaient des lésions curieuses d'origine indéterminée, comme s'ils avaient respiré une émanation corrosive, *un... gaz.* À la suite de ces conclusions, les examens ont été prohibés. Les médecins de l'armée ont parlé d'émanations méphitiques dues à la fermentation des boues, et le dossier a été fermé. Clac ! Du jour au lendemain.

– Et les survivants, murmura Lize, pourquoi les laisser au fond, prisonniers des bulles ?

Tropfman vida son verre, ricana de façon déplaisante.

– Erreur, jubila-t-il, on en a remonté ! Oh ! Pas beaucoup, quatre ou cinq, mais on en a tout de même remonté. Ça s'est fait dans le plus grand secret. Les types ont été transférés dans une clinique psychiatrique de l'armée. *Ils devenaient fous au contact de l'air trop oxygéné.* L'O_2 leur brûlait le cerveau, oxydait leurs cellules mentales ! C'était comme si leur cervelle se mettait à rouiller en un temps record. Une sorte de dégénérescence accélérée, qui les rendait séniles en quelques heures. On en a placé dans des caissons hyperbares mais ça ne changeait pas grand-chose. Ce qui m'a paru bizarre, c'est que si peu de temps après la catastrophe une mutation aussi irréversible se soit opérée. Un peu rapide, non ?

Lize fit la moue.

– Ce serait plus plausible si on admettait que, une seconde avant le sinistre, quelque chose a empoisonné l'air des tunnels, provoquant la mort immédiate du plus grand nombre ? C'est ce que tu veux dire ? Ce quelque chose, *ce... gaz*, aurait ensuite stagné dans les poches, se mêlant à l'air retenu. Sa faible proportion n'aurait, cette fois, pas entraîné de décès, mais provoqué des mutations organiques à court terme ?

– C'est toi qui dis ça, Lizzie chérie ! gloussa le gros homme, *moi je ne dis rien*. Rien du tout. Remarque que dans ce cas, on comprend très bien pourquoi le maire ne tenait pas à ce qu'on récupère les « naufragés ». Tu imagines tous ces mecs, accumulant les symptômes bizarres au fil des mois ? La presse n'aurait pas manqué de souligner le côté curieux de la chose. Tandis que là, au fond de leur labyrinthe de flotte, personne ne risque d'aller les regarder sous le nez.

– Évidemment, raisonna la jeune femme, même des hôpitaux caissons n'auraient pas suffi à les isoler suffisamment du public, des parents, des amis. Le spectacle des dégradations n'aurait pas favorisé l'oubli.

– Exact ! souligna Tropfman en crachant un pépin, le maire a bien joué son coup, crois-moi ! Les naufragés des poches d'air, ça fait rêver la foule. On se dit que celui auquel on pense est p't'être encore vivant, c'est moins triste. Mais d'un autre côté, le sachant débile, dégénéré, on ne tient pas vraiment à le récupérer... Et puis trois ans ont coulé là-dessus. Le temps et l'habitude ont fait leur œuvre. Le *statu quo* contente tout le monde. On espère, mais on y croit pas trop. Alors, pour ne pas être déçu, on préfère cultiver l'ignorance. Le mythe des survivants, c'est juste une manière d'alléger sa peine... Un truc du style « Il est sûrement encore en vie, mais je ne veux pas le voir dans cet état. Il vaut mieux que les enfants conservent une belle image de leur père ! », tu vois ? Faut être un habile politicien pour prévoir des choses comme ça... Chapeau !

Il se tut, pressa un autre citron. Le disque entamait sa dernière plage : *Ik laat mijn adres achter*. N'Koulé Bassaï au piano, tout seul, avec sa main gauche qui cassait curieusement le rythme, et sa droite feutrée, aérienne.

– Si on veut s'amuser à délirer un brin, chuchota Tropfman, on peut aussi se raconter que la momification des cadavres est une conséquence programmée des gaz de combat ayant envahi les tunnels. Imagine une substance qui, après avoir asphyxié l'adversaire, paralyse les processus de décomposition organique. On contourne ainsi les risques d'épidémies résultant d'une extermination massive. On a soudain la possibilité de gazer une ville tout entière sans devoir affronter le problème que posent des milliers de morts pourrissant au long des avenues. Avec la momification instantanée, on a la satisfaction de pouvoir mener une guerre propre. La guerre propre, c'est l'obsession des militaires. La guerre sans destructions massives, sans contaminations incontrôlables, sans radiations. Le rêve des états-majors, c'est de détruire l'ennemi mais de pouvoir récupérer les cités, les industries, les centres de production *intacts*. Les missiles, le nucléaire, la guerre conventionnelle, la guerre bactériologique ne permettront jamais cela. Il y aura toujours des inconvénients. L'environnement est détruit, le territoire inhabitable, quant à la pollution virale, elle est hasardeuse, personne ne peut savoir jusqu'où elle s'étendra et si elle ne nous reviendra pas en pleine gueule comme un boomerang.

– Tandis qu'avec un gaz de combat bien conçu..., commença Lize.

– Tout devient facile et propre, compléta l'ancien policier. Surtout s'il permet de tuer des milliers d'ennemis en les embaumant sur-le-champ. Du coup il devient possible d'investir les territoires sans attendre et de s'approprier les usines, les matières premières. On gaze, on attend la dissipation de la nappe, et on envoie une légion de croque-morts déblayer les rues. Mais attention ! Ce que je te dis là relève bien sûr de la haute fantaisie. Ce sont juste des divagations d'alcoolique, tu l'as compris, j'espère ?

Lize digéra l'information.

« Il suffirait d'un gaz dont le pouvoir destructeur s'annihile de lui-même au bout d'une heure, songeat-elle. Ce doit être possible à réaliser, les scientifiques sont capables d'inventer des trucs tellement tordus ! »

– Dans ce cas, pourquoi ne pas avoir supprimé les

survivants du métro ? interrogea-t-elle, revenant à des préoccupations plus immédiates. Tout de suite après la catastrophe c'était plus sûr.

– Non, pas du tout, objecta Tropfman. Trop de témoins. Tous les flics n'auraient pas fermé leur gueule. Et puis les journalistes tournaient comme un essaim de guêpes en folie, prêts à recueillir la moindre indiscrétion. Attendre, c'était mieux. Un jour ou l'autre – sûrement dans pas longtemps – les poches se résorberont, l'air viendra à manquer, et il n'y aura plus *aucun* survivant. Le dossier sera alors bouclé. D'ailleurs, une poche, c'est fragile. Il suffit d'un nageur clandestin mal intentionné pour la faire disparaître. Une mine, une cartouche de dynamite, et hop ! L'air s'enfuit par la fissure, à grosses bulles, condamnant ceux qui habitent l'endroit à la noyade, car si l'air s'en va, l'eau monte aussitôt, tu le sais aussi bien que moi...

Lize retint un frémissement. Tropfman avait raison. Et *si les nageurs clandestins n'étaient pas tous de vulgaires détrousseurs de cadavres ? Si...*

– Laisse tomber, Lizzie, répéta le gros homme d'une voix pâteuse. C'est une affaire pourrie, un dossier dangereux. Le bataillon scaphandrier est noyauté d'éléments favorables à la municipalité, tu dois faire attention. Un accident est vite arrivé. Tes petits copains, je les connais : David, Nath. De la sale engeance, L'Irlandais, j'en sais rien. Plus fêlé que méchant, probablement, mais les autres...

Lize promenait le bord du verre contre sa lèvre. L'acidité du citron agaçait sa chair fendillée. Au milieu de la boutique le caniche mordait sauvagement un tube de pâte dentifrice comme pour se venger de la séance de brossage qui lui avait raidi les poils du museau.

– Le tartre, c'est l'ennemi des dents ! balbutia sentencieusement Tropfman, rattrapé par l'ivresse.

– On ne m'avait pas menti, chuchota la jeune femme, on peut donc raisonnablement supposer qu'il y avait un silo de stockage de gaz de combat sous le métro. Un accident s'est produit, quelques conteneurs ont explosé. Les émanations se sont infiltrées dans les tunnels, tuant les voyageurs entassés dans les rames. Puis l'eau du fleuve a tout noyé... Tu es d'accord avec cette version ?

Tropfman leva un doigt mal assuré.

– Je ne peux dire qu'une seule chose, bégaya-t-il au seuil du coma éthylique, le tartre c'est l'ennemi des dents !

Lize soupira, découragée. L'électrophone fit entendre son déclic de fin de course. Le bras se releva, regagnant son support. La jeune femme posa le verre sur le comptoir. Tropfman dormait, le menton sur la poitrine (ou se donnait beaucoup de mal pour faire semblant). Le chien achevait de déchiqueter le tube. Elle comprit qu'elle ne tirerait plus rien de l'ancien policier et décida d'abandonner la partie. Elle franchit le seuil en refermant la porte vitrée pour éviter que le caniche ne prenne la fuite. Au moment où elle quittait la galerie marchande, un tram remontait l'avenue Sankt-Markus.

Greta Landbröke se tenait sur la plate-forme, à l'arrière, enveloppée dans un ciré gris. Son regard coula sur Lize comme si elle ne la voyait pas. La plongeuse fut pourtant persuadée que l'employée du recensement l'avait bel et bien reconnue, et cet incident la troubla.

Elle regrettait déjà d'avoir cédé à l'impulsion qui l'avait poussée chez Tropfman. Le marchand de dentifrice alcoolique pouvait-il être considéré comme un informateur valable ?

Mal à l'aise et fatiguée, elle décida de rentrer chez elle.

La mélancolie des sirènes par trente mètres de fond

Le week-end suivant, obéissant à une impulsion déraisonnable, Lize décida de rendre visite à sa famille en compagnie de Gudrun.

C'était probablement une mauvaise idée, mais une nécessité obscure la poussait à susciter cette confrontation.

À sa grande surprise, la jeune marginale accepta sans faire de difficulté. Elles prirent donc la route le samedi matin, dès l'aube. Pour l'occasion, Lize avait sorti sa voiture du garage, une vieille BMW de troisième main, qu'elle utilisait de plus en plus rarement.

– Je pensais que tu refuserais, déclara-t-elle dès qu'elles furent lancées sur l'autoroute.

– Pourquoi ? fit Gudrun. Pour moi c'est comme d'aller au parc d'attractions. Nacha m'a tellement parlé de tout ça : le grenier, les statues dans le parc. Le grand disneyland familial... Elle en devenait gavante.

– Elle ne t'a jamais emmenée là-bas ?

– Non, elle voulait couper les ponts avec papa-maman. Elle voulait exister par elle-même... C'est ce qu'elle répétait. C'était une fille de riches qui s'imaginait malheureuse. Elle n'avait pas de vrais problèmes, alors elle s'en inventait. Elle adorait pleurer en se regardant le nombril.

Lize crispa les doigts sur le volant.

– Nous n'avons jamais été riches, corrigea-t-elle.

Gudrun émit un bruit disgracieux avec la bouche.

– Pour moi qui viens de la rue, vous étiez de super-bourges, oui ! J'aimais énormément Nacha, mais il faut dire la vérité : elle était 99 % chiante 1 % irrésistible. Si elle n'était pas morte, je crois que je l'aurais virée.

– Qu'est-ce que tu fichais avec elle ?

– Je me l'étais payée comme on s'achète une petite figurine de porcelaine, parce que c'est joli, cher et fragile. Ça peut se casser facilement, faut l'épousseter tout le temps. Dans ma famille, en guise de bibelots on avait plutôt des cendriers remplis de vieux mégots, tu vois ? Nacha, c'était mon luxe à moi.

– Qu'est-ce qu'elle te trouvait ?

Gudrun pouffa de rire.

– Je suis tout sauf sérieuse, lâcha-t-elle. *Je suis le contraire de toi*. Ça lui plaisait. Enfin, bon sang ! Tu n'as pas encore compris que tu lui faisais peur ? Tu décidais pour elle, tu la commandais... Tu mettais tous ses amis en fuite.

Lize serra les mâchoires.

« Arrête de jouer les Esther Krautz, se dit-elle. Ne cherche pas à savoir. Ça ne sert à rien. Gudrun n'a connu qu'une facette de Nacha, elle en avait d'autres... »

Durant les dix kilomètres suivants elle resta silencieuse, remâchant la question qui lui brûlait la langue : « Couchiez-vous ensemble ? »

Elle commençait à regretter de s'être embarquée dans cette équipée. Elle avait espéré mettre à profit le trajet pour cuisiner sa compagne de voyage, obtenir enfin les informations qui lui faisaient tellement défaut.

– Arrête de te torturer, soupira soudain Gudrun. Nacha est morte au bon moment. Elle aurait mal tourné. Elle n'avait aucun talent, ni de chanteuse ni de musicienne. Cette fille, c'était de la pâte à modeler. Elle aurait fini dans les mains d'un sale mec à tourner des films porno ou ce genre de truc. Les filles de riches ne sont pas armées pour affronter la rue. Elles se croient intelligentes parce qu'elles ont fait des études, mais en réalité, elles sont plus connes que des génisses ! Je connais des tas de putes qui sont passées par l'Université. Tu sais que je n'invente rien. L'histoire du métro, ça l'a peut-être sauvée d'un sort encore plus moche... C'est ce que je me dis souvent : au moins, elle est morte alors qu'elle était encore propre. Tu as beau croire ce que tu veux, je ne l'ai pas salie. Cela, j'en suis sûre.

Elles ne dirent plus rien jusqu'au terme du voyage. Lize n'avait pas remis les pieds à Oldenburg depuis plus de six mois. Elle avait commencé à espacer ses visites quand elle s'était rendu compte que ses intrusions dérangeaient ses parents dans leurs chères habitudes. À plusieurs reprises, elle avait eu l'impression que sa mère attendait avec impatience le moment de son départ pour reprendre le cours d'activités interrompues à regret.

– Mon père est malade, annonça-t-elle en voyant apparaître au bout de la route le toit de la grande maison délabrée. Depuis trois ans il perd la mémoire. Ne t'étonne pas s'il te tient des propos incohérents, ou te prend pour quelqu'un d'autre.

La grille du parc était ouverte. Non pas en signe de bienvenue, mais parce qu'elle était désormais en trop mauvais état pour qu'on puisse la fermer. En s'engageant dans l'allée, Lize ne put s'empêcher de jeter un coup d'œil en direction de la statue macabre aujourd'hui identifiable sous son manteau de lierre et de mauvaises herbes. *Le grand Hanafosse en train de se faire égorger par l'assassin anonyme... Le cou tranché, la main brandissant le rasoir...*

Gudrun regardait dans la même direction.

« Tiens, c'est bizarre, songea Lize, comment sait-elle que des statues se cachent sous cette végétation ? Nacha lui a donc *tout* raconté ? »

Elle lutta contre la bouffée de jalousie qui l'envahissait. Nacha n'avait jamais été très bavarde avec elle, et il lui déplaisait de l'imaginer s'épanchant auprès d'une autre en une interminable logorrhée.

Elle freina au pied du perron. Sa mère, Magda Unke, apparut en haut des marches... en maillot de bain noir, un ridicule bonnet de caoutchouc sur la tête. À 62 ans c'était une femme mince et jolie, perpétuellement souriante. En la voyant dans cet accoutrement, Lize redouta, l'espace d'une seconde, qu'elle n'ait, elle aussi, perdu l'esprit.

– Muttie..., bredouilla-t-elle, prise de court.

Magda Unke ne lui accorda pas un regard. La main droite plaquée sur la bouche, elle s'était figée, au comble de la stupeur, les yeux fixés sur Gudrun qui descendait de voiture.

« Mon Dieu ! songea Lize, elle se croit probablement attaquée par une bande de drogués. »

Il est vrai que l'apparence de Gudrun prêtait à confusion.

– Tout va bien, s'empressa de crier Lize. C'est une amie.

Magda Unke ne parut pas l'entendre. Quand elle baissa la main, son sourire avait disparu et ses lèvres tremblaient.

– C'est Gudrun, une amie, insista Lize en la prenant par les épaules, tout va bien.

Sa mère tressaillit.

– Oh ! Bien sûr, haleta-t-elle. C'est juste que je l'ai prise pour... *quelqu'un d'autre*. Excuse-moi.

– Que fais-tu en maillot de bain ? s'étonna Lize pour tenter de dissiper le malaise, tu vas attraper froid.

Magda Unke se dégagea sèchement. Elle n'aimait pas être dorlotée. « Cela me donne l'impression d'être vieille », répondait-elle quand on s'étonnait de son attitude.

– C'est ma tenue de travail, lâcha-t-elle. Je me suis lancée dans une sculpture de grande envergure. Tu verras ça tout à l'heure. Si ça t'intéresse.

Se détournant de sa fille aînée, elle descendit l'escalier de marbre pour accueillir Gudrun.

– Nous nous sommes déjà vues, n'est-ce pas ? hasarda-t-elle.

– Non, Madame, répondit la jeune marginale en soutenant son regard. J'étais une amie de Nacha. Elle m'a beaucoup parlé de vous.

Lize se raidit. Elle eût préféré que Gudrun s'abstînt de mentionner ses liens avec sa sœur.

– Nous faisions de la musique ensemble, expliqua complaisamment Gudrun. Dans le métro...

– Dans le métro, oui bien sûr, fit Magda. Alors ma sculpture vous plaira. Il y est question de Nacha... et du métro.

Les trois femmes pénétrèrent dans le hall. Rien n'avait changé, si ce n'était un délabrement qui s'accentuait d'un mois sur l'autre. Gudrun semblait à l'aise... ou dépourvue de curiosité. Elle n'avait aucun de ces regards en coin qu'on ne peut s'empêcher de lancer lorsqu'on visite pour la première fois un lieu inconnu.

– Mon mari est dans le jardin d'hiver, lui expliqua Magda. Il n'a plus toute sa tête, le malheureux, ne vous étonnez de rien.

Une boule dans la gorge, Lize se prépara à affronter la décrépitude de son père. Rolf Unke avait toujours été bel homme. Blond, barbu, nanti d'une superbe tête de viking, il avait fait chavirer bien des cœurs féminins dans sa jeunesse. La maladie lui avait donné l'allure d'un vieux druide. Ses cheveux gris lui tombaient sur les épaules, et la barbe sur la poitrine, car il refusait obstinément qu'on les lui coupe. Il passait ses journées dans la serre, au milieu des plantes jaunâtres que Magda laissait régulièrement crever, et remplaçait tout aussi régulièrement. Son unique occupation consistait à découper des silhouettes féminines dans des catalogues de vente par correspondance et à les coller sur les murs, au petit bonheur. Magda s'obstinait à prétendre qu'il s'agissait de collages artistiques. Lize n'en croyait rien. Elle avait admis depuis longtemps que son père était en train de s'enfoncer dans une démence sénile précoce.

– Oh ! *Nacha !* s'exclama le vieillard en apercevant Gudrun au seuil du jardin d'hiver. Comme c'est gentil... Tu m'as apporté la paire de ciseaux à pointes fines que je t'ai demandée la semaine dernière ? Et le catalogue de maillots de bain ?

– Bien sûr, assura Gudrun avec un aplomb remarquable. Je te montrerai ça tout à l'heure.

– Ah ! fit Rolf Unke en soupirant de contentement. Tu es une gentille fille. Lize ne m'apportait jamais rien. Elle ne savait pas choisir les bons catalogues.

– Papa, intervint Lize, je suis là. C'est moi, Lize.

Rolf Unke lui accorda à peine un regard.

– Mais non, déclara-t-il d'un ton péremptoire. Lize est morte dans le métro, noyée. Ce n'est pas trop grave parce que je ne l'aimais pas tellement. Elle était si... *sérieuse*. Vous, je ne sais pas qui vous êtes... Encore une infirmière, sans doute... Que voulez-vous ? Me piquer le cul avec vos saloperies de seringues émoussées ?

Il s'énervait, gesticulait en brandissant ses ciseaux à bouts ronds. Magda Unke saisit sa fille par le poignet et l'entraîna hors de la pièce. Dès que Rolf se retrouva en compagnie de Gudrun, il reprit son calme.

– Il ne faut pas lui en vouloir, soupira Magda en enfilant un vieux peignoir bleuâtre. Il est devenu comme un enfant capricieux. Ce qu'il dit n'a aucun sens.

– Mais si, tu le sais bien, murmura Lize, la gorge nouée. Vous m'avez toujours trouvée ennuyeuse parce que je ne participais pas à vos folies « artistiques ».

Elle se tut, s'en voulant déjà d'avoir cédé à un accès de pleurnicherie. « Bon sang ! se dit-elle, voilà que je me mets à bêler. C'est Esther Krautz qui serait contente. »

Magda ne l'avait pas entendue. Elle paraissait distraite, en proie à un malaise indéfinissable.

– Tout à l'heure, chuchota-t-elle, quand vous êtes sorties de la voiture... J'ai eu un choc. Ton amie... cette Gudrun... J'ai... *J'ai cru que c'était Nacha*.

Lize haussa les épaules.

– C'est un genre qu'elle se donne, expliqua-t-elle d'une voix maîtrisée. C'était l'amie de Nacha. Elles partageaient le même appartement. Je pense que Gudrun était fascinée par Nacha. Elle n'a sans doute même pas conscience de l'imiter. Tu t'y habitueras, mais je reconnais que ça fait drôle. Elle copie ses expressions, ses gestes...

– Il n'y a pas que ça, coupa Magda Unke. Elle lui ressemble. Physiquement.

– Mais non, protesta Lize. Elle est blonde comme elle, ça s'arrête là.

– Non, non ! s'entêta sa mère. Elle lui ressemble, en plus maigre, en plus âgée... en plus *usée,* mais la similitude est frappante. J'étais sa mère, tout de même, je sais de quoi je parle !

« Je ne me souviens pas que tu nous accordais beaucoup d'intérêt quand nous étions petites filles, faillit riposter Lize. Ton temps était trop précieux... Tu devais le réserver à ces œuvres d'art qui vous accaparaient tant, Papa et toi. »

Éprouvant le besoin de changer de sujet, elle pria sa mère de l'aider à sortir du coffre de la voiture les victuailles qu'elle avait apportées.

Comme toujours, elles éprouvaient une certaine gêne à se côtoyer et veillaient à n'aborder aucun sujet « sensible », ce qui les conduisait à s'extasier interminablement sur la qualité d'une viande ou d'un pâté. Jamais Magda Unke n'évoquait la profession de Lize. Elle semblait avoir choisi de croire, une fois pour toutes, que sa fille aînée était employée aux écritures dans un service de police chargé du recensement des noyés.

*

Le déjeuner fut atroce. Assise à la place d'honneur, Gudrun se lança dans une imitation parfaite de Nacha. Elle contrefaisait les mimiques de la disparue avec un tel savoir-faire que Rolf et Magda furent bientôt sous le charme.

« Elle a beau ne pas lui ressembler, pensait Lize, elle parvient à recréer le personnage... à nous y faire croire. Même sa voix change. »

Pour ne pas céder au vertige général, elle se rappela que Gudrun Straub, avant de basculer dans la marginalité, avait suivi une formation de comédienne et joué, avec succès, dans plusieurs pièces du répertoire.

« Elle a du talent, songea-t-elle, pourquoi a-t-elle renoncé à faire carrière ? Une sale histoire, peut-être... »

En regardant la jeune fille ressusciter le fantôme de sa sœur entre la poire et le fromage, elle comprit brusquement que Gudrun ne cessait jamais de jouer la comédie. C'était, chez elle, une seconde nature. Elle passait d'un rôle à l'autre dix fois par jour, au gré de sa fantaisie ou des circonstances.

« Je l'ai classée un peu trop vite dans la catégorie des zonardes camées jusqu'aux yeux, se dit Lize. En réalité, *je ne sais absolument pas qui elle est*. Elle ne ment pas, non, elle devient quelqu'un d'autre, et on se laisse prendre à la métamorphose. Elle détecte nos envies et s'y conforme. Elle s'est changée en Nacha parce qu'elle savait que cela me plairait. Il lui a suffi de grimper les marches du perron pour devenir la fille de la maison. C'est à peine si j'existe encore... »

*

Le café avalé, on reconduisit Rolf dans le jardin d'hiver pour qu'il y fasse sa sieste. Magda, elle, ôta son peignoir de bain, et prit la direction du parc, les deux jeunes femmes sur ses talons. Sa chair blême, frissonnante, avait quelque chose de pathétique. Le maillot lui entrait dans les fesses.

Au milieu de la végétation, là où jadis coulait un ruisseau, Magda Unke avait creusé un étrange bassin cimenté, sorte de fontaine tortueuse aux méandres labyrinthiques, qui étirait ses canaux dans toutes les directions. L'estomac noué, Lize découvrit qu'il s'agissait d'une maquette représentant le tracé du métro d'Alzenberg, avec ses voies, ses quais, ses stations... Des modèles réduits de wagons avaient été fixés au fond de cet étrange aquarium, dans l'eau trouble où s'ébattaient des poissons aux couleurs sales. La mise en scène avait un aspect épouvantablement réaliste. Sans tenir compte du froid, Magda enjamba le rebord du bassin et descendit dans l'eau qui lui montait à hauteur des seins.

– Muttie ! protesta Lize, tu vas attraper la crève ! Sors de là !

– Tais-toi donc ! riposta sa mère. Je le fais depuis six mois et je ne suis jamais tombée malade.

Lize écarquilla les yeux, atterrée à l'idée que Magda Unke puisse un jour être victime d'un malaise au cours de ses expérimentations artistiques. Qui viendrait à son secours s'il lui arrivait de perdre pied et de s'effondrer au fond du canal ? Sûrement pas son mari, prisonnier de ses catalogues et de sa folie.

– Laisse-la, murmura Gudrun, cessant, pour une seconde, de jouer le personnage de Nacha. Tu ne vois donc pas que c'est un truc qu'elle a inventé pour ne pas devenir dingue ? Arrête d'être aussi rationnelle. Parfois c'est la folie à doses homéopathiques qui vous empêche de perdre la raison.

Magda Unke nageait dans le canal, géante surplombant les wagons. De temps à autre, elle revenait à la surface pour respirer. Les plantes aquatiques prises dans ses cheveux lui donnaient l'allure d'une noyée. Ce n'était pas un spectacle très agréable.

Lize s'agenouilla au bord de la fontaine. D'où elle se tenait, elle distinguait de minuscules silhouettes à l'intérieur des voitures. Des petits personnages peints à la main. Des centaines d'hommes et de femmes pas plus grands que l'auriculaire. « Un travail de folle... », songea-t-elle en réprimant un sanglot.

Enfin, après avoir pataugé entre les nénuphars, Magda Unke refit surface. Elle tenait entre le pouce et l'index une figurine modelée à partir d'un bloc de résine. Une petite sirène à la queue bleuâtre, à la chevelure d'or déployée.

– Tu la reconnais ? haleta Magda. Je l'ai sculptée moi-même, à partir de vieilles photos.

Lize se pencha. Le visage du personnage avait beau n'être pas plus grand que l'ongle du petit doigt la ressemblance était parfaite, fruit d'un remarquable travail de miniaturiste. Il s'agissait de Nacha, bien sûr.

– Je ne sais jamais où je vais la retrouver, expliqua sa mère. Le courant l'emporte... et les poissons aussi. Elle est à moitié creuse, conçue pour flotter en demeurant immergée au ras des quais. Parfois elle reste introuvable, cachée je ne sais où, j'ai beau fouiller, fouiller... Aujourd'hui elle a décidé de ne pas jouer à cache-cache, elle s'est laissé capturer sans problème.

– Sors de l'eau, Maman, murmura Lize, tu grelottes.

– Le bassin, haleta Magda Unke, le regard vague. Je l'ai appelé *La mélancolie des sirènes, par 30 mètres de fond*. Un type du musée d'Art Moderne de Berlin est venu le voir. Il a pris des photos. Je crois qu'ils veulent l'acheter... mais c'est intransportable, non ?

– Sors de l'eau, répéta Lize. Passe ton peignoir et allons boire un café chaud.

– D'accord, fit Magda, mais il faut remettre la sirène dans l'eau. C'est la règle du jeu.

*

Sitôt de retour dans la maison, Magda Unke disparut sans s'occuper de ses visiteuses. Son travail ne lui permettait pas de se tourner les pouces, avança-t-elle en guise d'excuse, et elle avait encore tant d'idées à concrétiser... À son âge, il fallait se presser, ne rien gaspiller du temps qui vous était imparti. Elle avait retrouvé au grenier d'anciennes bandes magnétiques enregistrées par Nacha. Des chansons de petite fille. Elle voulait les diffuser *sous l'eau*, au moyen de haut-parleurs immergés. C'était un peu compliqué. Elle devait y réfléchir.

Lize et Gudrun se retrouvèrent seules dans le grand salon triste, noyé par la pénombre du parc.

– Tu la croyais écervelée mais elle en savait plus que toi, déclara soudain Gudrun.

– *Quoi ?* bredouilla Lize. De qui parles-tu ?

– De Nacha. Elle savait qu'elle mourrait jeune. Elle le sentait. Elle voulait profiter de la vie. Elle n'avait pas le temps d'être raisonnable, il lui fallait vivre le plus possible en un minimum de temps, tout condenser. Elle était talonnée par le compte à rebours. Elle me disait que la nuit, elle l'entendait dans sa tête : *tic-tic-tic*...

– Suffit ! siffla Lize, on dirait un dialogue de série télé. Tu ne t'arrêtes donc jamais de jouer ? Et puis cesse une fois pour toutes de copier Nacha, c'est insupportable. Pire, c'est indécent, surtout devant ses parents.

Gudrun eut un rire silencieux.

– On s'amusait souvent à ça, toutes les deux, murmura-t-elle rêveusement. Elle devenait moi, et je devenais elle. On s'étudiait l'une l'autre, on se critiquait, on se jetait nos manies à la figure. On s'insultait. C'était marrant. Elle voulait jouer les zonardes et moi les filles de bonne famille. Notre grand truc c'était d'essayer de duper les copains, de les convaincre qu'on était l'autre.

– J'ai du mal à croire que ça pouvait marcher, vous ne vous ressembliez pas tellement, attaqua Lize, consciente de mentir.

– À l'époque j'étais mieux, admit Gudrun. Et puis beaucoup de gens ne sont pas tellement physionomistes. Une jolie fille est une jolie fille. Le regard des mecs s'arrête souvent à la hauteur des nichons, alors c'est facile de les mener en bateau.

– Vous couchiez ensemble, Nacha et toi ? demanda enfin Lize.

– Non, fit distraitement Gudrun. Ou alors une ou deux fois, comme ça, pour rigoler, pour voir... Non, on n'était pas gouines, ni elle ni moi. On aimait partager un mec, de temps en temps, se le repasser, sans jalousie, comme un petit chien. En fait, on n'accordait pas tellement d'importance au sexe. On était au-delà de ça. On vivait sur la même longueur d'onde. Très fort. Comme des sœurs jumelles. Des siamoises.

– Elle te manque ?

– Non.

– Pourquoi ?

Gudrun ferma les yeux. Après avoir marqué un temps d'hésitation, elle murmura :

– Parce que je ne crois pas qu'elle soit morte. Elle a profité de l'inondation pour disparaître.

Lize se redressa dans son fauteuil.

– Qu'est-ce qui te fait penser ça ? interrogea-t-elle.

– Elle avait fini par avoir peur de *moi* comme elle avait eu peur de *toi*, lâcha Gudrun. Elle ne voulait pas être prisonnière d'une relation, même forte. Elle n'osait pas rompre. Depuis un moment je sentais que quelque chose se préparait. Elle n'avait pas le courage de lâcher le morceau. La catastrophe lui a fourni l'occasion de s'évader, de s'évanouir dans la nature. À l'heure qu'il est, elle a dû refaire sa vie. Elle est prof de guitare dans un conservatoire de province, ou une connerie de ce genre.

Lize serra les poings. Elle avait les paumes moites.

– Tu n'as aucune preuve, observa-t-elle. Ce sont juste des suppositions.

Gudrun posa la main sur sa poitrine.

– Je ne la *sens* pas morte..., dit-elle. Elle est toujours là, en moi.

– Tu recommences à jouer la comédie, soupira Lize.

Gudrun éclata d'un rire insolent, se redressa d'un bond et sortit de la pièce en faisant claquer ses talons sur le parquet.

– Qui sait ? lança-t-elle au moment de passer la porte.

*

Le dîner fut expédié en silence. Les parents de Lize, fatigués, ne desserrèrent pas les dents. La présence des deux intruses agaçait manifestement Magda Unke, et c'est de mauvaise grâce qu'elle leur indiqua les chambres encore utilisables avant de monter se coucher en compagnie de son époux. Lize sut d'emblée qu'elle passerait une nuit blanche. Elle s'allongea sur le lit, fixant le plafond de cette pièce insipide, meublée du strict minimum. Son ancienne chambre de jeune fille n'existait plus. Une fuite de toiture l'avait transformée en un débarras insalubre. Bureau, armoire, bibliothèque, ainsi que leur contenu avaient disparu, victimes des éparpillements distraits dont sa mère était coutumière. Seule la chambre de Nacha avait été préservée. Musée familial, elle recelait tous les trésors de la disparue, depuis ses cahiers d'écolière jusqu'à ses petites culottes rapiécées. Lize évitait d'en franchir le seuil car Magda veillait jalousement sur les objets « exposés », corrigeant leur disposition au millimètre près.

Il devait être 2 heures du matin quand le parquet craqua dans le couloir. Quelqu'un se déplaçait avec précaution dans le corridor, veillant à produire le moins de bruit possible. Lize retint son souffle.

« Gudrun..., songea-t-elle. Pourvu qu'elle n'ait pas dans l'idée de me piquer la voiture et de rentrer à Alzenberg en m'abandonnant ici. »

Craignant une mauvaise blague, elle se redressa et sortit à son tour dans le couloir. Il ne lui fallut pas longtemps pour voir que la lumière brillait dans l'ancienne chambre de Nacha. Gudrun, seulement vêtue d'un tee-shirt et d'un slip, l'explorait avec une étrange minutie. Touchant chaque objet comme s'il s'était agi d'une relique. Que cherchait-elle ?

Effrayée par l'expression somnambulique qui déformait les traits de Gudrun, Lize battit en retraite avec la désagréable impression de s'être immiscée dans une cérémonie secrète.

Psychose hallucinatoire

Esther Krautz nettoyait ses grosses lunettes d'écaille avec un petit chiffon rose.

– Le cas de cette... Gudrun est des plus classiques, soupira-t-elle. Je pense qu'elle était très éprise de votre sœur. Pour surmonter le traumatisme de sa disparition, elle joue à devenir Nacha. Vous comprenez ?

– Non, avoua Lize.

– C'est un processus qui s'apparente à la pensée magique de l'enfance, expliqua la psychologue en essayant de masquer son impatience. Cela peut se manifester de façon embryonnaire, par exemple, lorsqu'un fils s'obstine à porter le pull préféré de son père décédé. C'est une manière détournée de forcer le cadavre à bouger, de lui insuffler une nouvelle vie. Tout cela est symbolique, bien sûr. Même les singes agissent ainsi. Quand l'un d'eux meurt, ils le soulèvent, le portent sur leurs épaules pour le contraindre à adopter les attitudes de la vie.

– Je vous parle de Gudrun, vous me répondez chimpanzés..., grogna Lize.

– Liza, martela Esther. Je sais ce que vous avez dans la tête. *Gudrun n'est pas Nacha*. Si elle connaît tout de la maison familiale c'est parce que votre sœur la lui a décrite dans les moindres détails. Vos parents et vous-même êtes victimes d'une illusion fréquente dans les lendemains de la Seconde Guerre mondiale. Un peu partout, des pères, des mères croyaient reconnaître un fils disparu dans un inconnu de passage. C'était de l'auto-persuasion. Gudrun a besoin d'aide. Son attitude est nettement pathologique. Pour annuler la mort de Nacha, elle *devient* Nacha. Il s'agit d'un dédoublement de personnalité. Ce qui vous trouble, c'est qu'elle se montre bonne comédienne, mais beaucoup de psychopathes le sont. Il m'est arrivé de traiter une patiente qui imitait ma voix à la perfection, elle téléphonait à ma famille en se faisant passer pour moi. Un jour, elle a appelé mon époux pour le prévenir qu'elle comptait divorcer. C'était, m'a-t-elle confié plus tard, « pour me rendre service ».

– D'accord, capitula Lize, Gudrun n'est pas Nacha.

– Exactement, insista Esther Krautz, mais elle va continuer à jouer avec vous, parce que si elle parvient à vous convaincre qu'elle est Nacha, Nacha reviendra d'entre les morts, et c'est le but de la manœuvre.

– Est-elle consciente de ce qu'elle fait ?

– Par moments, sans doute. Les psychopathes jouissent d'une lucidité à éclipses. Pour caricaturer, disons qu'ils ne sont pas fous à temps complet, vous saisissez ? Sachez que dans la même journée vous parlerez tour à tour à Gudrun, à Nacha, et au couple Gudrun-Nacha... Ne vous embarquez pas là-dedans, vous n'êtes pas armée pour ça. Vous risquez, elle et vous, de former un couple vivant sur un parasitisme mutuel.

– Mais n'est-ce pas la définition même du couple ? ricana Lize en se levant.

*

L'entrevue avec la psychologue l'avait troublée alors qu'elle avait, plus que jamais, besoin de certitudes. Dans le tramway, Lize prit une décision qu'elle avait jusque-là repoussée hors du champ de sa conscience.

Sitôt de retour à la maison, elle s'assura que Gudrun était sortie. La jeune marginale était coutumière de ces fugues sur lesquelles elle ne fournissait jamais aucune explication. Après avoir inspecté toutes les pièces, Lize entra dans la chambre de Gudrun. Il n'avait pas fallu longtemps à celle-ci pour transformer un lieu agréable en un formidable dépotoir. Lize trouva ce qu'elle cherchait en moins de trente secondes : un verre maculé de traces de doigts posé en équilibre sur une pile de CD. Elle l'enveloppa dans un sachet de plastique destiné aux surgelés, et regagna le rez-de-chaussée.

Elle connaissait quelqu'un au service de police scientifique. Un certain Dieter Weigman, avec qui elle avait fait un stage à Baden-Baden, un an plus tôt. Ils avaient couché ensemble à trois reprises, par désœuvrement.

Elle forma son numéro, le cœur battant.

Elle dut supporter les balivernes de son interlocuteur pendant dix interminables minutes. Il avait gardé un souvenir impérissable de leur relation, il souhaitait la revoir, il...

– Pourrais-tu me rendre un service ? lança enfin Lize profitant d'un trou dans la conversation. J'ai une série d'empreintes, je désirerais savoir si elles correspondent à celles d'une petite délinquante, Gudrun Straub, fichée pour prostitution et trafic de stupéfiants. C'est possible ?

Dieter se fit prier. Lize l'invita à déjeuner (elle en profiterait pour lui apporter le verre !) et se força à jouer les charmeuses. Hélas, à la différence de Gudrun, elle n'avait aucune disposition pour ce type d'exercice.

Le désir de savoir l'aiguillonnait. Deux heures plus tard, elle confiait le verre à Dieter Weigman. Pendant tout le repas elle dut supporter ses mains baladeuses sous la table. Elle s'appliqua à conserver le sourire. Il était beaucoup plus insipide que dans ses souvenirs. Elle s'étonnait d'avoir pu coucher avec un tel imbécile. En fait, il correspondait exactement à la nouvelle image du jeune policier efficace qui avait succédé à celle, surfaite, du flic-voyou en blouson de cuir râpé, baskets éculées et barbe de trois jours. Dieter, vêtu d'un costume anthracite, avait les cheveux coupés au ras du crâne et les mains manucurées.

Il lui donnerait les résultats de ses recherches dans la soirée, assura-t-il. Ne pourraient-ils pas en profiter pour dîner ensemble ?

Lize se répandit en lamentations : hélas ! trois fois hélas, elle était de service et...

Elle venait de se rappeler que Dieter l'avait suppliée de le frapper pendant l'amour ; elle ne tenait pas à renouveler cette expérience.

*

Elle passa l'après-midi embusquée devant le téléphone. Quand l'appareil sonna enfin, elle porta le combiné à sa tempe avec tant de force qu'elle se meurtrit l'oreille.

– J'ai rien, annonça Dieter. Les empreintes sont inutilisables.

– Merde, souffla Lize. Elles sont trop brouillées ?

– Non, c'est pas ça. Elles ont été gommées, chimiquement. Je veux dire que leur propriétaire s'est aspergé superficiellement les doigts d'acide pour empêcher toute identification. C'est une méthode pratiquée par les jeunes délinquants. Quand c'est bien fait, ça ne se voit presque pas à l'œil nu, mais le bout des doigts devient lisse, sans crêtes, rien.

– De l'acide..., répéta Lize, stupéfaite.

– Ouais, une sorte de pommade corrosive additionnée d'un anesthésique super-puissant. Il suffit de s'en mettre une fois par semaine ; au bout de six mois, les doigts sont devenus parfaitement lisses. Ils laissent des marques anonymes que les ordinateurs sont incapables d'interpréter. À l'origine c'était une astuce mise au point par les terroristes pour contourner les contrôles digitaux dans les aéroports.

– Et si..., hasarda Lize, et si je t'apportais du sang, ou des cheveux... Pourrais-tu lancer une identification ADN ?

Cette fois, Dieter Weigman perdit toute affabilité.

– Tu rigoles, non ? murmura-t-il en baissant la voix. D'abord ça coûte la peau du cul, ensuite on ne peut rien faire sans un mandat signé d'un juge d'instruction. Je suppose que ton truc n'est pas très... *légal*, n'est-ce pas ? Pour obtenir une analyse ADN, il me faudrait falsifier une demande, inventer un dossier d'enquête... Non, c'est trop dangereux. Je t'aime bien mais je n'irai pas jusque-là.

Lize raccrocha, la mort dans l'âme. Elle se retrouvait à la case départ.

« Un tel procédé collerait tout à fait avec la personnalité de Gudrun, songea-t-elle. Mais, en y réfléchissant bien, pourquoi Nacha n'y aurait-elle pas eu recours pour changer de peau ? »

Gudrun n'avait-elle pas affirmé, en effet, que Nacha était prête à tout pour couper les liens avec son passé ?

Et puis il y avait tous ces gens qui avaient mis la catastrophe à profit pour disparaître... Nacha avait-elle rejoint les bataillons de ces fantômes sans identité ?

Lize se redressa. Elle n'imaginait pas Nacha en train de se pommader les doigts à l'acide, non ! Une telle idée avait quelque chose de risible. Nacha avait toujours été d'une nature fragile, douillette. Seule une tête brûlée comme Gudrun avait assez de cran pour se mutiler ainsi, jour après jour.

« Gudrun, se répéta mentalement Lize. C'est Gudrun... *Et personne d'autre.* »

La souris, encore et encore...

Cric-crac-criiic-criiic...
Cric-crac-criiic-criiic...
Cric-crac-criiic-criiic...
Cric-crac-criiic-criiic...
Cric-crac-criiic-criiic...
Cric-crac-criiic-criiic...

Une peau si douce

La voiture de patrouille dévorait la bande jaune divisant la chaussée. Son capot oblong comme un bouclier, éperonnait la nuit des rues. Les taches des réverbères glissaient sur la carrosserie blindée, ondulant tels les reflets d'un étang. Les mains gantées de Lize caressèrent le volant, corrigeant la courbe du véhicule. Tassée dans la coquille du siège, elle se sentait bien. Elle avait posé sur ses genoux un gros pistolet automatique *Military model* calibre 45, dont elle avait empli le ventre avec sept cartouches à pointe creuse. À présent, l'arme dormait en travers de ses cuisses, y réchauffant son kilogramme d'acier bronzé.

Elle éteignit les phares, faisant bloc avec la nuit. Dans l'avenue Willemine, les derniers noctambules sautaient dans des taxis. Lize soupira. Depuis la veille elle avait ses règles. La fatigue et la nervosité en avaient sans doute hâté la venue, la rendant pour une semaine inapte à tout travail sous-marin. En raison de cette malédiction il avait été décidé qu'elle se chargerait, sept jours par mois, du travail de routine que constituait l'inspection des vieilles bouches de métro obturées par la voirie. Pour ce faire, on l'autorisait à sortir du garage de l'administration une voiture de patrouille banalisée au moteur gonflé, jadis utilisée par la brigade des autoroutes.

Lize ralentit à la hauteur de l'ancienne station *Yeronimus Balbeck*. Une dalle de 15 mètres sur 10 occupait l'emplacement de la bouche d'accès. Ce rectangle de marbre noir, que la pluie flagellait, faisait penser au tombeau d'un géant inhumé là, au beau milieu du boulevard.

Lize freina, glissa le 11,43 dans la poche ventrale de sa combinaison de cuir. La ville entière était parsemée de ces stèles horizontales. Partout où le métro avait jadis crevé le trottoir pour ouvrir un point d'accès, on avait jeté ces maçonneries funèbres qui faisaient tout à la fois office de couvercle et de monument funéraire.

La jeune femme se coiffa de son casque réglementaire de patrouilleuse et déverrouilla la portière. La pluie se mit aussitôt à crépiter sur la boule du heaume.

Un homme en ciré se tenait au centre de la dalle dont il attaquait la surface au moyen d'un ciseau de marbrier. Une petite feuille de papier reposait à sa droite, maintenue à plat par quatre cailloux. Il travaillait avec des gestes fébriles, marmonnant des jurons entre ses dents. C'était le graveur du quartier. Chaque nuit il se déplaçait d'une dalle à l'autre, ciselant les noms des disparus officiellement homologués au cours de la journée. Courant dans les ténèbres, ses outils sous le bras, il complétait les listes s'étalant sur le marbre des couvercles-mausolées. Lizzie le salua. Il répondit d'un grognement.

– Y en a trop ! lança-t-il en jetant un coup d'œil sur le formulaire de mise à jour du service de recensement.

J'ai plus le temps de m'appliquer, je fais des fautes, et après on vient m'engueuler ! Tenez, là, qu'est-ce que vous lisez ? C'est un O ou un Q ? Et là : un V ou un U ?

Lize lui donna son avis. La pluie avait détrempé le papier, délavant les petits caractères dactylographiés. Il était difficile d'émettre une opinion.

– Vous voulez une cigarette ? s'enquit-elle.

Il accepta en essuyant l'eau qui dégouttait de ses sourcils. La jeune femme tira un paquet de la poche pectorale de la combinaison de cuir. D'ordinaire, elle ne fumait jamais. Elle ne sacrifiait à ce rite que pendant la semaine de patrouille. La flamme du briquet grésilla au bout du tube de tabac.

– Beaucoup de noms ? interrogea-t-elle.

– Une moyenne de cinq à six par dalle. Comment voulez-vous que j'aie terminé avant l'aube ? C'est pas du travail. Je sabote l'ouvrage, forcément... Excusez-moi.

Il eut un geste pour expliquer qu'il ne pouvait pas s'attarder en conversations futiles et retourna à ses outils, la cigarette rivée aux lèvres. Lize remonta dans la voiture et lança le moteur. Comme elle traversait la place Herminia-Weingott en diagonale, elle crut apercevoir une silhouette familière qui rasait les murs de la Chambre de commerce. Elle poussa la voiture silencieuse dans le sillage de l'ombre voûtée. Deux secondes plus tard, elle reconnut Gudrun qui marchait à grands pas, le col relevé. Lize débloqua la portière et longea la bordure du trottoir.

– Monte ! cria-t-elle en arrivant à la hauteur de la jeune fille.

Gudrun hésita, regarda derrière elle, puis se décida à sauter sur le siège. Les gouttes de pluie roulaient sur son crâne mal rasé. La carapace du blouson clouté flottait sur elle, la faisant paraître encore plus maigre.

– Waahoo ! ricana-t-elle, on a ressorti la vieille panoplie. Tu fais ta promenade de croque-mort ? Tu regardes si les tombeaux sont bien briqués ? Super passionnant comme job. T'as vu le pépère qui gratouille le marbre ? Moi à ta place j'irais le surveiller de près. Tu vois pas qu'il file un coup de burin trop appuyé et que la dalle se fende. Paf ! Demain tout plein de macchabées au milieu de l'avenue ! Le super scandale !

– Et ta blessure ?

La jeune fille grimaça.

– Moche, ça s'infecte. Je crois que tu n'es pas douée en tant qu'infirmière. Tu es pleine de bonne volonté mais tu as fâcheusement tendance à tuer tes malades. C'est un peu ce qui s'est passé avec Nacha, non ?

– Pourquoi es-tu partie ? Je croyais que notre arrangement te convenait...

– On s'emmerde chez toi. Y a rien à boire, rien à fumer. Pas de dope. Même pas un vibro à se coller entre les cuisses pour passer le temps. La vraie cellule de bonne sœur, quoi. Ça te convient peut-être, moi pas.

Lize fit semblant de se concentrer sur la conduite du véhicule de patrouille, comme si la nervosité de l'engin mobilisait toute son attention. C'était idiot, mais elle ne savait comment questionner Gudrun sans l'amener à se cabrer. L'avenue défilait, vide. La jeune marginale eut un glapissement moqueur.

– Arrête ça, c'est trop gavant ton truc ! lâcha-t-elle soudain. Tu vas tourner toute la nuit pour rien. Moi je peux t'emmener là où il y a quelque chose à voir, mais il ne faudra pas que tu interviennes, même si c'est contraire à ta religion. *Tu regardes et c'est tout*. Okay ?

Lize acquiesça, aussitôt en alerte.

– Je peux te faire visiter un repaire de clandestins, reprit Gudrun, à condition que tu n'ouvres pas la bouche. Si tu tentes quoi que ce soit, tu es morte ! Mets-toi bien ça dans la tête. Ces types sont prêts à tout pour continuer leur trafic. Après tu me donneras du fric, je suis raide. Il me faut du temps pour me retaper. Je commence à être trop vieille pour la rue, j'ai plus les réflexes.

Lize renouvela son acceptation. La jeune fille lui indiqua alors un itinéraire compliqué qui les ferait s'enfoncer dans le quartier des Citernes, à la périphérie des anciennes halles.

À l'intérieur de la voiture l'atmosphère se modifia subtilement. Les doigts de Lize se crispèrent sur le volant. Gudrun venait de donner le signal de la chasse, les mots qu'elle avait employés pour décrire le trajet les séparant des réservoirs avaient agi comme une formule magique. Le véhicule de patrouille venait de se changer en squale huileux filant au ras des pavés, la gueule entrouverte...

Lize apprécia cette métamorphose. L'illusion faisait courir son venin au long de ses veines. Le capot oblong quitta les boulevards pour sinuer dans le dédale des rues mal éclairées. Les trottoirs défilaient de part et d'autre de la calandre, déchirés par le rostre du pare-chocs. La vitesse les rendait caoutchouteux, Lize les voyait se gondoler dans la perspective du rétroviseur. Les ruelles se faisaient boyaux de nuit, royaume de chats et de chiens errants. Des félins borgnes aux oreilles déchiquetées trônaient au sommet des poubelles, sentinelles complices couchées en haut de leur tour de guet, les yeux dépassant tout juste des créneaux. Les doigts brûlants de Gudrun se posèrent sur le poignet de Lize.

– C'est là, murmura-t-elle d'une voix presque inaudible, maintenant faut continuer à pied...

Lize engagea la voiture sous un porche entre deux montagnes de poubelles. Une odeur sucrée de décomposition planait dans l'air. C'était douceâtre et nullement désagréable, plutôt lourd comme un vin qui fermente. Elles descendirent sans claquer les portières. L'adolescente marchait en tête, râpant les murs de l'épaule. Le cuir de son blouson s'écaillait sur le salpêtre, mais les clous des emmanchures lacéraient les affiches détrempées. Un chien jaillit d'une porte cochère, les yeux rouges. Pendant un moment il parut sur le point de les attaquer, puis il leur tourna le dos et urina contre la carcasse d'une voiture abandonnée. La rue s'assombrissait, devenait couloir de ténèbres. Lize nota que les lampadaires avaient été brisés à coups de pierres. Gudrun se déplaçait le dos voûté, à la manière des éclaireurs indiens. Il faisait si noir que la jeune femme distinguait à peine la tache pâle de son crâne rasé. La jeune fille s'immobilisa à l'angle d'un mur, se coucha sur le sol et rampa en direction d'une haie de sacs de plastique bourrés d'ordures. Lize l'imita. Cachée par la barricade de détritus elle découvrit la perspective d'une petite place dont le centre était occupé par la dalle d'obturation d'une ancienne station de métro. Dans ce quartier populaire on n'avait pas jugé utile de faire les frais d'une stèle de marbre, et le rectangle commémoratif avait été coulé dans le ciment le plus ordinaire. La flaque lumineuse d'un réverbère isolé tombait sur ce parallélépipède rugueux zébré de graffiti, accentuant les lézardes des fissures qui le sillonnaient. Un trou avait été percé dans le bitume, tout contre la dalle. Il s'enfonçait en diagonale sous la chaussée, jusqu'à la station condamnée.

Du matériel de voirie s'étalait sur la stèle : une pelle, une pioche, ainsi qu'une truelle dans son bac à mortier. Les clandestins rebouchaient donc méticuleusement le boyau après chaque incursion !

Une camionnette bleue stationnait près du monument, les portes arrière ouvertes. Un homme fumait, assis au volant. De temps à autre, il jetait un coup d'œil inquiet par la vitre latérale ou tendait l'oreille. Malgré l'obscurité, Lize comprit que l'intérieur du véhicule avait été aménagé pour le transport des cadavres. Des couchettes s'étageaient sur chaque flanc. C'étaient de vulgaires caillebotis vissés sur des montants de tôle, et munis de sangles en toile de jute. Un grattement sourd en provenance du tunnel ramena son attention au niveau du trottoir. Un homme en combinaison de plongée émergea, remorquant péniblement son bloc-bouteilles. Il luttait pour s'extraire du boyau. Son costume de caoutchouc était maculé de boue et déchiré en maints endroits. Il réussit enfin à poser un genou sur la chaussée, enleva son masque, fit glisser les harnais du gros « bi », et se retourna vers l'excavation, les mains tendues, comme s'il halait une charge. La première momie apparut dans la lueur jaune du réverbère. Elle était nue, ruisselante. Sa peau épaissie crissait en raclant les aspérités bordant le trou. Le plongeur la saisit à bras-le-corps, comme s'il s'agissait d'une grande poupée de cuir et la porta dans la camionnette. Un appel impatient venu des profondeurs le ramena à l'excavation. Il se pencha à nouveau, s'empara du second corps. Ses doigts dérapaient sur la chair durcie, tâtonnaient pour assurer leur prise. Pour la première fois de sa vie, Lize constata que les momies avaient une étrange carnation « miel ». Cette teinte évoquait le cuir luxueux des grands maroquiniers tenant boutique dans les avenues snobs de la cité. La main impérieuse de Gudrun la rappela à la réalité.

– Je sais où ils vont, chuchota la jeune fille, c'est pas la peine de s'attarder ici !

Elle rampa à reculons, invitant Lize à faire de même. Dès qu'elles eurent retrouvé l'abri des ténèbres, elles se redressèrent et filèrent vers la voiture de patrouille. Gudrun se déplaçait dans l'obscurité avec une remarquable aisance. Lize se glissa au volant et dégagea la voiture en prenant garde de ne pas renverser les poubelles qui bordaient le passage. La zonarde sauta sur le siège de droite, ferma doucement la portière.

– On a un peu de temps devant nous, expliqua-t-elle en haletant, il faut d'abord qu'ils rebouchent le tunnel d'accès.

– Où va-t-on ? interrogea Lize, le pied sur l'accélérateur.

– Au hangar, c'est là qu'ils entreposent leur butin. Je vais te guider.

Le moteur tournant au ralenti, le véhicule de patrouille sortit du labyrinthe des bâtiments pour longer un terrain vague encombré d'épaves mécaniques. Un squelette de grue dominait ce champ stérile, tel un mirador défendant les abords d'un camp de prisonniers. Venaient ensuite une série d'entrepôts aux toits cabossés, un cimetière de voitures, un transformateur électrique, et enfin un hangar rongé par la rouille.

– Dépasse-le, ordonna Gudrun, gare-toi derrière les pylônes, on va revenir par le canal d'écoulement.

Lize obéit, docile. La nuit sans lune écrasait la banlieue, abolissait les distances. La jeune fille bondit hors du véhicule, zigzagua entre les épaves de réfrigérateurs, et sauta dans une tranchée d'où montait un clapotis de marécage.

– Attention ! prévint-elle, c'est plein de rats !

Lize la rejoignit, enfonça jusqu'aux chevilles dans la vase fluide et se lança dans le sillage de sa compagne, la tête rentrée dans les épaules. Elle calquait ses gestes sur ceux de son guide, sans bien savoir ce qui se passait. Au bout d'un quart d'heure, les deux femmes s'extirpèrent du fossé. Elles se trouvaient au pied du hangar, dans un bouquet d'herbe haute. Un corbillard stationnait près du bâtiment, le hayon levé. Des hommes en bras de chemise soufflaient en piétinant. Lize vit qu'ils transportaient un cercueil à poignées d'argent. Un couple en deuil attendait près du fourgon mortuaire, l'air las.

« Ceux-là ont financé un repêchage, songea la jeune femme, les clandestins ont dû leur réclamer une fortune pour renflouer le corps d'un parent. Maintenant ils vont l'enterrer en secret dans le jardin de leur résidence secondaire. Ils ont l'air pressés d'en finir... »

Le hayon du corbillard claqua en se rabattant. Lize aurait voulu en voir davantage mais Gudrun la tira par le poignet, l'entraînant vers le flanc de l'entrepôt. Touchant la paroi rouillée de l'épaule, elle fouilla dans sa poche, en sortit un couteau à cran d'arrêt dont elle fit jaillir la lame. Au moyen de cet outil improvisé elle commença à dévisser une plaque de tôle. Le corbillard ne démarrait toujours pas. Lize tâta le pistolet automatique qui déformait la poche ventrale de sa combinaison.

– Allez ! siffla Gudrun, on y va !

Elle avait ménagé une étroite ouverture de 30 centimètres de côté, au ras du sol. Une sorte de chatière qui ne leur laisserait que peu d'espoir en cas de fuite précipitée. Lize s'aplatit dans la poussière, rampa.

Éclairé par une minuscule veilleuse, le ventre du hangar ressemblait à un dortoir. Les momies avaient été placées sur des couchettes constituées de planches superposées. Elles étaient toutes sèches, et reposaient sur le dos, les bras le long du corps tels des gisants moyenâgeux. Gudrun se redressa, vérifia que personne ne montait la garde, et s'approcha des caillebotis. Un jeune homme l'occupait, nu comme les autres. Lize dénombra approximativement une centaine de cadavres. Aucun d'eux ne portait la moindre fiche d'identification. Cela la fit tiquer.

– Des repêchages financés par les familles ? interrogea-t-elle.

Gudrun eut une grimace de moquerie.

– Tu délires ou quoi ? cracha-t-elle dans un souffle, les repêchages c'était bon dans les premiers temps de la catastrophe. Maintenant le public s'est habitué. On s'est fait à l'idée de ne jamais récupérer les corps. Les clandestins n'ont pratiquement plus de demandes de renflouement, il a fallu trouver d'autres débouchés, d'autres... clients.

Elle toucha la momie du bout des doigts.

– Génial ! siffla-t-elle méchamment, un grain plus soyeux que le plus coûteux des cuirs. Un matériau de luxe pour une clientèle de choix ! Et rien à jeter : si je l'ouvrais, tu verrais que tous les organes ont subi la même transformation. Du cuir, rien que du cuir. Tu ne me crois pas ?

Elle leva sa lame, visant le nombril du ventre immobile.

La main de Lize vola, bloquant le poignet de l'adolescente au moment où il allait s'abattre.

– Qu'est-ce que tu racontes ? martela-t-elle d'une voix que l'angoisse faisait vibrer, qu'est-ce que tu essayes encore de me faire croire ?

Gudrun se dégagea. Son visage était dur.

– Pauvre idiote ! gronda-t-elle, tu ne comprends donc rien ? Les clandestins dépècent les momies pour les vendre à des maroquiniers travaillant pour une clientèle très spéciale. C'est un peu comme l'industrie des *snuff movies*. Un tas de riches pervers aiment se donner le frisson en s'habillant avec de la peau de cadavre. Hé, oui ! Que veux-tu ? On n'a jamais trouvé sur toute la planète un cuir de cette qualité ! Nos chères victimes servent à confectionner des sacs ou des souliers pour les bimbos, les producteurs, les metteurs en scène qui peuplent les soirées branchées. On fait aussi de très jolies vestes en écorchant les bustes des messieurs. Tu n'as pas l'air d'apprécier ? Je me demande si c'est réellement plus horrible que peler vifs certains animaux à fourrure comme on le pratique couramment dans l'industrie des peaux ?

– Tu inventes ! grogna Lize, ce n'est pas possible...

– Mais si, Lizzie ! insista la jeune fille, c'est la stricte réalité ! Ces pauvres clandestins ne pouvaient pas se résoudre au chômage, ils ont prospecté, fait des études de marché ! Et je ne te raconte pas le pire...

– Quoi encore ?

– Ces pantins de cuir, si doux, si souples une fois

secs. *Pourquoi ne leur ferait-on pas jouer le rôle des antiques poupées gonflables ?* Il y a toute une clientèle de nécrophiles prête à payer une fortune pour acquérir ces jouets interdits.

Lize sentit son estomac se contracter. Une image atroce venait de lui traverser l'esprit : la dépouille de Nacha entre les mains d'un malade sexuel...

De toutes ses forces elle voulait croire à un jeu malsain, à une affabulation cruelle sortie du cerveau tordu de Gudrun.

« Elle vient d'inventer ça pour me torturer, se dit-elle. Elle savait que cela me ferait du mal. »

– Il y a aussi les collectionneurs, renchérit la jeune fille poussant son avantage, ceux qui les mettent dans des vitrines et les entretiennent en les frottant au cirage une fois par semaine, et aussi...

La gifle avait claqué, sonore. Lize n'avait pu retenir son bras. Gudrun sauta en arrière, les traits déformés par la haine.

– Pauvre gourde ! chuinta-t-elle les lèvres serrées, tu veux préserver ta quiétude morale ! Pourtant, les manteaux de fourrure, ça ne te lève pas le cœur ? On en vend tous les jours dans les boutiques des beaux quartiers ! Personne ne trouve ça bizarre, ni horrible...

Le raclement d'un panneau coulissant sur ses rails les avertit que quelqu'un pénétrait dans le hangar. Les deux femmes se jetèrent sur le sol et rampèrent vers la brèche de sortie. Lize se sentait les tempes bourdonnantes, la bouche sèche. La colère anesthésiait l'inquiétude. Comme dans un rêve elle se retrouva dehors, sauta dans le canal d'écoulement. Des bêtes tièdes se cognaient à ses jambes, elle n'en avait cure. Elle agissait dans une sorte de brouillard. Aucun cri ne retentit dans leur dos, on ne les avait pas repérées. Elles émergèrent du ruisseau un kilomètre plus loin, souillées par les éclaboussures de vase. Alors qu'elles posaient le pied sur la terre ferme, le pinceau d'un projecteur les isola et une voix déformée par un haut-parleur résonna à leurs oreilles :

– Police ! Sortez de votre cachette en levant les mains. Il s'agit d'un contrôle de routine. Obéissez et il ne vous sera fait aucun mal...

– Merde ! grogna Gudrun. Manquait plus que ça.

– Ce n'est rien, fit Lize en pêchant dans sa poche sa plaque d'officier.

– Ne fais pas ça, souffla Gudrun. Tu veux nous faire tuer ? Tu ne comprends pas qu'ils sont là pour assurer la sécurité des trafiquants de peau humaine ? *Ce sont des ripoux*. Si on a le malheur de sortir de la tranchée, ils nous liquideront.

Lize hésita. Les contours de l'insigne lui rentraient dans la paume. Elle ne savait plus à qui se fier.

– D'accord, lâcha-t-elle. On s'arrache.

Leur propre véhicule était garé, tous feux éteints, à la sortie du canal, derrière un monceau de détritus. Les flics ne semblaient pas l'avoir localisé. Lize se pencha vers Gudrun.

– On sort aussi vite que possible et on plonge derrière la voiture, souffla-t-elle, les portières sont ouvertes. Laisse-moi passer la première...

La jeune fille acquiesça d'un bref mouvement de tête. Les deux femmes se mirent en marche.

Les patrouilleurs s'énervaient. Le claquement caractéristique d'un fusil à pompe qu'on arme résonna dans l'obscurité.

– Go ! hurla Lize en sautant hors du canal. Elle roula

dans la boue et sa tête heurta l'aile avant droite du véhicule. Déjà le pinceau du projecteur de patrouille avait corrigé sa trajectoire. Gudrun s'étala maladroitement en se tenant l'épaule. Lize débloqua la portière, se coula à l'intérieur sans crainte de s'exposer. Les flics lâchèrent une première salve dont les projectiles s'écrasèrent sur la vitre latérale.

Lize s'installa au volant, tapa les trois chiffres du code de démarrage sur le clavier fixé au centre du tableau de bord. Gudrun s'écroula sur le siège de droite, le visage douloureux, étreignant son épaule infectée à travers le cuir du blouson. « La portière ! commanda Lize, ferme ta portière ! »

Ses mains sautaient sur le cercle caoutchouté du volant, renouant avec de vieux réflexes.

Lize rentra la tête dans les épaules et enfonça une nouvelle fois l'accélérateur. La semelle de sa botte râpait le plancher. Les patrouilleurs ouvrirent le feu. Les balles miaulèrent dans un déchirement de toile saccagée, ébranlèrent la coquille blindée du pare-brise avant de se perdre dans la nuit.

Six impacts étiraient leur toile d'araignée fissurée sur la vitre, au milieu d'une auréole de poudre. Lize traversa le champ de détritus et regagna la route. Dès que les pneus cloutés mordirent l'asphalte, le capot souillé de boue se jeta à l'assaut de la bande jaune tatouant la chaussée.

– J'ai bien cru que ça y était ! soupira Gudrun en se renversant sur son siège. Tu vois, je ne t'ai pas raconté d'histoire. Les flics marchent avec les trafiquants, main dans la main. Tu ne peux te fier à personne. Des tas de gens des milieux friqués sont mouillés dans le *deal* des vêtements en peau humaine. C'est un monde dont tu n'as pas idée. Des types revenus de tout, à l'affût de la dernière perversion *up to date* qui pourra les exciter.

– Passe demain matin chez moi, murmura Lize, j'essayerai de te soigner avant que la septicémie ne te tombe dessus.

– Okay, maman chérie, ricana Gudrun, ne crains rien ! Ta petite fille se lavera bien les mains après avoir fait caca.

Elles roulèrent une vingtaine de minutes en silence, puis Lize revint à la charge :

– Les... les momies, interrogea-t-elle, c'est le gaz qui les a rendues comme ça, n'est-ce pas ?

– Le gaz ? *Quel gaz* ? s'étonna faussement Gudrun. Moi je croyais que c'était la boue. Tu sais ? La merveilleuse boue qui conserve...

– Arrête de jouer.

– Et toi arrête de poser des questions dangereuses, martela la jeune fille, avant tu ne réfléchissais pas assez, maintenant tu réfléchis trop. Fais gaffe que personne ne s'en aperçoive. Tu es bien trop vulnérable quand tu fais des bulles au bout de ton petit tuyau. Il se pourrait qu'un copain du maire ferme un jour le robinet du compresseur pour soigner ta vilaine curiosité. Une fin rêvée pour un fœtus d'acier, tu ne trouves pas ? Noyé dans le ventre liquide de sa grande maman aquatique !

Lize haussa les épaules, se composant une façade d'indifférence. Pourtant une vrille d'angoisse lui perça le plexus.

– *Bien sûr que c'est le gaz !* soupira Gudrun, et le jour où un flic pas trop idiot pourra le prouver, le maire et sa clique se retrouveront vidés à grands coups de pied au cul.

Lize ralentit. La nuit se délayait.

– Laisse-moi ici, murmura Gudrun, j'ai une copine dans le coin.

Lize leva le pied. Le véhicule de patrouille vint s'échouer au bord du trottoir. Gudrun débloqua la portière et sauta dans la nuit, sans un adieu. Lize se massa les paupières.

Un petit bruit familier résonnait au fond de son crâne. Un bruit qu'elle entendait souvent lorsque la fatigue lui tombait sur les épaules :

Cric-crac-criiic-criiic...

Lèche-vitrine

Gudrun ne vint pas à la villa. Ni le lendemain ni les jours suivants. Et les médicaments que lui destinait Lize restèrent sur la toile cirée de la table de cuisine. Entre le pot de café soluble et la casserole entartrée par les ébullitions trop fréquentes.

Lize renonça à se demander si cette absence relevait de la provocation puérile ou de la maladie, et décida de se rendre Place Schmuk-Stück dans le quartier des commerces de luxe pour vérifier ses théories. Elle s'habilla avec goût, soigna son maquillage, et prit le chemin des beaux quartiers. Elle portait un tailleur de cuir à jupe courte, des bas noirs. Lorsqu'elle descendit du tramway, une foule de bourgeoises oisives se pressaient déjà dans la pénombre des arcades. Certaines d'entre elles avaient la peau noire ou jaune, mais ces teintes à la mode n'étaient que le résultat d'une ingestion soutenue de capsules colorantes. Ici, il fallait parfois prendre rendez-vous trois semaines à l'avance pour avoir le droit d'essayer un corsage [1]. Lize se

1. Il en va de même à Beverly Hills, sur le fameux Rodeo Drive, la rue des boutiques de luxe, où l'on doit s'inscrire sur une liste d'attente pour accéder à certains commerces.

faufila entre les bouffées de parfum jusqu'à la vitrine d'un maroquinier de réputation internationale. Elle éprouva un choc désagréable au creux de l'estomac. De nombreux objets avaient été taillés dans un cuir d'une incroyable souplesse et à l'extraordinaire couleur miel. Il y avait des sacs à main, des valises, mais aussi des vestes qu'aucune couture ne marquait à la hauteur des épaules, là où, *normalement*, les manches auraient dû être raccordées...

Procédé exclusif proclamait un panonceau. Lize sentit la sueur lui mouiller les tempes.

Une seconde, elle imagina des torses humains fendus au scalpel, percés de boutonnières, les pectoraux rabattus en revers... Elle vit des bras, aux mains sectionnées, dont on repliait la peau des poignets pour la coudre en ourlet.

Nacha... La dépouille de Nacha avait-elle subi ces outrages ? La femme d'un quelconque nabab l'enfilait-elle en ce moment même pour se rendre chez son jeune amant [1] ?

Elle dut s'adosser à un pilier. La voix de Gudrun résonnait dans sa mémoire, moqueuse : « Que fait-on d'autre aux animaux ? » Lize se reprit, se contraignit à

1. Au musée de Nantes, le lecteur pourra contempler dans une vitrine un corps humain tanné. Son propriétaire, un ancien grognard de Napoléon, avait exigé qu'à sa mort, on l'écorche pour le transformer en tambour ! Ses dernières volontés furent exécutées à la lettre, et son épiderme traité comme celui de n'importe quel animal. Malheureusement, il s'avéra que sa peau était trop épaisse pour faire un bon tambour, elle n'avait aucune résonance. La macabre relique passa donc de main en main avant d'échouer au musée où l'on peut la voir au milieu des oiseaux empaillés et des bêtes à fourrure naturalisées.

détailler les articles aux prix époustouflants. La texture semblait bien la même, quant à la couleur...

Elle devina qu'on l'observait. Ses vêtements, trop communs, la trahissaient. Elle décida de battre en retraite. Raidie par le dégoût, elle marcha vers l'arrêt du tram d'un pas mal assuré. Maintenant elle avait l'intime conviction que Gudrun n'avait rien inventé. Les cadavres volés aux profondeurs faisaient l'objet d'odieux trafics, de pratiques monstrueuses.

Poupées gonflables imputrescibles, et qu'on brique au cirage...

Les paroles de la jeune fille chantaient leur refrain d'épouvante dans son esprit, elle aurait voulu être en mesure de se vider la tête comme on fait sauter la bonde d'une baignoire, mais les mots restaient accrochés à ses circonvolutions mentales avec leurs pattes crochues de vilains parasites.

Elle rentra chez elle, se doucha, verrouilla portes et volets, et se coucha, une bouteille d'ouzo entre les seins. Sur l'électrophone elle avait mis : *Waar gaat deze weg naar toe ?* de N'Koulé Bassaï, avec l'espoir que la musique lui laverait le cerveau.

Quand la bouteille fut vide, elle s'écroula, matraquée par l'ivresse.

Cric-crac-criiic-criiic... Cric-crac-criiic-criiic...

Psychose hallucinatoire

Lize dort, mal, comme chaque nuit depuis trois ans. Un sommeil débité en rondelles de cauchemar par un charcutier des ténèbres au sourire sadique.

Elle se tourne, se retourne, s'emberlificotant dans les draps.

Soudain, elle entend la voix. Un chuchotement d'abord. Ténu, à peine audible.

Cela semble sortir d'une caisse, d'un tiroir.

Lize se dresse dans le noir. Le murmure vient de prononcer son nom.

– Lize, Lize...

La jeune femme fait quelques pas sans allumer la lumière. Les appels proviennent de la penderie. Lize ouvre la porte du placard. Quelqu'un doit se cacher derrière les vêtements suspendus. Elle fouille rapidement. Mais non, personne.

– Lize... Lize...

À présent, elle en est sûre, c'est la voix de Nacha.

– Lize... Je suis là...

– Où ? balbutie Lize. Je ne te vois pas.

– Là... pendue à ce cintre.

Lize tend la main. La voix s'élève d'une veste de cuir

couleur miel. Les boutonnières du vêtement remuent de manière synchrone, comme autant de petites bouches. On dirait un chœur s'appliquant à chanter à l'unisson.

– C'est toi ?

– Oui... ou plutôt c'est tout ce qui reste de moi, explique Nacha. Mes jambes, ils en ont fait un pantalon, mes pieds des chaussures, mes mains sont devenues des gants. Je suis éparpillée... Il faut que tu me rassembles, Lize. Que tu retrouves les pièces dispersées. Alors, seulement, je pourrai dormir en paix.

– Oui, oui, bredouille Lize. Je te le promets.

– Fais vite, supplie Nacha, c'est horrible de se dire que quelqu'un s'habille avec votre peau.

– Je comprends. Je vais chercher, je retrouverai les acheteuses, je leur reprendrai ton corps. Promis.

– Merci, fait Nacha. En attendant, tu peux porter la veste, si c'est toi, ça ne me gêne pas.

Sur ces mots, Lize se réveille. Elle a très soif et mal à la tête. Instinctivement, elle regarde en direction de la penderie.

Un tambour dans la tête

Connoly la convoqua d'urgence deux jours plus tard. Un nouveau juge – Conrad Schmeisser – avait été nommé à la direction du recensement. Il exigeait un dénombrement rapide des survivants prisonniers des poches, ainsi que la confirmation officielle d'une oasis respirable à la station *Kaiser Ulrich III*. L'Irlandais s'était vu dans l'obligation de rappeler son équipe et de déballer les équipements.

– Avant on nous disait de nourrir les « singes », avait-il maugréé, de leur jeter la bouffe et de mettre les voiles. Maintenant va falloir leur faire des politesses, et p't'être même la conversation ! C'est mauvais pour nous, mes petits gars, ça veut dire que le recensement et le bureau du maire ne marchent plus la main dans la main. L'opposition s'est infiltrée dans l'administration, et c'est nous qui en ferons les frais ! Sûr !

Pour la circonstance, il avait décidé que David, Nath et Lize plongeraient en équipe.

– Va falloir ouvrir une voie vers ce foutu *Kaiser Ulrich III*, avait-il expliqué. Risque d'y avoir un sacré boulot ! Vous emmènerez les chalumeaux, les cisailles et tout le bazar de dégagement. Je vous ai préparé les plans, apprenez-les par cœur, la visibilité est peut-être nulle dans ce secteur, avec la boue on ne peut pas savoir.

Pendant deux heures, Lize avait donc planché sur les plans de la ligne 27.

Nath s'était assis à côté d'elle, et gribouillait des notes mnémotechniques sur un calepin. Il ressemblait beaucoup à David, avec ses cheveux rasés, avec ce visage inexpressif d'homme sans problème ni passion qu'aimaient adopter les jeunes flics d'aujourd'hui. Lize ne savait pas grand-chose de lui, sinon qu'il faisait des ravages parmi les gamines de la faculté de Droit où il suivait des cours de criminologie, entretenant jusqu'à quatre ou cinq liaisons simultanées. Connoly affirmait avec une flamme grivoise dans les pupilles que c'était « un partouzard », et qu'il forçait ses petites amies à honorer ses copains de beuverie. Lize avait beaucoup de mal à imaginer cet homme au faciès bovin, aux mains spatulées, dans la peau d'un don juan, mais elle avait appris à se garder des apparences.

L'itinéraire officiel assimilé, ils s'équipèrent, aidés de Connoly qui courait de l'un à l'autre comme un valet d'armes dans les minutes précédant un tournoi. Une fois de plus, la jeune femme coiffa la grosse ventouse de cuivre à hublots et chaussa les brodequins plombés. Les trois tuyaux étaient raccordés au compresseur, associant les trois fœtus d'acier à la même matrice. Pendant toute la durée de la plongée, Connoly régnerait sur ce poumon artificiel, l'œil rivé à l'aiguille de pression.

Ils emportèrent deux caissons de travail équipés d'inflateurs et de sacs de levage. L'un contenait des outils communs, l'autre un chalumeau muni d'un allumeur à quartz avec ses bouteilles d'alimentation. Ils espéraient ne pas avoir à s'en servir. Connoly avait vissé sur leurs casques de puissantes lampes dont les batteries leur meurtrissaient les hanches.

Ils descendirent en file indienne jusqu'à 11 mètres, empruntant un itinéraire balisé qu'ils avaient maintes fois parcouru. Les bulles jaillissant des trois valves d'échappement faisaient un épouvantable vacarme sous la voûte carrelée. Leur abondance effrayait les poissons, inhibant l'habituelle gourmandise de la faune des couloirs. Lorsque les scaphandriers atteignirent les ramifications inexplorées de la correspondance, la vase soulevée par les chaussures plombées leur monta à la taille en tourbillons. Ils optèrent pour la direction *Alexanderplatz* qui desservait la ligne 26 et paraissait dégagée.

À 20 mètres de profondeur, ils tombèrent sur les premiers gravats et perdirent une heure pour s'ouvrir un passage à la cisaille. Lize détestait ces tiges métalliques jaillissant du béton et sur lesquelles pouvaient se déchirer les tuyaux d'alimentation. La trouée effectuée, ils posèrent le pied sur le quai de la station et descendirent sur les voies. Une rame avait été bloquée dans le tunnel par une coulée de boue aujourd'hui solidifiée. Un jour, il faudrait s'attaquer à cette carapace brunâtre pour lui arracher les wagons qu'elle tenait enfermés tels des fossiles préhistoriques. Un jour...

David prit la tête de la colonne, invitant les autres à éteindre leur lampe frontale. Le tunnel s'ouvrait devant eux, boyau de nuit empli du brouillard trouble de la vase. Nath et Lize remorquaient les caissons. Lorsque

David sentirait sa vigilance s'affaiblir ils le remplaceraient, à tour de rôle, en tête de file.

Ils marchèrent soixante-dix minutes, laissant derrière eux deux stations désertes, traversèrent un banc de poissons si serré qu'il leur opposa une muraille élastique dans laquelle ils eurent le plus grand mal à s'immiscer. Lize éprouva une étrange jubilation à plonger ainsi au milieu de ces fuseaux vivants dont les gifles martelaient le caoutchouc de sa combinaison. Soudain le sol du tunnel se changea en côte, et les rails tordus à 45° annoncèrent la proximité d'une poche d'air. Il ne s'agissait pas de *Kaiser Ulrich III* dont plusieurs heures de marche les séparaient encore, mais d'une petite station répertoriée sous le nom de *Ludwig Klaus Nachtisch*, l'inventeur des pilules de régime détruisant les calories contenues dans la nourriture. Lize se rappelait les publicités vantant ses produits, elles avaient longtemps jalonné les murs du métro... à l'époque où l'on prenait encore le métro.

Elle heurta brusquement Nath qui s'était immobilisé. Des lueurs dansaient au ras du sol à une vingtaine de mètres en avant. David coupa sa lampe et leva la main pour annoncer « Danger ! Clandestins ! »

Un voile de boue flottait jusqu'à mi-hauteur, dénonçant une intense activité à la sortie du tunnel. La jeune femme amarra les caissons à un tuyau courant le long de la paroi et tira son pistolet pneumatique de sa gaine. Ses deux compagnons avaient fait de même. Elle se pencha, retenant sa respiration pour ralentir le flot des bulles d'échappement. Des hommes-grenouilles s'affairaient, installant quelque chose le long de la paroi. Elle distingua des paquets de bâtons jaunâtres retenus par du ruban adhésif, des fils reliés à ce qui semblait être un mouvement d'horlogerie...

Les nageurs clandestins étaient en train de miner le tunnel !

Elle pensa immédiatement à ce que lui avait dit Tropfman au travers des brumes de l'ivresse :

« Une poche, c'est si fragile ! Il suffit d'une explosion, d'une fissure, pour que l'air fiche le camp à gros bouillons ! »

Elle n'eut pas le temps d'y réfléchir davantage, David avait déjà tiré. La flèche d'acier déchira l'eau en laissant derrière elle un sillage mousseux. Mal ajustée, elle ricocha sur le bloc-bouteilles d'un homme-grenouille, lui donnant l'alerte.

Le plongeur palmé se retourna. Malgré le voile de vase, il repéra les scaphandriers et pointa son arbalète. Nath se jeta en avant, visant les bras tendus, comme au stand. Son projectile perça la combinaison de caoutchouc du clandestin, crevant le sternum pour ressortir au niveau des reins. L'homme battit des bras et des jambes, cracha son embout. Un flot de bulles aveugla son coéquipier qui heurta la paroi en arrachant les mines qu'il venait d'installer. Lize poussa un hurlement inutile et leva puérilement le coude pour se protéger le visage. Une lueur jaune illumina le tunnel comme si la foudre jaillissait des rails engloutis. Un souffle liquide dilata la galerie, chassant devant lui des débris de toutes sortes. Les charges de Semtex avaient explosé. Une pièce métallique sonna durement sur le casque de Lize, son hublot frontal s'étoila. À la même seconde son tuyau fut sectionné. La valve à clapet joua aussitôt son rôle d'obturateur, empêchant l'eau d'envahir le heaume de cuivre, mais la jeune femme se mit à suffoquer. Nath la bouscula, traînant lui aussi un cordon déchiqueté. Lize le saisit à bras-le-corps tandis que la mitraille s'éloignait, faisant place à un nuage de vase compacte. Sans vraiment savoir ce qu'elle faisait, Lize se lança vers la sortie du tunnel, là où devait normalement se situer la poche d'air. Ses poumons en feu palpitaient, ses oreilles vrombissaient comme si un essaim de guêpes y avait élu domicile. Pour aller plus vite elle aurait dû rejeter son lest, mais elle n'en avait plus le temps. La syncope la talonnait, des spasmes lui boursouflaient la gorge. Ses pieds touchèrent enfin les marches du petit escalier menant au quai, elle s'y jeta à quatre pattes. À l'instant où elle émergeait, son cœur rata un battement, un rideau noir lui freina la vue et elle bascula comme une statue déboulonnée. Le casque de cuivre heurta le quai et le hublot étoilé éclata. Un air nauséabond s'engouffra sous la bulle d'acier.

Lize crut qu'on lui faisait respirer de l'ammoniaque, elle toussa en reprenant conscience. Quelqu'un s'agitait sur sa gauche, luttant pour dévisser sa propre vitre frontale. Elle voulut l'aider mais ses bras pesaient chacun une tonne. L'air pourri de la poche lui emplissait la tête et les poumons d'un souffle fermenté vaguement hallucinogène. Des images incongrues défilaient sous ses yeux. « Aide-moi ! Aide-moi ! » haletait David en traînant derrière lui son tuyau coupé. Elle comprit plus ou moins clairement qu'il était question de haler Nath. Elle fit ce qu'elle put. Leur équipier avait l'air mal en point. Son costume de caoutchouc était lacéré, et son casque rempli d'eau. David tomba à genoux, incapable de poursuivre son effort de sauvetage. Lize s'évertua à dévisser le hublot central du blessé, mais elle n'avait plus aucune force dans les doigts. Elle finit par s'abattre sur le quai, et le choc sonna dans son casque comme un coup de gong.

Bizarrement, elle restait consciente. Seule sa vue subissait d'étranges altérations. Elle voyait le quai s'allonger, puis rapetisser la seconde suivante, ou bien se tordre tel un serpent qui ondule au fond d'une mare.

« *Le gaz*, songea-t-elle dans un éclair de lucidité, je suis en train de respirer les quelques centilitres du gaz qui subsistent dans cette bulle pourrie... »

Elle ferma les yeux, persuadée qu'elle n'allait plus tarder à mourir. « Je deviendrai momie de cuir, se dit-elle sottement, on me repêchera et je finirai veste de chasse dans la vitrine d'un grand maroquinier. Quel destin ! »

Sa main était restée posée sur la poitrine de Nath. Elle sentit la cage thoracique de l'homme qui se soulevait par à-coups. La combinaison déchirée avait entraîné un début de noyade. La suffocation avait probablement favorisé l'intrusion de l'eau dans les poumons. Il aurait fallu renverser Nath sur le flanc, tenter un bouche-à-bouche. Oui, mais elle était si faible. Avant de s'évanouir elle pensa encore : « Le bouche-à-bouche avec un casque, c'est pas facile ! » Elle sombra.

Lorsqu'elle revint à elle, David était occupé à dévisser les écrous du heaume de Nath avec un serre-joint. Elle-même était tête nue, la nuque posée sur le revêtement gluant du quai.

– Ça va ? s'enquit le jeune homme, tu m'as fait peur. Tu avais vraiment l'air dans les vapes.

Elle se redressa sur un coude, hocha la tête, renonça car c'était trop douloureux, et reprit la position couchée.

– Et Nath ? murmura-t-elle.

– J'en sais rien. Il respire. Il a vomi de la flotte. Je crois que le souffle de l'explosion l'a choqué. J'ai replongé pour récupérer la caisse à outils. J'ai pu mettre la main sur le bloc bouteilles de l'un des clandestins. On a de la chance dans notre malheur...

Lize regarda le gros bi[1] de quarante kilos dans son pack de plastique noir. L'une des bouteilles avait été sérieusement cabossée.

– Tu vas remonter en catastrophe sans respecter les paliers ? demanda-t-elle, c'est dangereux...

– Connoly doit être en alerte, objecta le garçon, il a dû sortir le matériel de secours. Je vais brûler les étapes, j'aurai juste assez d'air pour regagner la surface. Si l'Irlandais n'est pas idiot, il m'aura préparé un narguilé[2], je replongerai tout de suite à douze mètres et je ferai des paliers majorés...

Lize ferma les yeux en soupirant. David reprit :

– Si une fois là-haut je ne suis pas bon pour le caisson hyperbare, je reviendrai aussi vite que possible avec tout ce qu'il faut pour vous sortir de là. Tu peux m'aider à le déshabiller ?

Elle acquiesça, et se releva prudemment. On lui avait retiré son lest, sa collerette de cuivre et ses brodequins. Elle ne portait plus que sa « peau-de-cochon » souillée de vase. Un feu interne rougeoyait dans ses poumons. Elle toussa, cracha. Un goût de sang lui vint aux lèvres.

---

1. Bouteilles d'air comprimé montées en couple.

2. Bricolage hâtif consistant à fixer un masque respiratoire au bout du long tuyau habituellement utilisé par les scaphandriers.

– Ça pue, hein ? lança David, pire que des chiottes publiques !

Elle ne répondit pas et l'aida de son mieux à libérer Nath. Le jeune homme présentait un énorme hématome au milieu du front. Du sang coulait de son nez et de ses oreilles. « Fracture du crâne ? » se demanda Lize.

– On peut rien faire de plus, constata David, je souffle un peu puis j'y vais. Plus j'attendrai ici, plus la durée des paliers augmentera.

Il se leva, se dénuda, ne conservant qu'un slip noir extensible d'où débordait sa toison pubienne. Il s'assit ensuite au bord du quai, les jambes pendantes, et enfila les harnais du pack. Lize le regardait faire, détachée, incapable de coller à la réalité. David boucla la sous-cutière, porta l'embout à ses lèvres pour vérifier le fonctionnement du détendeur.

– Bon, fit-il d'un ton faussement à l'aise. Quand faut y aller faut y aller ! Salut, Lizzie, à tout de suite. Profite pas de ce que c'vieux Nath roupille pour lui tailler une pipe.

Sur cette saillie, il se jeta en avant, disparaissant dans l'eau boueuse qui stagnait entre les quais.

Lize suivit d'un œil flou les remous qu'il laissait en s'enfonçant, puis la surface reprit son aspect de miroir glauque. La somnolence s'empara d'elle, poussant son engourdissement dans chacun de ses muscles. Elle prit peur, sauta sur ses pieds et lutta contre le vertige qui l'aspirait dans son maelström invisible. Pour se calmer, elle se contraignit à détailler le paysage de la station, mais c'était à peu de chose près le même qu'ailleurs : parois mangées de moisissures, amoncellements de champignons blêmes de la taille d'une citrouille... Et enfin, sur chaque objet métallique, la lèpre écarlate de la rouille étirant sa dentelle émiettée en festons destructeurs. Un lichen crépu avait recouvert les sièges de fourrure. Quelques rats couraient çà et là, cherchant l'abri des fissures. Un peu plus loin, des lignes avaient été tendues au bord du quai. Calées au moyen de débris de maçonnerie, elles laissaient pendre dans l'eau trouble des hameçons rudimentaires au bout desquels s'effilochaient des morceaux de viande. Lize sursauta, comprenant que la station apparemment déserte était en fait habitée. Un peu inquiète, elle coula un œil prudent vers le couloir marqué *Sortie/Correspondance*. Si quelqu'un se cachait, il ne pouvait se terrer que dans cette caverne de carrelage. Elle hésita. Le vertige lui faisait les jambes molles. Si on l'attaquait elle ne serait pas en mesure de se défendre. Malgré cela, elle avança. Des dessins naïfs ornaient les parois du couloir, tracés sur la céramique d'une main malhabile. Ils semblaient évoquer la catastrophe, puis la vie quotidienne d'une tribu de rescapés. La schématisation des scènes, qui rappelait les dessins d'enfant, en rendait l'interprétation difficile.

À de nombreux endroits, les coulées d'humidité avaient dilué la fresque, emportant les couleurs fabriquées à base d'argile et de pigments naturels.

Lize éprouva l'étrange certitude d'être en train de visiter une grotte préhistorique. Des ossements humains avaient été disposés de part et d'autre du passage. Le taux élevé d'humidité avait facilité la décomposition des cadavres, et il ne subsistait plus des anciens habitants de la station que des squelettes d'un brun jaunâtre entre les os desquels avaient choisi de s'installer des nichées de jeunes rats.

Cette nécropole surprit Lize. Depuis qu'elle explorait les méandres du métro, c'était la première fois qu'elle découvrait des cadavres « normaux ». Jusqu'à présent, elle s'était toujours heurtée aux momies de cuir, jamais à des dépouilles dégradées. Peut-être le gaz n'avait-il pas envahi cette poche ? À moins que sa concentration, trop faible, soit restée sans effet sur l'organisme des rescapés ?

Elle se figea, alertée par l'écho d'une pulsation lointaine qui courait sous ses semelles. Elle avait cru tout d'abord que les battements de son cœur, luttant contre l'excès de gaz carbonique, lui emplissaient les oreilles, mais c'était autre chose. Une vibration véhiculée par la maçonnerie. Un tambour enfoui dans le labyrinthe des tunnels. Cela évoquait à s'y méprendre le halètement d'un compresseur.

Elle posa ses doigts sur le carrelage des parois. Les rectangles de faïence tremblaient doucement. *Une pompe !* Perdue sous les eaux, une pompe continuait à fonctionner... Lize eut soudain une illumination. Oui ! Une pompe ou un recycleur d'air ! On en avait installé jadis sur les lignes les plus éloignées de la surface ! Ils avaient pour mission d'assurer la ventilation des stations enfouies à trente ou quarante mètres sous la ville. Fonctionnant sur le principe des plantes vertes, ils aspiraient le gaz carbonique et synthétisaient de l'oxygène. Voilà pourquoi les naufragés du métro avaient pu survivre trois ans au cœur des diverses poches sans jamais en épuiser l'air respirable. Quelque part au fond des tunnels, un compresseur renouvelait leur stock d'oxygène, pulsant au long de ses rares canalisations encore intactes des millions de litres d'air pur.

Lize fronça les sourcils. Non, elle allait trop vite... Il fallait prendre en compte l'usure des cartouches de recyclage ! La machine, saturée de CO_2, ne bénéficiant plus d'aucune maintenance, était probablement incapable, aujourd'hui, de restituer autre chose qu'un mélange gazeux appauvri ! S'il sauvegardait les naufragés de l'asphyxie, le compresseur ne leur assurait pas pour autant une atmosphère propre, un climat propice au bon fonctionnement des échanges physiologiques.

Lize n'avait qu'à gonfler les poumons pour s'en convaincre ! Elle s'adossa à la paroi. L'excitation de la découverte accentuait ses troubles de l'équilibre. Elle se demanda si ses tympans n'avaient pas souffert de l'explosion. Pour s'en assurer, elle introduisit un doigt prudent dans ses conduits auditifs, le retira souillé d'un écoulement sanguinolent. Pas de lésions graves. Une simple compression dont les effets disparaîtraient au bout de quelques jours.

... Où se trouvait le recycleur ? Dans une grande station, elle était prête à le parier. *Kaiser Ulrich III* semblait tout indiquée. Elle chercha à se représenter la machine. Un gros *FlâktFan Ventilator* ramifié comme une toile d'araignée, sans aucun doute, et alimenté par mini-pile nucléaire. La tête lui tourna. Ses pensées brûlaient son cerveau, elle les sentait galoper sous ses cheveux comme des fourmis rouges. Elle fut assaillie par une vague d'hallucinations incohérentes : une femme nue, cuisses ouvertes, les jambes calées sur les étriers d'une table d'opération, accouchait d'un bébé scaphandrier. Le médecin saisissait un scalpel, coupait le cordon d'alimentation jaillissant du sexe sanglant de la mère et déclarait : « Désolé, madame, il ne respire plus. Regardez, il n'y a pas de buée sur son hublot. »

... Dans la boutique d'un grand maroquinier, des

animaux au sourire snob enfilaient des vêtements en peau d'homme...

Lize tomba à genoux, éparpillant la fragile architecture d'un squelette. Des rats s'enfuirent en couinant de terreur. La jeune femme poussa un cri strident, porta la main à son front. Une pulsation chaude semblait avoir élu domicile au-dessus de ses sourcils. Elle tremblait. Au bout de ses doigts ses ongles viraient au violet. Elle pensa confusément : « Cyanose »... Puis le déferlement d'images ralentit, et elle vit, au fond du couloir, un vieillard qui l'épiait. Ce n'était pas une hallucination. Le vieux se déplaçait à quatre pattes. Il était nu, et sa peau bleuie par le manque d'oxygène lui donnait un faux air d'extra-terrestre de bande dessinée. Des cheveux blancs, sales, pendaient en crinière sur son cou et son visage. Lize le regarda approcher sans pouvoir esquisser un geste de défense. Lorsqu'il fut à trente centimètres de la jeune femme, il leva un doigt sentencieux, lui souffla une haleine putride au visage et dit d'une voix de ténor du barreau :

– Boum-Boum ! Écoute le cœur du dieu qui bat dans les entrailles de la terre. Boum-Boum ! Diastole-systole dispensatrices de vie ! BOUM-BOUM ! Écoute, femelle, le tambour dans ta tête !

Il lança la main, mais ses ongles dérapèrent sur la combinaison de caoutchouc de Lize. La jeune femme se laissa tomber en arrière et rampa sur les coudes, à reculons. Elle nota que la poitrine du vieillard était creuse, ses côtes affaissées, comme si sa cage thoracique s'était atrophiée au cours des années d'emprisonnement. Ses poumons avaient rétréci.

Se déplaçant sur les reins, elle atteignit le quai. Elle

se traîna près de Nath, espérant que le vieux fou ne la poursuivrait pas jusque-là pour lui vanter les mérites de la pompe. C'était sûrement le seul survivant de la tribu prisonnière de la station. Les cellules de son cerveau, mal irriguées par un sang trop pauvre en oxygène, avaient cessé de se renouveler. La décrépitude mentale n'avait pas tardé à suivre.

Ce théorème à peine énoncé, elle haussa les épaules, agacée par sa propre sottise. Cela c'était la version officielle ! Le conte à l'usage des masses, mais n'y avait-il pas autre chose ? *Une bouffée de gaz de combat égarée au hasard d'un tunnel, par exemple ?* Une émanation qui avait corrodé le cerveau du vieux en une fraction de seconde, le condamnant à la débilité pour le restant de ses jours ? Oui, peut-être. Mais elle était trop fatiguée pour y penser. Elle s'allongea, glissa une main sur la poitrine de Nath. Il respirait toujours. Elle avait peur de s'endormir. De nouveaux flux d'images l'assaillaient. Ce n'était pas normal. « Boum-Boum ! » cria le vieillard du fond de son couloir. « Boum, Boum ! »

Lize rampa, prit une paire de cisailles dans la boîte à outils. Il lui sembla que Gudrun était assise sur l'un des sièges du quai. Elle était entièrement vêtue de cuir miel et disait : « Lizzie chérie, bientôt tu vas faire une magnifique poupée gonflable ! Tu ne me reconnais pas ? Je t'ai bien eue, n'est-ce pas... *Je suis Nacha.* Tu t'en doutais, non ? C'est Gudrun qui est morte dans le métro. Après la catastrophe j'ai décidé de prendre sa place pour que tu me fiches enfin la paix. C'est le seul moyen que j'ai trouvé pour me débarrasser de toi. Je suis Nacha, Nacha, Nacha... Maintenant que tu vas mourir je peux bien te le dire, je ne risque plus rien. »

Lize voulut la chasser d'un coup de pinces, mais le fantôme s'enfonça dans le mur.

– Ce n'est pas vrai ! hurla Lize. Tu n'es pas Nacha ! Tu es Gudrun, Gudrun...

Au moment où elle comprit enfin qu'elle était seule, elle bascula, le nez dans les champignons.

Beaucoup plus tard, elle eut conscience qu'on la ficelait sur un brancard sous-marin muni de bouées de levage, et qu'on attachait l'embout d'un détendeur derrière sa nuque.

– David ? murmura-t-elle, David, c'est toi ? Dis au vieux de s'en aller.

Mais personne ne lui répondit.

Elle rêva ensuite qu'elle était momie, prisonnière d'un sarcophage, et que son cercueil dérivait sous des tonnes d'eau durant des siècles. Parfois elle ouvrait un œil et se voyait telle qu'elle était réellement, ficelée sur son brancard de tubes creux, portée par des bouées, et remorquée par un nageur invisible au long de tunnels interminables.

La remontée ne semblait jamais devoir finir. Pourtant, au fur et à mesure que Lize s'éloignait de la station empoisonnée, son esprit s'éclaircissait. Elle devina que Connoly avait immergé des narguilés de secours et que David allait se servir de ces prises d'air mobiles pour leur faire subir, à Nath et à elle, les paliers rendus nécessaires par leur interminable halte sous-marine. Elle ferma les yeux. Elle avait froid, terriblement froid.

« Il me faudrait un autre édredon », songea-t-elle en perdant connaissance.

*

Elle émergea de la nuit, la nuque calée sur le tissu rêche d'un oreiller d'infirmerie. Connoly roulait une cigarette au pied du lit de fer. David se découpait en silhouette sur le rectangle gris de la fenêtre. Lize bougea les mains. Elle avait froid aux épaules, exactement comme le soir où elle était sortie avec une robe décolletée alors qu'il pleuvait et que...

Elle prit conscience qu'elle était nue entre les draps rugueux. Maintenant Connoly allumait son rouleau de tabac tordu. Le papier imbibé de salive refusait de s'embraser.

– Elle revient, constata David.

Lize s'humecta les lèvres. Elle avait la bouche pâteuse, comme si on avait essayé de lui faire manger de la colle durant son sommeil. L'idée d'être couchée, nue, devant ces deux hommes, lui déplaisait. Elle n'avait jamais pu s'habituer à l'impudeur tranquille des compagnons de gymnase. Qui l'avait dévêtue ? David sûrement. Elle imagina leurs commentaires. Elle se trouva ridicule. Quelles pensées saugrenues ! Son séjour dans l'air pourri lui avait-il détraqué le cerveau ?

– Dis quelque chose ! s'impatienta David.

– Salut, murmura-t-elle, alors on s'en est tirés ?

– Toi, au petit poil ! lança Connoly. Pas de gros dégâts. Tu t'es hyperventilée en bas. Le choc de l'explosion, la peur. Tu t'es payé un peu d'hypercapnie, un début d'intoxication au gaz carbonique. On t'a fait respirer de l'oxygène à l'arrivée, et je t'ai administré une intraveineuse d'adrénaline. Sinon la bête a l'air intacte...

– Et Nath ?

– Expédié à l'hôpital militaire, marmonna sombrement David, le toubib pense qu'il a une méchante fracture du crâne et une vertèbre cervicale pétée. On attend qu'il passe sur le billard.

Sa voix trahissait une sourde rancœur. Lize comprit qu'il lui en voulait de s'en tirer indemne alors que son copain luttait contre la mort sous la lumière des scialytiques. Qu'y pouvait-elle ? En quoi méritait-elle davantage de mourir que Nath ? *Parce qu'elle était trop curieuse, peut-être ?*

– On va te laisser, conclut Connoly, repose-toi. Y a personne à prévenir ?

Elle secoua négativement la tête. Non, personne. Ils quittèrent l'infirmerie sans un mot, mais – sitôt dans le couloir – reprirent à voix basse une conversation véhémente dont Lize ne put saisir la signification. Elle eut l'impression qu'ils se disputaient à son propos. Elle haussa les épaules. À se mêler de complots, la voilà qui devenait paranoïaque.

Elle creusa l'oreiller avec sa nuque, écarta les jambes, mais la toile, trop raide, du lit d'infirmerie la privait des voluptés du pré-sommeil.

« Intoxication au CO_2 », avait dit Connoly. Était-ce tout ? À ses débuts elle avait une ou deux fois subi ce genre d'incident, jamais alors elle n'avait eu à supporter un pareil assaut hallucinatoire. Non, il y avait autre chose. David l'avait-il senti lui aussi ? Mais de toute manière il était resté beaucoup moins longtemps dans l'atmosphère confinée de la station. Elle ferma les yeux, puis les rouvrit aussitôt. Elle n'arrivait pas à s'abandonner. Elle finit par comprendre qu'elle ne se sentait pas en sécurité. Dans son esprit tourmenté, l'infirmerie n'était qu'une extension du métro. Une ramification du piège...

Elle aurait donné n'importe quoi pour que Gudrun fût là, à son chevet.

Elle resta longtemps immobile, à fixer le rectangle gris de la fenêtre. Quand la nuit vint, elle se dépêcha d'allumer la lampe.

Rage de dents

L'autoroute suspendue rugissait au-dessus de la villa, charriant sur son dos voûté des milliers de tonnes de voitures impatientes. Lize avait fermé toutes les fenêtres mais le bruit s'infiltrait à travers les doubles vitrages, stagnait dans les pièces, descendait dans les murs, rampait sous les parquets. Animal omniprésent et pourtant insaisissable.

La jeune femme errait le long des couloirs, vêtue de son seul peignoir, désœuvrée. Depuis le matin, elle était allée cinq fois dans la cuisine pour se préparer du café. Elle avait lu, écouté à six reprises *Hebt u voor mij een brief ?* de N'Koulé Bassaï, version de 63, enregistrée à Kingston. Puis elle avait regardé par la fenêtre, espérant que la silhouette efflanquée de Gudrun apparaîtrait brusquement au milieu du terrain vague.

La veille, elle avait passé une brève visite médicale dans les locaux de l'administration et s'était vu octroyer une semaine d'arrêt maladie. Le toubib avait marmonné quelque chose à propos des marbrures marquant sa peau, mais elle ne l'avait pas écouté. Mécontent de ne pas être pris au sérieux, il lui avait prescrit une liste impressionnante de remèdes qu'elle avait, bien sûr, oublié d'acheter. En sortant de la consultation elle avait couru à l'hôpital militaire, mais on l'avait éconduite en lui précisant que le plongeur avait été placé en « soins intensifs » et n'avait pas repris connaissance. Elle n'avait trouvé aucun argument pour tenir tête à l'infirmière chevaline trônant derrière le comptoir d'accueil, et avait repris d'un pas morne le chemin de son domicile. Depuis elle attendait, s'efforçant de ne plus penser à *l'accident*. Lorsqu'elle avait parlé de rapport, Connoly avait objecté que rien ne pressait, et qu'il serait toujours temps de se lancer dans la paperasse. Prévoyait-il d'étouffer l'affaire ? En avait-il reçu la consigne ? *Et de qui ?*

Elle haussa les épaules. Les mystères du métro devenaient trop compliqués, il lui aurait fallu une aide officielle, un semblant de protection. Gudrun avait raison : une fois sous l'eau, il était facile de la supprimer...

Elle fit le vide dans son esprit, appuya son front contre la vitre. Le soleil, pâle, filtré par le verre constellé de bulles, chauffait son visage, son cou. C'était agréable. Elle dénoua le cordon du peignoir, rejeta le vêtement pour exposer son corps nu à la lumière. À cause du pont et de son ombre gigantesque, le soleil ne faisait que de rares incursions au cœur des pièces.

C'est à ce moment qu'elle commença à avoir mal aux dents. Une douleur fulgurante lui traversa la mâchoire inférieure, à l'emplacement de ses molaires plombées. D'abord elle n'y prêta pas garde, c'était un désagrément dont elle avait souvent fait les frais. L'air comprimé respiré en profondeur s'infiltrait dans les fissures des plombages puis se dilatait une fois revenu en surface, obéissant en cela à une loi élémentaire de physique. La douleur se résorbait au bout de quelques heures.

Comme elle reportait son attention sur le paysage, une véritable vrille de feu lui transperça le maxillaire, la faisant hoqueter de souffrance. Elle étouffa un cri, recula en se prenant le bas du visage dans les mains. À cette seconde précise, elle eut la sensation qu'une minuscule grenade explosait à l'intérieur de sa bouche, lui criblant la langue et le palais de débris coupants. Cassée en deux, elle se précipita dans la salle de bains, se cramponna au lavabo et cracha un jet de sang mêlé de salive. La douleur lui mettait les larmes aux yeux, brouillait sa vue. Elle tâtonna pour trouver une serviette. À présent une pulsation de feu habitait sa mâchoire, comme si on venait de lui arracher une dent sans anesthésie préalable. Elle tourna le robinet, se gargarisa. Des éclats d'émail roulèrent sur ses lèvres. Effrayée, elle introduisit un doigt prudent dans sa bouche, effleura sa gencive pour constater les dégâts. L'une de ses molaires au plombage défectueux avait explosé comme une bombe, lui lacérant la langue et les joues d'esquilles pointues. Atterrée, elle passa plusieurs minutes à tenter de se débarrasser de cette mitraille qui s'obstinait à rester fichée dans sa chair, telles des arêtes de poisson imprudemment avalées. Elle bavait du sang. Ses joues, son menton et sa gorge étaient vernis d'écarlate, lui faisant un maquillage de film d'épouvante.

Alors qu'elle se rinçait à l'eau tiède, la pulsation douloureuse se fit à nouveau sentir au creux d'une autre molaire. Elle comprit ce qui allait se passer, cette fois elle eut le réflexe de se fourrer le gant de toilette dans la bouche pour limiter le rayonnement des éclats.

La dent explosa avec un craquement sec de noix écrasée. Lize hurla, mais le carré d'éponge gomma son cri. Elle avait terriblement mal et les prémices d'une syncope s'annonçaient par leur vol habituel de mouches noires. Elle s'assit près de la baignoire, les fesses sur le carrelage. Elle avait peur. Affolée, elle chercha à se rappeler combien de dents plombées se partageaient sa mâchoire. Quatre ? Cinq ? Cette perspective acheva de la terroriser. Elle se releva sur les genoux, fit couler de l'eau glacée et cracha le gant souillé de sang et de débris. Ses éclats de molaire crissaient comme du verre sur sa langue tailladée. Elle se rinça. L'eau froide apaisait la douleur. Que lui arrivait-il ? Jamais elle n'avait entendu parler d'accidents analogues. On lui avait raconté des histoires de plombages décollés, jaillissant de leur alvéole comme des bouchons de champagne, mais jamais on n'avait mentionné des cas de dents se changeant en grenades miniatures !

Elle ouvrit la porte de l'armoire de toilette, tâtonna à la poursuite d'un tube d'analgésique, et en avala quatre comprimés. Devait-elle appeler un médecin ? Quelque chose lui disait de n'en rien faire. Qu'avait prétendu Connoly ? *« Tu t'es hyperventilée en bas. »* Oui, elle s'était hyperventilée, d'accord, mais avec *quoi ?*

Quel gaz avait donc accumulé ses bulles microscopiques dans son organisme ? Quelles émanations bizarres avait-elle respirées au fond du tunnel pendant que David regagnait la surface ?

Elle lava le gant de toilette, l'essora. Raflant le tube d'antidouleur, elle passa dans la chambre et se laissa choir sur le lit défait. Des cernes soulignaient ses yeux. Elle essaya de réfléchir, d'oublier le martèlement qui lui défonçait la mâchoire...

Les gaz se dilatent à la chaleur, peut-être qu'en suçant des glaçons elle enrayerait ce phénomène ?

Elle descendit à la cuisine, pilla le freezer, et remonta avec un bol de cubes givrés. Elle en introduisit un dans sa bouche. L'engourdissement gagna sa gencive lacérée. Elle s'aperçut qu'elle tremblait. Le sang séchait sur ses seins, son menton, les amidonnant de son empois écarlate. Elle avala un peu d'eau, toussa. Combien de dents encore menacées ? Comment savoir ce que trafiquent exactement les dentistes pendant que vous écartez bêtement les mâchoires ? Une... Deux ? *Trois ?* Elle jura. Elle ne pouvait pas passer le restant de ses jours à sucer des crèmes glacées ! Les sédatifs commençaient à faire effet, lui rendant la tête lourde, très lourde. Elle n'était plus capable de réfléchir.

Le soleil poussait une pointe en direction du lit. Elle songea qu'elle ferait mieux de se déplacer, mais elle n'en avait plus le courage. Elle s'assoupit.

*

Alors que le jour se levait, une voiture s'engagea sur le terrain vague. David sortit du véhicule. Il hésita une minute, puis s'engagea entre les cadavres de voitures. Lize alla dans le hall, déverrouilla la porte et s'avança sur le perron. Le jeune homme la salua d'un air gêné.

– Nath est mort cette nuit, lâcha-t-il en guise de salut, on l'a placé dans un cercueil, dans la cour de la station pour la veillée funèbre. Je suis venu te chercher, il n'y aura que nous et Connoly. Le maire va se pointer à midi, pour la médaille à titre posthume, avec la presse et un représentant de l'armée.

– Entre, murmura Lize, je vais m'habiller...

Dix minutes plus tard, en uniforme, le casque coincé sous le bras, elle quitta la maison en claquant la porte, David l'attendait, l'œil fixé sur la découpe accidentée de la muraille de rouille.

– T'as pas l'air en superforme, observa-t-il. T'as la mâchoire drôlement gonflée.

Lize haussa les épaules sans répondre et s'installa dans la voiture.

– Nath n'a jamais repris connaissance ? s'enquit-elle en posant le casque sur ses genoux.

– Non. Pas une seconde.

David saisit le volant entre ses mains puissantes et démarra sur les chapeaux de roues.

– Tout à l'heure, dit-il d'une voix curieusement distante, à un moment ou un autre, je ferai semblant de m'impatienter et je râlerai contre le fleuriste en disant : « Ce con a oublié de livrer les couronnes, il faut aller les chercher » et je te demanderai de m'accompagner. Tu me suivras sans t'étonner. O.K. ?

– Pourquoi ? demanda Lize, sur la défensive.

– Je dois te faire rencontrer quelqu'un, dit David avec réticence. Ne pose pas de question maintenant. Je ne suis pas habilité à te répondre. C'est quelque chose qui concerne ta sœur. La personne que tu vas voir possède toutes les réponses. Tu en discuteras avec elle.

La jeune femme sentit le souffle lui manquer. Elle se tourna de côté pour examiner le profil de David. Un visage de béton qui n'annonçait rien de bon.

– Qui es-tu ? demanda-t-elle. Qui es-tu *réellement* ?

– J'ai dit pas de questions, grogna le garçon.

Il ne leur fallut pas plus de dix minutes pour rejoindre le bunker de béton du 6e Bataillon scaphandrier.

Connoly avait revêtu un uniforme râpé de la marine. Avec sa casquette et sa pipe, il avait l'air de se rendre à un bal costumé déguisé en vieux loup de mer. Devant la bouche de métro inondée, on avait installé le cercueil sur des tréteaux. La mise en scène, destinée aux journalistes, avait quelque chose de factice. Lize s'approcha. Le coffre en acier était surmonté d'un couvercle de verre, pour l'heure non vissé, qui laissait voir la dépouille dans sa totalité. Nath portait l'uniforme bleu de la police municipale. La casquette plate à galon d'argent reposait sur sa poitrine. Les écussons des différentes brigades où il avait servi avaient été épinglés à ses revers.

– Comme ça il a l'air d'un gardien de square, grogna David, pourquoi on lui a pas mis son cuir de patrouilleur et son casque ? Merde !

Lize se pencha. Le corps lui semblait étrangement dilaté. La peau, fine et luisante, paraissait gonflée de silicone, tendue comme une bulle de chewing-gum.

– J'ai préparé du café et des alcools, marmonna Connoly, mais sifflez pas trop si vous voulez être présentables pour l'arrivée du maire. Y a une médaille pour ce vieux Nath et des citations pour vous deux. À ce qu'on m'a dit, même que si Lizzie veut être mutée dans un autre service on lui fera toutes les facilités. Le maire a trouvé que c'était un boulot trop dur pour une nana. Qu'est-ce que t'en dis, fillette ?

Un signal d'alarme retentit dans l'esprit de la jeune femme. La mise sur voie de garage, sous forme de promotion. Le coup classique. Elle bredouilla une phrase dépourvue de sens qui pouvait passer pour un vague assentiment. Connoly les saisit par le cou et les poussa vers la salle de *briefing*. Une cafetière émaillée attendait sur une plaque chauffante. Il y avait aussi du pastis, de l'ouzo et des citrons. « Pour la bouffe, j'ai des saucisses à la chair d'âne et du pain noir », précisa l'Irlandais, toujours pratique.

*

Lize se sentait mal à l'aise. Ses gencives la faisaient souffrir et les calmants engourdissaient ses réflexes. Les parois du bunker rétrécissaient son espace vital comme les grilles d'un piège.

Connoly emplit les tasses et entama le récit d'une anecdote. Lize décida de ne rien boire. Comme s'il s'agissait d'une manie, elle préleva un glaçon dans le seau avoisinant la bouteille d'ouzo, et s'appliqua à le sucer.

La mort de Nath ne la surprenait pas. Dès qu'elle l'avait vu blessé, elle avait eu la certitude qu'il ne survivrait pas. À l'opposé de David, elle n'avait nourri aucun espoir. Connoly lui toucha l'épaule, la ramenant à la réalité. Quelle part jouait-il dans le complot ? Elle n'aurait su répondre. La glace anesthésiait ses mâchoires, c'était bon. Elle cessa de penser. Une heure s'écoula au milieu du radotage de l'Irlandais. Lize dérivait à la frontière du somnambulisme, gavée de cachets et de glaçons.

La conversation s'orienta sur Schmeisser, le nouveau petit juge qui semblait bien décidé à faire rapatrier les survivants bloqués dans les poches d'air.

– C'est de la connerie, gronda David. On va prendre

des risques insensés pour ramener une bande de tarés à la surface. Et qu'est-ce qu'on fera d'eux, ensuite ? On les lâchera dans la nature ?

Un silence gêné s'installa. Le garçon consulta sa montre et secoua la tête, feignant l'irritation.

– *Le fleuriste n'a pas livré les couronnes,* lança-t-il. *Faut aller les chercher. Tu viens avec moi, Lize ?*

La jeune femme tressaillit.

– D'accord, fit-elle en se levant.

Ils quittèrent le bâtiment sous l'œil intrigué de Connoly.

La pluie crépitait sur le capot de la voiture de sport garée dans la cour. David s'assit au volant, libéra la portière.

– Tu viens ?

Lize obéit. L'automobile bondit à travers les rues désertes.

– Pourquoi défends-tu les intérêts du maire ? demanda Lize au bout d'une minute.

– Parce que c'est mon boulot, lâcha le garçon. On m'a muté au bataillon scaphandrier pour vous surveiller.

– Espion ?

– Espion si tu veux. Le maire nous surnomme *ses yeux invisibles*. On ne peut pas laisser les flics faire n'importe quoi. Ils ne voient pas plus loin que le bout de leur nez. Ils n'ont aucune vision politique des choses. Toujours à penser au ras des pâquerettes.

– Mais la mort de Nath ? objecta Lize, c'est de la faute du maire, non ? Les clandestins qui dynamitaient le tunnel le faisaient sur son ordre, n'est-ce pas ?

David eut un geste agacé.

– Une bavure, siffla-t-il. Un défaut dans le chronométrage. Les types n'auraient pas dû se trouver là. Ils étaient en retard.

– Je vois, fit Lize. J'ai compris que tu étais avec eux quand je t'ai vu rater ta cible. De ta part c'était invraisemblable. Ta flèche ricochant sur les bouteilles du plongeur, une bonne trouvaille pour le prévenir mine de rien ! En fait, nous sommes arrivés trop tôt. À une demi-heure près, l'éboulement nous aurait barré la route, il nous aurait fallu abandonner la mission.

– C'est ça. L'idée, c'est de purger les poches d'air une à une, pour en finir avec les survivants avant que Schmeisser ne les rapatrie à la surface.

– Mais Nath est mort, tu n'en veux pas à la municipalité ?

– Bien sûr que non ! On ne fait pas d'omelette sans casser les œufs. Ne joue pas les idiotes, tu fouines depuis trop longtemps, tu le sais bien. On ne peut pas te laisser continuer. Deux solutions s'offrent à toi : tu rejoins nos rangs... ou tu disparais.

– Mais ma sœur..., interrogea Lize. Les prétendues révélations que devait me faire une personne haut placée... C'était de la connerie, n'est-ce pas ? Un truc pour me forcer à t'accompagner. Je m'en doutais.

– Tu fais du bon boulot ! fit David comme s'il n'avait pas entendu la question. On peut compter sur toi, t'as du muscle. Un vrai mec ! Bon sang, qu'est-ce que tu fabriques avec des toquards comme Tropfman ou le juge Schmeisser, le nouveau patron du recensement ?

– Je ne travaille pas pour lui. Je ne sais même pas quelle tête il a.

– Ne joue pas les idiotes. On l'a vu récemment chez Tropfman.

– Tropfman est à la retraite, il tient une boutique de toilettage pour chiens. Il fabrique du dentifrice pour caniches.

– Une couverture. Tropfman est une taupe, c'est de notoriété publique. Écoute, Lize, finalement je t'aime bien et ça m'embête de te laisser t'enfoncer dans une combine pourrie. Le petit juge va essayer de mettre ses bâtons dans les roues de la municipalité, mais il a perdu d'avance. En ce moment même, des dizaines de types comme moi minent secrètement les tunnels. C'est une question de jours. Dans une semaine au maximum on aura liquidé toutes les poches, comblé les accès. Ne te laisse pas avoir. Il est encore temps de sauter du bon côté de la barricade. Dans l'ombre du maire, tu pourras obtenir un poste important. Plus jamais tu n'auras à descendre dans cette saloperie de morgue inondée.

La jeune femme resta muette.

David jura. Lize s'aperçut que la voiture filait à travers un labyrinthe d'entrepôts désaffectés. Cela lui sembla de mauvais augure. Les vrombissements du moteur éveillaient des échos d'avalanche sous les hangars vides. Elle commença à prendre peur. Insensiblement, elle se déplaça vers la portière, ses doigts cherchèrent le loquet d'ouverture.

– Pas de ça, Lizzie ! fit David, reste sagement à ta place !

Son poing avait jailli, crispé sur un pistolet polonais, un Radom *WZ 35*, qu'il venait de cueillir sous le tableau de bord. Le mufle de l'automobile s'engagea sur le quadrillage d'un parking peuplé de cageots et d'ordures. David freina, éteignit les phares. Des papiers gras poussés par le vent vinrent se coller sur le pare-brise. Lize posa doucement ses paumes sur ses cuisses.

– Écoute..., commença-t-elle.

– Je n'écoute rien, coupa le garçon, tu as eu ta chance, maintenant c'est fini. Vous allez tous y passer. Toi, le petit juge, Tropfman. Vous allez crever comme des imbéciles pour vous être obstinés à défendre une poignée de demeurés perdus par 30 mètres de fond ! C'est trop stupide. Tu veux que ces dégénérés gangrènent peu à peu la population ? Qu'ils se reproduisent ? Tu imagines un peu ce qui se passerait ? Allez, descends !

De sa main libre il arracha les clefs de contact et débloqua sa portière. Sitôt le battant ouvert des lambeaux de journaux et de magazines se ruèrent à l'intérieur du véhicule. La gueule bleutée du Radom captait les reflets de l'éclairage public.

– Descends ! répéta-t-il.

Lize avala sa salive. Elle n'avait aucune chance en s'obstinant à rester sur place. Peut-être qu'à l'extérieur... Mais non, elle n'y croyait pas. David était un professionnel, il ne se laisserait pas surprendre. Elle poussa la portière, posa le pied sur le matelas d'ordures. David avait levé son arme, son doigt caressait déjà la détente.

Soudain quelque chose siffla dans les ténèbres. Un objet effilé déchira l'air pour finir sa course en choc mat dans la poitrine du garçon. Lize vit la main de David mollir sur la crosse, ses doigts s'écarter. Le Radom tomba dans les fruits pourris. Un manche de corne jetait une ombre rouge sur le blouson du jeune homme. Un cylindre clouté, patiné par l'usage. Le manche d'un couteau à cran d'arrêt. David bascula en arrière, la bouche ouverte.

– Terminus, tout le monde descend ! ricana Gudrun en contournant un tas de cageots.

Lize eut un haut-le-corps.

– Qu'est-ce que tu fais là ? balbutia-t-elle.

– J'abrège les scènes de suspense, répliqua la jeune fille. C'est plus de ton âge de palpiter comme ça !

– Tu nous suivais ?

– Avec une p'tite moto, oui. Je te couvre depuis deux jours. Je suis devenue ton ange gardien, ton ombre protectrice. Ta maman invisible, quoi !

Lize se baissa, effleura la carotide de David. Rien.

– Tu l'as tué, observa-t-elle en s'essuyant la main sur le cuir de la combinaison.

– Mazette, quelle douleur ! gouailla Gudrun, un homme si bon !

La jeune femme s'adossa à la voiture, elle se sentait fatiguée.

– Tu me protèges ? murmura-t-elle avec lassitude, c'est une vocation soudaine ?

Gudrun se moucha bruyamment d'un revers de main. Sans se presser, elle plia les genoux, empocha son couteau et récupéra le pistolet polonais.

– Schmeisser m'a engagée, dit-elle enfin, le p'tit juge. Au courant le mec, mine de rien il nous a repérées, toi et moi.

– Qu'est-ce qu'il veut ?

– Des collaborateurs intègres et musclés, tiens ! Quand on s'en prend au maire, la paperasse c'est pas tout !

– Et il t'a enrôlée, toi ?

– Oui, j'ai pas de muscles mais j'ai un couteau. Je ne sais pas si tu t'en es bien rendu compte ?

Lize s'impatienta. La fièvre battait à ses tempes. Elle dut s'asseoir sur l'aile de la voiture.

– Il est venu te voir ? demanda-t-elle en maîtrisant sa voix qui dérapait.

– Pas lui. Sa bonne femme, sa secrétaire ou je ne sais quoi. Landbröke, Greta. Une fille du recensement. Tu la connais, paraît-il. Un dénommé Tropfman t'a recommandée à eux. Ils essayent de former une petite équipe de joyeux comploteurs. À mon avis ce sont des guignols qui se font du cinéma. Ils n'ont pas une chance de dégommer le maire par les voies légales. Quoi qu'il en soit, ils s'intéressent à toi. Au point de soudoyer une paumée dans mon genre pour assurer ta protection. Je me suis planquée trois jours dans les bagnoles pourries qui entourent ta baraque. Le juge craignait qu'on ne vienne te faire la peau pendant la nuit.

Lize contourna l'automobile. Les clefs de contact étaient tombées dans une flaque d'huile, elle les ramassa.

– Je me charge du cadavre, conclut Gudrun, à toi d'inventer une histoire. Schmeisser voudrait te voir le plus vite possible. Tu peux l'appeler à ce numéro, c'est une ligne propre.

Elle tira un petit carton froissé de la poche de son blouson. Lize s'en saisit.

– Schmeisser..., répéta-t-elle pensivement.

– Ouais, ricana l'adolescente, un incorruptible de plus. Espérance de vie assez courte, selon mes prédictions personnelles ! Laisse tomber, Lizzie. On peut se faire le maire, d'accord, mais à la carabine à lunette, pas avec le Code pénal ! Évidemment, c'est pas ton truc...

– Non.

Lize s'assit au volant. Il ne lui restait plus qu'à rentrer au bunker. Comment justifierait-elle l'absence de David ? Connoly allait la bombarder de questions. Elle passa le bras à l'extérieur, esquissa un salut auquel Gudrun ne répondit pas, et lança le moteur. Dans quatre heures le maire la féliciterait pour sa bravoure en la maudissant intérieurement d'être encore en vie. Peut-être tenterait-il une ultime démarche de corruption ? Une nomination à un grade élevé dans une ville lointaine ? Une médaille ? De l'argent... Elle soupira, brûlante de fièvre. Pourquoi s'entêtait-elle ? Qu'avait-elle à espérer de Schmeisser, ce juge dont elle ne savait rien ? Elle eut l'impression de n'être entourée que de personnages masqués. Tropfman qui jouait à l'ivrogne... Gudrun à la vandale blasée... Greta Landbröke à l'obscure employée...

Elle accéléra, remonta l'avenue dans un état semi-comateux, freina à un mètre de l'entrée du bunker. Connoly se précipita.

– Alors ? haleta-t-il, qu'est-ce que vous fichiez ? Les officiels vont débarquer. Mais où est David ?

Lize s'extirpa du véhicule, les mains moites. Sans écouter les questions de l'Irlandais elle rentra dans le bâtiment, avala trois aspirines et se coucha sur le lit de l'infirmerie. Elle n'était plus qu'un bloc de fatigue, de souffrance et de sommeil. Elle s'endormit aussitôt.

Le maire arriva à l'heure prévue. Sans paraître s'étonner de l'absence de David, il attaqua un discours pompeux que les journalistes ne se donnèrent pas la peine d'enregistrer. Il y eut quelques photos, des poignées de mains. Lize n'eut droit qu'à une plate formule de félicitations débitée d'un ton glacial. Elle remercia, claqua les talons. Déjà le maire s'éloignait. Il était élégamment vêtu d'un costume de cuir coûteux, *un costume dont la couleur évoquait celle du miel.*

Nath fut inhumé à 11 heures. Seuls Connoly et la jeune femme suivirent le convoi. La bière recouverte, ils revinrent au bunker, à pied, ballottés par le flot des ménagères chargées de sacs à provisions.

Mécaniquement ils traversèrent la petite cour grise et allèrent s'enfermer dans la salle de briefing. Connoly jeta du café en poudre dans un filtre en papier et mit de l'eau à chauffer. Son regard fuyait celui de Lize.

– David ne reviendra pas, hein ? fit-il en remplissant les quarts émaillés. Je ne sais pas à quoi vous jouez. Jusqu'à présent je croyais que les garçons ne pouvaient pas voir le maire en peinture. Or, d'après ce que David disait hier soir ce serait le contraire... Je m'y perds. Je n'aime pas ces histoires de politique. C'est pas la peine de me répondre, j'veux rien savoir. David répétait que, de toute façon, le métro c'était fini, que d'ici quelque temps on allait dissoudre les bataillons scaphandriers... Je ne sais même pas si j'en serai soulagé ou si j'aurai des regrets.

Lize haussa les épaules. Les masques, toujours les masques...

Aujourd'hui c'était Gudrun qui lui posait problème. Plus le temps passait, plus la personnalité de la jeune fille lui échappait. Elle en venait à douter de sa qualité de délinquante. Ne s'agissait-il pas, en fait, d'un agent infiltré ? Un agent appartenant à l'un de ces services parallèles dont la police officielle ne faisait que subodorer l'existence ? Voilà pourquoi elle n'avait pas d'empreintes digitales... Gudrun était un fantôme habitué à changer d'identité comme de chemise... Une menteuse qui l'avait manipulée depuis le début en se servant de Nacha comme d'un leurre. Bien joué !

Lize renonça au café et se servit un verre d'eau glacée. Connoly s'était assis en face d'elle, les yeux dans le vide. Brusquement il avait l'air vieux, très vieux. Ils demeurèrent ainsi presque une heure, puis Lize repoussa sa chaise et quitta le bunker. Elle déambula dans les rues mouillées. Vers le soir, elle avisa une cabine téléphonique et s'y enferma. Glissant une pièce de monnaie dans la fente de l'appareil, elle forma le numéro du juge Schmeisser. Le sort en était jeté.

Le complot des souris grises

Lize écarta les rideaux de la cuisine, laissant courir son regard sur les voitures fracassées entourant la maison. Gudrun se terrait-elle vraiment dans ce nid de rouille ? Elle plissa les paupières, s'évertuant à localiser la tête rasée de la jeune fille au milieu des véhicules emboutis. Agacée, elle haussa les épaules et sortit de la villa.

Le champ de boue du terrain vague était encore plus liquide qu'à l'accoutumée. Les semelles s'y plantaient avec un bruit de succion un peu écœurant.

Lize marchait droit devant elle, l'esprit plein de choses confuses. Elle ne pouvait se défaire de l'impression fâcheuse d'avoir été manipulée. David... Tropfman... Gudrun... Greta Landbröke. Les visages se superposaient, se fondant en un masque anonyme aux traits brouillés.

Une voiture grise quitta la route pour s'engager en diagonale sur le terrain vague. C'était un modèle d'une grande banalité, constellé de raccords de peinture. Une occasion de troisième main. Un camouflage à vocation urbaine.

Le véhicule roula vers Lize. Greta Landbröke,

« l'employée du recensement », se tenait au volant. Un sourire froid crispa une seconde les commissures de ses lèvres. Il semblait dire :

« Hé ! Oui, ma belle ! Tu vois, je ne suis pas qu'une simple gratte-papier ! »

Un homme maigre et pâle, aux cheveux taillés en brosse, était assis sur la banquette arrière. Il portait un trench-coat boutonné jusqu'au menton. Son visage étroit aurait pu être celui d'un prédicateur.

Greta Landbröke serra le frein à main, ouvrit la portière et marcha vers Lize en la fixant avec insistance.

– Prenez ma place, fit-elle, à voix basse, ne posez pas trop de questions. C'est dangereux pour lui d'être ici.

Lize obéit, en trois enjambées, elle avait rejoint le siège encore tiède de la conductrice. Elle s'assit, posa les mains sur le volant sans chercher à dévisager l'homme tapi à l'arrière.

– Faisons vite, murmura celui-ci, vous et moi désirons la même chose : l'élimination du maire. Nous ne pourrons atteindre ce but qu'en communiquant à la presse une preuve accablante de son incompétence criminelle. Il me faut donc des pièces solides, matérielles. Un objet accusateur, par exemple. Les témoignages des survivants ne serviront à rien. La clique en place s'est arrangée pour les discréditer depuis longtemps... Rien à espérer de ce côté-là.

– Vous avez bien une idée ? attaqua Lize que ce préambule agaçait.

Schmeisser émit un claquement de langue, hésita une seconde, puis lâcha :

– *Kaiser Ulrich III*, la grande station pilote au cœur du réseau. L'explosion a eu lieu à moins de cent mètres. Il est possible que des épaves révélatrices s'y soient échouées. Si vous pouviez localiser les restes d'un laboratoire, du matériel spécialisé, j'aurais de quoi rouvrir le dossier. Il suffirait d'amener sur place une équipe de magistrats, de faire des constatations en règle. Vous comprenez ? Je sais que c'est vague. Nous ne sommes sûrs de rien, je vous envoie à la pêche au miracle. Je ne vous cache pas que vous courrez un risque énorme. Selon mes informations, les clandestins manipulés par le maire auraient déjà miné nombre de galeries.

– Je sais. Moi aussi, j'ai pensé à *Kaiser Ulrich III*, c'est la station la plus profondément enterrée. Si le blockhaus où les gaz de combat étaient stockés a vomi des pièces à conviction, on ne peut les trouver qu'à ce niveau. En admettant que la boue n'ait pas tout recouvert.

– Croyez-vous possible de l'atteindre ? Nous disposons de très peu de temps.

Lize hocha la tête. L'intérieur de la voiture empestait la fumée refroidie, cette odeur l'indisposait. Elle avait hâte de partir.

– J'ai étudié les plans du réseau, dit-elle en promenant son index sur la courbe du volant, je crois avoir déterminé un itinéraire, mais il faudra user d'un subterfuge.

– Lequel ?

– Ne pas plonger d'une station légalement ouverte, mais violer une dalle commémorative comme le font les clandestins. Je disposerai ainsi d'un trajet plus direct. D'un raccourci.

Le juge eut un nouveau claquement de langue.

– C'est envisageable, admit-il, quelle dalle vous conviendrait ?

– Celle de la station *Walter-Wilhelm-Platz* en bas de la Kranzstrasse.

Schmeisser hoqueta.

– Vous êtes folle ! L'artère la plus fréquentée de la ville ! Des milliers de personnes nous verront !

– Pas sûr. Il suffit d'un camion de la voirie, d'un échafaudage, de quelques bâches pour faire écran. Le prétexte pourrait être le ponçage de la dalle. Un ponçage autorisant la réécriture de certains noms mal orthographiés. Vous pouvez ordonner quelque chose dans ce goût-là, non ?

– Oui... Enfin, je crois... Vous ne pensez pas qu'une autre station... Non ?

– Non. De la *Walter-Wilhelm-Platz*, je bénéficierai d'un accès direct me dispensant d'une interminable déambulation. Si j'emprunte l'itinéraire officiel, je risque de croiser d'autres équipes, d'éveiller la curiosité.

– Et combien de temps devrons-nous tenir ce chantier fictif en place ?

– Quelques jours, deux ou trois. Cela dépend de l'état des couloirs.

Schmeisser s'agita, faisant crisser le cuir de la banquette.

– Vous savez que la loi interdit la réouverture d'une station condamnée ? siffla-t-il, si nous nous faisons prendre... Je pensais que vous plongeriez de votre point d'attache habituel.

– Avec un ami du maire pour surveiller le compresseur ? Non merci ! Je n'ai pas confiance en Connoly. De plus, si j'utilise cette voie, j'en aurai pour des heures ! Il me faudra remonter des kilomètres de tunnels sur l'un des axes les plus fréquentés par les clandestins. Pas question ! Je veux un accès direct, une voie courte.

– D'accord, d'accord, capitula le magistrat. Quelle assistance technique souhaitez-vous ?

– Un camion avec un compresseur. Plusieurs scaphandres autonomes, un équipement de pied-lourd, des outils performants.

– Une tenue de scaphandrier ? s'étonna Schmeisser, mais pourquoi ne plongez-vous pas comme les clandestins, avec deux bouteilles sur le dos ?

– Les bouteilles ont une autonomie réduite, je peux être bloquée par un éboulement. Avec un cordon ombilical, il me sera possible de travailler dix ou quinze heures pour me dégager. C'est l'avantage.

– Mais ce tuyau ! C'est comme si vous marquiez votre passage ! Si les clandestins le repèrent, un coup de lame et c'en est fait de vous...

– C'est un risque. Pour le réduire, je plongerai avec un casque bricolé, nanti d'une valve supplémentaire, à l'avant. Un orifice d'accès facile sur lequel je pourrai éventuellement brancher une bouteille de secours.

– Vous vous chargez des détails techniques ?

– Bien sûr, mais il me faut de l'argent. Je propose que notre amie Greta surveille le compresseur, Tropfman pourra jouer les maçons, Gudrun assurera la sécurité de l'opération. Ça vous va ?

– Je pense. Quand pouvez-vous commencer ?

– Cet après-midi, le temps de me faire porter malade.

– Bien. Prenez Gudrun pour vous aider. Je préfère que vous laissiez Greta et Tropfman de côté jusqu'au jour de l'opération. Ouvrez la boîte à gants, vous trouverez une enveloppe. Cela devrait suffire à couvrir vos frais. Je crois préférable de ne plus nous revoir.

Lize tendit la main, libéra l'abattant métallique. Un gros sachet de papier kraft occupait tout l'espace. Elle s'en saisit, ouvrit la portière et sortit sans un mot. Greta Landbröke vint à sa rencontre.

– Quand vous serez prête, appelez-moi au recensement, dit-elle avec assurance, déguisez votre voix et demandez des renseignements sur la succession Grötte, vous vous en souviendrez ?

Lize haussa les épaules. Tout cela sentait l'amateurisme. Ne leur manquait que la cagoule noire des conjurés.

La voiture démarra en soulevant une gifle de boue qui fouetta les mollets de Lize. Irritée et mal à l'aise, elle revint sur ses pas. Au moment où elle poussait la barrière du jardin, elle avisa Gudrun juchée sur une épave d'automobile.

– Alors ? s'enquit la jeune fille, tu as vu les guignols ? Ce sont des amateurs. Comploter, ça les excite, ils ne connaissent rien à la violence, pour eux c'est un mot abstrait. La rue, la mort, ça n'a pas plus de poids dans leur tête qu'une série télévisée.

– Arrête ton numéro. Je vais avoir besoin de toi.

– Tu joues avec eux alors, c'est décidé ?

– C'est décidé. Je suis flic pas terroriste, j'ai besoin d'un support légal.

Gudrun ricana.

– T'es trop cérébrale, Lize, ça doit t'empêcher de prendre ton pied.

La jeune femme ignora l'insolence.

*

L'enveloppe remise par le juge contenait une petite fortune grâce à laquelle Lize put louer une camionnette et faire le tour des revendeurs d'occasions spécialisés dans le matériel de plongée. Pour ne pas éveiller les soupçons, elles quittèrent Alzenberg et parcoururent 200 kilomètres, s'arrêtant çà et là pour acheter un détendeur, un bloc bouteilles, ou l'une des nombreuses pièces d'équipement dont Lize avait dressé la liste. Le compresseur leur donna du mal ; la jeune femme le voulait petit mais fiable et d'un maniement suffisamment simple pour ne pas effrayer une néophyte. Greta Landbröke en l'occurrence. Vers le soir, elles s'arrêtèrent dans une grange abandonnée, et Lize, chalumeau au poing, s'attaqua au casque de cuivre qu'elle désirait équiper d'une prise d'air supplémentaire. C'était un travail délicat, mais elle voulait être sûre – en cas de rupture du cordon – de pouvoir se brancher rapidement sur une bouteille de secours. Gudrun l'observait d'un air impénétrable, à l'écart, jouant avec son couteau à cran d'arrêt. Elle n'avait pas proféré dix phrases au cours de la journée.

Quand la nuit tomba, Lize rassembla le matériel et reprit le volant. Elle avait bien travaillé. Ne restait plus qu'à gonfler les bonbonnes et à effectuer quelques essais. Elle ne voulait plus réfléchir, la proximité de l'action la galvanisait.

*

Le lendemain matin, elle appela Greta Landbröke pour lui donner le feu vert. Tout devait aller très vite car le temps était leur pire ennemi. Chaque journée perdue équivalait à quelques mines supplémentaires déposées au long des tunnels submergés. Il fut convenu que Tropfman installerait les échafaudages le soir même, tandis que Lize initierait l'employée du recensement à la manipulation du compresseur.

Vingt-quatre heures après, une palissade encerclait la pierre commémorative scellant l'accès de la station *Walter-Wilhelm-Platz*. Des bâches imperméables avaient été tendues sur un bâti de tubes à rotules, isolant la dalle du reste de l'avenue derrière un paravent flanqué du sigle des Travaux publics. Tropfman s'était affublé d'une tenue de maçon, et Lize avait noté, non sans inquiétude, qu'il ne paraissait guère plus sobre qu'à l'ordinaire. La camionnette contenant le matériel fut avancée au centre de la place. À coups de pioche, le vendeur de dentifrice avait ménagé un trou d'un mètre de diamètre au bas de la stèle. Ce boyau étroit s'enfonçait en diagonale en direction du hall de la station inondée. Il suffisait de ramper cinq minutes et l'on tombait droit dans l'eau noire de la salle encombrée de débris. Lize s'équipa sans attendre. La rumeur de l'avenue lui parvenait de l'autre côté de la palissade. Le bruit des voitures, mais aussi des bribes de conversations. C'était irréel. Elle s'assit pendant que Greta l'aidait maladroitement à visser les écrous du casque. Les mains de la secrétaire étaient moites, elles ripaient sur le caoutchouc des tuyaux. Tropfman, lui, dansait d'un pied sur l'autre, sa casquette tachée de plâtre rabattue sur les sourcils.

Une fois prête, Lize s'engagea dans l'excavation, attentive à ne pas déchirer son costume gonflable. Sitôt dans l'eau, elle se fit envoyer, au bout d'une corde, une lampe et un levier. La première plongée ne servirait qu'à baliser le parcours, à vérifier l'exactitude des plans.

La jeune femme fut agréablement surprise. Les couloirs restaient accessibles, leur voûte solide assurait un repli aisé. Elle dut toutefois dégager un éboulis au niveau du quai. À cet endroit, elle était à moins d'un kilomètre de *Kaiser Ulrich III.* Si les tunnels n'avaient pas été obstrués par des coulées de boue, elle pourrait avancer sans peine vers la poche centrale du réseau. Elle décida qu'elle amarrerait un bloc bouteilles de sécurité à la marque du palier de 9 mètres, et qu'elle en dissimulerait un second tout près de la poche. Ainsi, au cas où son scaphandre subirait de graves avaries, elle disposerait d'un équipement de secours pour rejoindre la surface.

Elle explora les abords du tunnel, provoquant la fuite d'une myriade de poissons gris qui giflèrent son casque avant de s'égailler. Bien qu'à demi comblé par une coulée de boue solidifiée, le passage demeurait praticable. Lize se demanda anxieusement si elle disposerait d'assez de tuyau pour traverser la galerie dans toute sa longueur. Cette fois elle ne traînait plus derrière elle l'énorme cordon ombilical du bunker conçu pour les marches interminables, les expéditions de longue haleine. La bobine achetée deux jours auparavant, bien que respectable, ne pouvait soutenir la comparaison avec le dévidoir titanesque de Rob Connoly.

Elle décida de remonter, consulta sa table de décompression. Elle était restée une heure en plongée, avait atteint une profondeur avoisinant les 28 mètres. Cela impliquait encore 30 minutes pour retourner à l'escalier maintenant déblayé, donc un palier de 7 minutes à 6 mètres, et un second de 64 minutes à trois mètres.

Lorsqu'elle émergerait à la surface son coefficient C serait alors de 1,9. Il faudrait qu'elle en tienne compte avant de redescendre, mais somme toute, cette première incursion se révélait plutôt positive. Elle gonfla sa combinaison pour s'alléger.

*

Quand elle fit surface, elle fut frappée par la tension nerveuse qui régnait dans l'enceinte du prétendu chantier de polissage. Greta était blême, Tropfman paraissait encore plus ivre, et un tic spasmodique tirait sa lèvre supérieure à intervalles réguliers.

– Un type de la voirie est passé ! gémit l'employée du recensement dès qu'elle eut débarrassé Lize de son casque, il a voulu voir l'autorisation signée du juge Schmeisser. J'espère qu'il ne fera pas de rapport. Vous en avez encore pour longtemps ?

Lize haussa les épaules.

– Il a jeté un coup d'œil au chantier ? interrogea-t-elle.

– Vaguement. M. Tropfman s'est débrouillé pour qu'il n'entre pas, mais il y avait le bruit du compresseur.

– Je vais prendre les outils et amarrer les bouteilles de sécurité, expliqua Lize, comme ça, si on vous attaque ou si vous vous retrouvez contraints de fuir, je ne serai pas condamnée à l'asphyxie.

– Mais combien de temps comptez-vous rester encore en bas ? gémit Greta.

– Je n'en sais rien ! cracha Lize, je suis à moins d'un kilomètre de la station. Tout dépend de l'état du tunnel. J'espère avoir assez de tuyau. Une fois dans la poche, qui peut prédire ce qui arrivera ? Je peux tomber sur une horde de débiles prêts à me lyncher et qui m'empêchera d'aborder ! Calmez-vous. Je vais prendre un maximum de risques mais j'ai besoin de vous savoir solide au poste. Vous comprenez ?

Greta hocha la tête, mais on la devinait imperméable à tout raisonnement. La peur avait commencé son office. « Des amateurs... », avait dit Gudrun.

Lize respira de l'oxygène pur afin de diminuer le temps de majoration imposé par son coefficient de sortie, et replongea au bout de trente minutes.

Elle travailla jusqu'à la limite du délai de sécurité, déposa ses outils et ses bouteilles sur le quai, puis remonta.

Il avait été décidé que personne ne quitterait le chantier pour éviter tout risque de sabotage. On s'installa donc dans la camionnette pour passer la nuit. Greta fit circuler des sandwiches et une thermos de café. Avec le soir, l'ambiance se fit encore plus tendue et Tropfman recommença à boire. Gudrun, elle, demeurait invisible. Lize se demandait avec angoisse si la jeune fille surveillait les abords du monument ou si, estimant la partie perdue d'avance, elle avait plié bagage.

Ils dormirent mal, recroquevillés dans des sacs de couchage que l'humidité transperçait.

À l'aube, Lize secoua Greta Landbröke pour lui ordonner de l'équiper. La secrétaire était grise de peur, les objets ne cessaient de lui tomber des mains.

Cette fois, Lize mit moins de vingt minutes pour atteindre le quai. Remorquant les outils et le pack respiratoire auquel elle avait joint un masque, des palmes, un profondimètre et une lampe, elle prit la direction du tunnel. La coulée de boue avait réduit le passage aux proportions d'une galerie de mine, mais on pouvait encore s'y déplacer sans courber l'échine. Des nuées de poissons affolés se ruaient entre les jambes de Lize, se cognaient à son casque. Certains s'empalaient sur les outils qu'elle tenait à la main. Il lui fallut une heure trente pour parcourir les mille mètres la séparant de la poche d'air. Quand le boyau s'agrandit, elle comprit qu'elle arrivait au terme de son périple. Le sol se surélevа, comme chaque fois qu'on approchait d'une bulle de survie, et un brouillard de lumière jaune envahit le tunnel. Lize tâtonna dans les canalisations qui couraient au ras du sol. Ayant localisé une prise solide, elle y amarra le pack bouteilles. Maintenant le plus dur restait à faire : prendre contact avec les habitants de la poche, et si possible engager le dialogue...

L'estomac serré, elle avança vers la flaque brillante de la surface. Au moment où elle s'engageait entre les quais, quelque chose se referma sur elle. Une étreinte flasque et multiple. Une sorte de piège élastique. *Un filet !* Dans un sursaut de peur, elle comprit qu'on venait de la capturer.

Un poisson à tête de cuivre

Le filet avait été tressé avec des câbles électriques de récupération. Malgré tous ses efforts, Lize ne parvint pas à rompre l'étreinte des mailles de plastique noir que la vase avait recouvertes d'un film gluant. Elle fut halée au bout d'un palan dans un crépitement d'éclaboussures et jetée sur le quai. Son casque heurta un distributeur de chewing-gums qu'il cabossa. Lize se débattit, cherchant à retrouver son équilibre, mais le filet se nouait plus étroitement à chacun de ses gestes. Pour finir, un homme entra dans son champ visuel. Il était nu et tenait à la main une hache d'incendie dont le manche avait été peint en rouge. Il frappa deux fois, avec une grande économie de gestes. Son premier coup brisa la vitre frontale du casque, le second trancha le tuyau de caoutchouc au ras du détendeur. Lize ne put retenir un cri quand le hublot explosa, aspergeant son visage d'éclats coupants. En même temps que les tessons, l'air de la poche lui sauta aux narines sans engendrer d'effervescence hallucinogène. Elle en fut étonnée.

Des pieds nus convergeaient dans sa direction. Elle sentit qu'on agrippait le filet, qu'on le tirait sur le quai. La vase dont il était enduit facilitait le glissement. Traînée comme un gros poisson, Lize vit défiler les parois carrelées d'un couloir. On l'emmenait à l'intérieur de la station, vers le grand hall d'où rayonnaient les diverses correspondances. *Kaiser Ulrich III* avait été jadis une station « pilote », l'un de ces espaces révolutionnaires peuplé de boutiques, de cafétérias, mais aussi de librairies et de galeries d'exposition. On était loin, ici, des couloirs empestant l'urine du vieux métro. Une armée d'escalators nickelés assurait l'accès aux quais, des trottoirs roulants desservaient les correspondances. Avant la catastrophe, chaque fois qu'elle avait emprunté cette station, Lize avait été frappée par l'atmosphère ouatée qui se dégageait de ce complexe caparaçonné de marbre et de cloisons vitrées dont le hall marchand avait les dimensions d'un terrain de sport.

Soudain les hommes s'arrêtèrent et l'un d'eux bégaya :

– Mais... Mais c'est pas un poisson normal. *Il a une tête en cuivre !*

– C'est vrai, renchérit un autre, les poissons habituels sont pas comme ça. Vaut mieux pas le manger.

– Mais il est gros ! protesta quelqu'un, et il a une belle tête brillante !

– Ça veut pas dire qui soit bon ! reprit le premier, faut demander conseil au chef.

– Oui ! Oui ! Le chef ! approuva l'ensemble de la troupe. Le chef saura bien ce qu'il faut faire.

Les pieds nus qui occupaient le champ visuel de Lize refluèrent en désordre et elle se retrouva seule, abandonnée dans une flaque, abasourdie par ce dialogue insensé.

Elle roula sur le flanc, évitant tout geste brusque, et laissa courir son regard autour d'elle.

Le grand hall des correspondances se présentait sous la forme d'une coupole de béton assez haute pour contenir un immeuble de six étages. Une mosaïque d'inspiration moderne la décorait sur la totalité de son périmètre. Des colonies de petits carreaux brillants avaient été assemblées pour donner naissance à des personnages stylisés, des scènes à vocation symbolique. La moisissure avait jeté son manteau moutonneux sur ces fresques, les dévorant au fil des mois, les recouvrant de lichen et de champignons.

Empêtrée dans son filet, Lize se sentit écrasée par tant d'espace. Jusqu'ici elle avait toujours exploré des stations minuscules, territoires étriqués réduits à quelques dizaines de mètres de couloir. Des tanières, des terriers... *Kaiser Ulrich III* ne correspondait en rien à ces bulles rétrécies. C'était une plaine souterraine qu'avait jadis arpentée une foule de voyageurs pressés, se bousculant au coude à coude, masse grouillante stagnant brièvement au centre du hall avant de s'écarteler sur la rose des vents des correspondances. Aujourd'hui, les cubes vitrés des boutiques parsemant le cercle du déambulatoire s'étaient changés en casemates de bidonvilles. La vitrine de la librairie avait été rendue opaque au moyen de couvertures de magazines collées bord à bord. Ce patchwork, mêlant hebdomadaires et quotidiens, alignait des titres vieux de trois ans, des scandales oubliés ; une actualité éphémère et périssable à usage immédiat.

Quatre porches trouaient le dôme, s'ouvrant sur les squelettes d'escalators immobiles. Chacun de ces accès était surmonté d'un panneau de direction égrenant le détail des stations desservies. Des coulées de boue avaient obstrué ces passages aussi sûrement qu'un raz de marée de ciment. Les grosses vagues brunes avaient dégringolé les marches des escaliers mécaniques, pour se répandre sur la moitié du hall avant de se solidifier comme un flot de lave refroidie. En scellant les quatre ouvertures des correspondances, la vase argileuse avait transformé le hall en cloche de plongée. Tout l'air contenu au moment de la catastrophe y était resté comprimé, comme sous un bol retourné qu'on maintient solidement au fond d'une baignoire.

Lize s'assit. On semblait l'avoir oubliée. Elle ne savait quelle attitude adopter. La capture n'avait débouché sur aucun sévice, aucune incarcération, comme si ses agresseurs s'étaient soudain détournés d'une entreprise trop compliquée pour eux. Elle songea à ces enfants qui commencent dix jeux et n'en finissent aucun, bifurquant au hasard de leurs impulsions. Elle avait soif. Son nez et ses sourcils, entaillés par les débris de verre du hublot, lui faisaient mal.

Un garçon d'une dizaine d'années s'était immobilisé à trois mètres d'elle pour la détailler. Il avait un corps osseux et de longs cheveux bruns qui lui tombaient sur les épaules. Pour tout vêtement il portait un slip d'adulte serré autour de ses hanches avec une ficelle. Il tenait une boîte de cirage et un chiffon dans les mains. Derrière lui, une douzaine de momies de cuir avaient été disposées sur les sièges de plastique jaune bordant les distributeurs de tickets ou de boissons. Lize comprit que le gamin était probablement préposé à l'entretien des dépouilles qu'il cirait, tels ces garçons d'hôtel qui lustrent les chaussures des clients. Elle risqua un geste pour lui demander d'approcher. Il hésita, parut réfléchir, puis s'avança d'un pas faussement volontaire.

– C'est du cirage de quelle couleur ? s'enquit-elle.

– Marron clair, répondit-il d'une voix que la mue rendait aiguë, avant j'en avais du jaune, c'était mieux mais y en a plus. On l'a piqué dans la boutique du cireur de godasses. Y en avait des dizaines de boîtes. On doit respect aux morts, faut les briquer, c'est normal.

– Qu'est-ce que tu feras quand il ne restera plus que du cirage bleu ? demanda Lize.

Le gosse fronça les sourcils, haussa ses maigres épaules.

– J'en sais rien, avoua-t-il, j'y penserai à ce moment-là. Ici, faut pas trop réfléchir, les adultes disent que ça use le cerveau. Votre casque, ça doit être chouette à faire briller, zoum ! Comme une bulle d'or.

– Si tu me l'enlèves je te le donne ! jeta Lize, incertaine du résultat.

– Comment faut faire ?

– J'ai une espèce de tube accroché à la ceinture. Tu l'enfonces sur les écrous et tu tournes... Les autres, quand vont-ils revenir me chercher ?

Le gamin passa les doigts entre les mailles du filet, saisit la clef tube et s'attaqua aussitôt aux écrous de la collerette. Ses muscles saillaient comme des cordes sur ses bras maigres.

– Ils ne reviendront pas ! lança-t-il en s'essoufflant, ils ont déjà oublié ! Les adultes, ils ont tous le cerveau bouffé comme une éponge. Ils passent leur vie à oublier. C'est les séquelles du gazage. Nous, les gosses, on a mieux résisté. Le chef de station, quand il a toute sa tête, dit que nos cellules ont muté, qu'elles ont appris à fonctionner dans une atmosphère raréfiée. Les tout petits, ceux qui sont nés ici après la catastrophe, sont plus intelligents que les adultes, c'est vrai, c'est pas dur de s'en rendre compte.

Il peinait sur le dernier écrou, et ses bronches malmenées par l'effort émettaient des stridences asthmatiques.

– Dans quelques années, les petits deviendront les chefs du clan, reprit le garçon, ils nous dirigeront. C'est normal, ils auront un cerveau entier pour réfléchir, eux, pas une éponge bouffée aux mites. Il faut compter sur le temps. Les adultes sont des crétins, moi et mes copains on est des idiots. Les petits, eux, seront intelligents, et leurs enfants encore plus... Le chef de station répète ça tous les jours. Il dit qu'ils seront *adaptés*. Adaptés, oui c'est ça. Adaptés.

Fatigué, il laissa tomber la clef creuse sur le sol. Lize leva les mains pour saisir le heaume de cuivre. Les mailles l'entravaient, elle dut se libérer.

– Comment t'appelles-tu ? demanda-t-elle.

Le gosse fit la moue.

– Je sais pas. Les autres oublient tout le temps mon nom, ou m'en donnent des différents, alors je m'embrouille. Des fois je m'appelle Wagon, ou Ticket. Des mots qui viennent d'avant...

– Et tes parents ?

– Je sais pas. Je crois qu'ils sont en cuir maintenant. (D'un geste vague, il désigna les momies alignées sur le quai.) Ils ont dû m'oublier après le gazage. Même à présent y a encore des mères qui oublient leurs gosses. Le chef dit qu'il faut « faire le vide »... économiser notre esprit, que les pensées c'est comme des bêtes qui nous mangeraient la tête. Plus y a de pensées, plus vite la cervelle est rongée ! Oui, c'est ça. *Rongée.*

Lize avait désembrouillé les rets. Elle rampa hors de la flaque de mailles et ôta son casque.

Il faisait chaud sous le dôme, une touffeur de serre qui résultait sans doute de la décomposition des moisissures. Le sang bourdonnait à ses tempes. Lorsqu'elle courba la nuque, elle eut un étourdissement. L'air raréfié épaississait son hémoglobine. S'évertuant à la lenteur, elle se débarrassa de ses semelles de plomb, de la pesante collerette de cuivre. Elle transpirait sous la combinaison. Le gosse la fixait, l'air stupide.

– Mon nom d'aujourd'hui c'est Wagon, déclara-t-il, et toi ?

– Lize.

Il fit la grimace.

– Personne s'appelle comme ça ici ! fit-il d'un ton péremptoire. Lize, ça veut rien dire. Faut avoir un nom en rapport avec le métro. Le chef s'appelle Première Classe. Ses lieutenants : Seconde Classe et Non-Fumeur... Mais ça c'est des noms importants, pour les autres y a Banquette, Composteur, Accès-aux-quais, Itinéraire, Demi-Tarif, Eau-non-Potable...

Lize leva la main pour le couper dans son énumération. Elle venait de repérer un martèlement sourd qui semblait provenir du centre de la salle. Une pulsation pneumatique faisant vibrer le sol.

– Ce bruit ? murmura-t-elle, qu'est-ce que c'est ?

– C'est le souffle de la pieuvre ! lança le gamin, la pieuvre qui veille sur nous !

– La pieuvre ?

– Oui, la pieuvre de fer. Elle étend ses bras par tout

le métro. Elle alimente nos frères prisonniers. C'est la pieuvre, oui, c'est ça.

Lize se redressa. Un cylindre de béton s'élevait au milieu du hall, jaillissant du bidonville pour rejoindre la voûte. Au premier abord elle l'avait pris pour un pilier. À présent, elle distinguait un éventail de canalisations rayonnant à son sommet. Ces gros tuyaux, qui suivaient les courbures de la voûte, évoquaient des baleines de parapluie. Elle eut une illumination : *le compresseur !* Le pilier contenait le compresseur alimentant les différentes poches de survie du métro englouti. Elle fit un pas en avant. Le garçon la retint par le poignet, pesant de tout son poids pour freiner l'élan de la jeune femme.

– Faut pas aller déranger la pieuvre ! pleurnicha-t-il. Non-Fumeur veille sur elle en sentinelle. Il est méchant, il cogne. Et les filles, il leur enfonce son tuyau à pipi entre les cuisses. Des fois elles aiment pas, elles chialent. Viens plutôt m'aider à cirer les morts. Faut que le cimetière brille, c'est la loi. Je passe la crème, tu frottes avec le chiffon. Tu sauras ?

Elle comprit qu'il était inutile d'insister. Elle se déhancha pour s'extraire de la « peau de cochon ». Elle transpirait. Une fois en pull et pantalon de velours, elle se demanda si ces vêtements ne risquaient pas d'attirer l'attention sur elle. Après tout, les habitants de la poche étaient nus pour la plupart... L'oubli l'avait tirée d'un mauvais pas, elle n'avait donc aucun intérêt à réveiller la mémoire de ses agresseurs en se singularisant. Elle hésita une seconde, puis se dévêtit, ne conservant que son slip. Elle entassa les autres effets sous un siège en espérant que personne ne les trouverait.

Le garçonnet s'impatientait. Elle dut presser le pas

pour le rejoindre au cimetière. Les momies de cuir brillaient sous l'éclairage au néon.

– Tu frottes en tournant ! précisa le gosse.

Il semblait avoir oublié le casque de cuivre qui excitait sa convoitise dix minutes plus tôt.

Lize s'appliqua à suivre ses directives. Les hommes et les femmes qui déambulaient entre les baraques ne lui prêtaient aucune attention. À peine arrivée, elle était déjà intégrée, oubliée. Personne ne s'étonnait de découvrir un nouveau visage dans une population si réduite. L'amnésie générale lui tenait lieu de passeport. Peut-être l'enfant lui-même, dans quelques heures, ne se souviendrait-il plus de son irruption entortillée dans le piège du filet ? Peut-être lui soutiendrait-il qu'elle avait toujours fait partie de la tribu ?

– Que mangez-vous ? interrogea-t-elle.

– Du poisson, répondit distraitement le gosse en étalant son cirage du bout des doigts, on le pêche entre les quais. Des champignons aussi. Oui, des champignons, on les cueille sur la voûte.

Lize s'absorba dans sa besogne de polissage, s'efforçant de réfléchir tant qu'elle en avait les moyens. Un long séjour au sein de la station ne risquait-il pas de léser son cerveau de façon définitive ? Ne courait-elle pas le danger de voir son intelligence et ses capacités de raisonnement s'effilocher de jour en jour ? Elle frissonna. Un court instant elle s'imagina prisonnière de *Kaiser Ulrich III,* devenant débile en moins d'une semaine, les lobes cérébraux engorgés de minuscules caillots, les cellules grises mourant les unes après les autres faute d'une oxygénation suffisante... Elle se devait d'agir très vite. L'anonymat dont elle bénéficiait déjà pouvait l'aider dans son enquête, il ne fallait pas tergiverser mais obtenir le maximum de renseignements. Essayer d'entrer en contact avec le chef du clan...

– Tu frottes pas assez ! grogna l'enfant, ça brille pas bien ! On va se faire engueuler à l'inspection !

Elle marmonna une excuse et s'activa de plus belle. L'effort faisait bourdonner le sang à ses tempes. Une épouvantable migraine gagna peu à peu sa nuque, son front. Le martèlement de la pompe semblait commander aux battements de son cœur tel un métronome géant. Elle ressentait désormais chacune de ses pulsations comme une agression viscérale, un coup de piston invisible dilatant douloureusement le diamètre de ses artères. Quand le gosse referma sa boîte de cirage, Lize était au bord de la syncope. Elle laissa tomber son chiffon et s'adossa à la paroi carrelée. Les membres du clan dodelinaient de la tête, debout ou accroupis, le regard vide, tels des vieillards frappés de démence sénile. Seuls les très jeunes enfants menaient grand tapage, se poursuivaient en criant, gesticulaient et sautaient d'un banc à l'autre pour se lancer des balles de tissu ou de papier mâché. Elle envia leur vitalité. La tribu somnambulique lui rappelait ces peuplades atteintes de maladie du sommeil, et qui s'enlisent dans une torpeur mortelle dont rien ne peut plus les tirer. Elle eut brusquement envie de se lever pour aller secouer ces zombis hagards, mais elle était elle-même trop fatiguée pour entreprendre quoi que ce soit. Elle se contenta d'ouvrir la bouche sur un cri de colère qui resta bloqué dans sa gorge. La pompe pilonnait toujours la voûte de ses pulsations de métronome pneumatique.

– C'est lui « Première Classe », le chef ! siffla soudain l'enfant en désignant un vieillard décharné, vêtu d'une toge rapiécée et d'une casquette de contrôleur de la Régie Autonome des Transports Urbains. Lize mobilisa son attention. Le vieux passa à cinq mètres d'elle, lui offrant un profil cireux de mannequin décoloré par le soleil. Une barbe argentée hérissait son menton de piquants.

– Celui qui marche derrière lui c'est « Réservé-Aux-Mutilés », le grand prêtre de la pompe, le maître de la pieuvre ! expliqua le garçonnet, faut pas t'y frotter surtout, il aime pas les femmes. Il dit qu'elles ne savent que faire des gosses, et qu'un jour, à cause d'elles, on sera trop nombreux pour la station...

Lize enregistra ces informations et photographia mentalement les deux hommes. Le premier avec sa défroque de patricien et son corps d'ascète, le second avec son air buté et ses sourcils charbonneux ne formant qu'une seule ligne d'un bout à l'autre du front. Puis la fatigue balaya ce sursaut de lucidité, et elle se laissa couler sur le sol luisant qu'avaient jadis martelé des millions de talons.

Elle savait que la lumière ne s'éteindrait pas, qu'il n'y aurait pas de nuit. L'air raréfié pulsé par la pompe interdisait les efforts soutenus. Le peuple de la station devait probablement morceler le temps en une série de courtes veilles entrecoupées de périodes d'abrutissement ou de somnolence pendant lesquelles le corps se déchargeait du gaz carbonique saturant ses tissus. À ce régime, et en l'absence d'instrument adéquat pour mesurer l'écoulement des heures, on perdait très vite toute notion temporelle. Il lui faudrait compter avec le phénomène.

Elle ferma les yeux. Ses pensées se diluaient, perdaient toute armature. Elle sombra dans une sorte de stase hallucinée.

Des images défilaient sous ses paupières, grises, informes. Elle s'endormit, le sang assombri par l'excès de carbone.

Marathon ! Marathon !

Lorsqu'elle rouvrit les yeux, quelques heures plus tard, elle était en pleine forme. Des étincelles d'énergie pure crépitaient dans ses cuisses. Son corps était parcouru de fourmillements tel un moteur qu'on fait rugir au départ d'une course. Elle s'assit d'un bond. Depuis des années elle ne s'était jamais sentie aussi bien. Ses muscles se nouaient, tressaillaient, exigeant d'être utilisés. La pression montait en eux comme dans la cuve d'une chaudière, ils ne demandaient qu'à se purger de leur formidable potentiel de travail. Pour les calmer, elle roula sur le ventre et s'imposa une soixantaine de tractions, mais ses bras supportèrent l'épreuve sans renâcler. Elle aurait pu continuer ainsi toute la journée sans ressentir la moindre fatigue. Elle était ivre de vitalité. Son anatomie se résumait à un empilement de ressorts chromés capables des plus extraordinaires détentes.

Soudain quelqu'un leva les bras vers le plafond en hurlant : « Marathon ! Marathon ! » Une foule sautillante se regroupa pour former un peloton de coureurs à pied. Balançant des coudes, la cohorte se mit à progresser d'un pas rapide tout autour de la salle. Elle respirait en cadence, et le souffle saccadé jaillissant de ces dizaines de poitrines faisait un chœur dont le chuintement évoquait l'haleine d'un soufflet de forge au plus fort du travail.

Lize se joignit à eux, heureuse de trouver sa place dans leurs rangs. Le bruit des pieds nus flagellant le sol faisait monter en elle une joie fervente. Elle s'appliquait à suivre le rythme, à se fondre dans le groupe. À présent ils constituaient une grosse machine vivante, un carré de muscles à la progression sans cesse plus rapide.

Ils tournaient tout autour de la salle, rasant la paroi, soufflant fort par la bouche tels des gosses qui jouent à la locomotive. De temps à autre, quelqu'un criait « Marathon ! Marathon ! », et les autres reprenaient en chœur. Lize pleurait d'excitation. Elle avait des jambes de fer, elle pouvait courir jusqu'au bout de la terre sans même prendre le temps d'une pause ! Pour ne pas casser le rythme, elle urina en marchant. D'autres l'imitèrent. Ils se regardèrent, éclatèrent de rire. *Ils étaient bien, ils s'aimaient.* Chacun d'eux était le muscle d'un grand organisme infatigable. Une bête carrée qui galopait en rond sans jamais ralentir, une bête mue par une centaine de jambes qui progressaient dans un halètement de locomotive bienheureuse.

« Marathon ! Marathon ! »

Lize hurla de rire, la tête renversée, le ventre gonflé d'énergie. Elle allait exploser. Oui, c'était ça ! Si elle ne se soulageait pas par la fatigue, elle allait se volatiliser comme une pile nucléaire en surcharge. Elle frappa le sol des talons avec plus de vigueur encore. Elle aurait voulu courir sur la peau d'un tambour, porter la voûte sur ses épaules. Il lui semblait qu'elle aurait pu s'atteler à une dizaine de wagons et les tirer sur 100 kilomètres, d'une foulée souple et sans verser une goutte de sueur.

« Marathon ! Marathon ! »

Brusquement quelqu'un trébucha en tête du peloton, provoquant une chute générale. Chacun culbuta sur le dos de son voisin dans une tempête de rires. Lize, à son tour, roula sur le tapis de corps, heureuse de cette communion. Tout naturellement, la course effrénée se changea en copulation générale. Les hommes se ruèrent sur les femmes, les tournant et les retournant pour user tour à tour de leur bouche, de leur ventre, de leurs reins. Ils mettaient dans cette fornication mécanique la même fièvre musculaire que dans la ruée aveugle de tout à l'heure. Lize fut happée par des mains anonymes. Elle ne se déroba pas, bien au contraire, et se mit à ruer en cadence, lançant son pubis à la rencontre de l'homme en comptant les va-et-vient comme elle l'aurait fait pour des mouvements de gymnastique.

Le plaisir se manifesta sous la forme de spasmes terrifiants. Mais l'orgasme ne parvint pas à émietter sa vitalité. Elle se sentait toujours comme une bombe sur le point d'éclater. Elle lança les doigts au hasard, attira sur elle un nouveau partenaire. Son ventre était un haut fourneau avide de combustible, une bouche capable d'aspirer la semence, le sang et les organes de son amant, le réduisant dans la minute à l'état d'enveloppe flasque.

Et soudain une image fusa dans son esprit. Celle d'une vieille expérience de laboratoire à l'usage des lycéens : une bougie sous une cloche de verre. *Une bougie qu'on arrose d'oxygène pur, et dont la flamme grandit, grandit, dévorant le bâton de suif à une vitesse prodigieuse.*

Cette vision la dégrisa. D'une ruade elle se dégagea, bondit hors du fouillis de corps entremêlés, et s'effondra contre un distributeur de tickets.

« La pompe est en train de nous bombarder à l'oxygène ! » songea-t-elle en levant les yeux vers le pilier soutenant la voûte.

Voilà pourquoi toute fatigue l'avait fuie, pourquoi l'énergie brûlait en elle à jet continu. Elle était ivre. Droguée. Tous ses processus physiologiques s'accéléraient, s'emballaient. L'alternance carbone/oxygène, tous deux dispensés à doses excessives, la faisait se cabrer comme la mèche d'un fouet. Elle allait bel et bien exploser, moteur dévoré par une essence trop riche en octane... Maîtrisant les étincelles qui crépitaient dans ses cuisses elle se redressa et marcha vers la pompe. Des spasmes, des contractions agitaient ses mains et ses mâchoires. Elle avait envie de courir, de mordre, de rire, de sauter en l'air. Elle traversa le bidonville désert, arriva au pied de la colonne de béton. Le vieillard à casquette de contrôleur était accroupi sur le seuil de la porte métallique défendant l'entrée. Le battant blindé portait l'inscription : *Accès interdit à toute personne étrangère au service.* L'homme leva le menton, considéra la jeune femme en grinçant des dents.

– C'est vous qu'on nomme Première Classe ? demanda-t-elle après un vague salut.

Le vieux hésita.

– Oui, hoqueta-t-il enfin, mais mon vrai nom est Erich Shäfer. Quand l'oxygène souffle mon cerveau se réveille, et j'arrive à m'en souvenir. Je vous ai vue hier – ou tout à l'heure ? – vous n'êtes pas des nôtres, n'est-ce pas ?

Lize s'agenouilla. Sans aucune raison, le fou rire l'assaillait.

– Non, dit-elle, j'arrive de la surface. Du *dehors*. Vous comprenez ?

– La surface ? Oui... C'est loin. Oh ! Vous dites des choses compliquées, il faut que je réfléchisse. Parlez moins vite, je n'ai plus l'habitude.

– Votre clan, expliqua-t-elle lentement, il est menacé. Des hommes essayent de miner les tunnels pour résorber la poche. Vous me suivez ? Il faut monter la garde, placer des sentinelles, des plongeurs. Nettoyer les voies d'accès, enlever les bombes... Vous vous rappellerez ?

– J'essaierai. Mais bientôt la pieuvre soufflera à nouveau le vent du carbone, et les têtes s'obscurciront, les cerveaux redeviendront limaces.

– Pourquoi cette alternance ?

Le vieillard eut un geste d'impuissance.

– Le compresseur fonctionne mal, rauqua-t-il, les cartouches de recyclage se bloquent dans les tubes, elles se saturent. Lorsqu'un filtre neuf tombe en place c'est aussitôt la tornade d'oxygène. Tout est mauvais. Le carbone nécrose nos cervelles, l'oxygène les brûle en provoquant une usure accélérée. Dans un cas comme dans l'autre, notre esprit se défait.

– On ne peut pas accéder à la pompe ?

– Non... Porte blindée. Dispositif anti-sabotage. Personne n'a la combinaison. Il faudrait la forcer à la dynamite. C'est comme une porte de coffre-fort, ni plus ni moins.

– Il faudrait pourtant réagir ! martela la jeune femme.

Le chef de clan écarquilla les yeux. Il souriait béatement.

– Oui, bien sûr ! approuva-t-il, les jeunes enfants sont adaptés, eux. Hybrides ! Ce sont les mutants des profondeurs, leur cerveau supporte sans mal l'excès de carbone comme l'excès d'oxygène. C'est merveilleux. Il faudra que vous leur exposiez vos idées... Les bombes, les sentinelles, tout ça...

– Mais quand ? s'impatienta Lize.

– Dans quelques années bien sûr. Lorsqu'ils seront en âge de comprendre. Ce ne sera pas long, ils se développent vite.

– Mais nous n'avons pas le temps ! protesta la jeune femme, c'est une question de jours.

Le vieillard battit l'air de ses mains décharnées.

– Laissez-moi ! cria-t-il, vous me donnez la migraine ! Vous dites des choses épaisses, grumeleuses, elles entrent mal dans ma tête ! Vous me blessez ! Partez ! Partez ! Il ne faut jamais penser, c'est mauvais. L'usure ! L'usure ! Le cerveau est comme une semelle, moins il marche moins il s'use !

Il hurlait, la bave à la bouche. Lize prit peur, elle recula dans le dédale des baraques. Brusquement le gosse fut devant elle. Il sautillait, hilare.

– Regarde ! Regarde ! lança-t-il, les ivrognes ! Ils se gavent d'oxygène ! Ils se saoulent !

Il pointait le doigt sur une dizaine d'hommes qui se plaquaient sur les grilles de ventilation, la bouche dilatée, aspirant goulûment l'air pulsé par la pompe. Un peu partout on les imitait, se battant pour approcher des orifices. On eût dit une bande de soulards se disputant pour accéder au robinet d'un tonneau de bière.

– C’est la beuverie ! glapit l’enfant, *la beuverie !* Viens, nous aussi on y a droit !

Lize se laissa entraîner. Alors qu’elle n’était plus qu’à dix mètres de la première grille, l’un des buveurs d’air se convulsa et roula à terre, les membres tétanisés, les yeux révulsés, en pleine crise hyperoxique. Lize battit en retraite. Dans quelques minutes ils allaient tous sombrer dans l’inconscience, les cellules nerveuses saturées par l’oxygène que la « pieuvre » dispensait à une pression inadéquate. Au réveil, personne ne se souviendrait de l’accident. Lize avait souvent observé le phénomène chez des plongeurs frappés de malaise neurotoxique. Il ne subsisterait de toute cette agitation qu’une extrême fatigue, une somnolence tenace.

Elle tira sur le bras du gosse pour l’empêcher de courir vers les manches de ventilation mais un vol de mouches noires envahit sa rétine. Elle piqua du nez, les lèvres retroussées sur un rictus épileptique.

Le soir, le lendemain, les jours suivants...

Le soir même – *le lendemain ?* – elle reprit conscience à l'endroit où elle était tombée. Autour d'elle le clan paraissait frappé d'hébétude, alangui par une torpeur malsaine. Les femmes se pelotonnaient contre le flanc des hommes, les yeux vides et la mâchoire pendante. Seuls les très jeunes enfants manifestaient une vitalité intacte. Lize aspira une goulée d'air. Elle avait les bronches irritées, douloureuses. Elle toussa. L'oppression qui habitait ses poumons lui apprit que la pompe était de nouveau en « cycle CO_2 ». Elle s'assit. Ses souvenirs étaient confus. Elle se rappelait avoir participé à une quelconque manifestation sportive mais les détails restaient flous, comme les contours d'un rêve qui s'efface. Elle dut faire un réel effort pour essayer de se rappeler si elle avait bel et bien contacté le chef du clan. Oui, elle en avait l'intuition. Mais encore une fois, la conversation qu'elle avait eue avec le vieillard demeurait brumeuse, irréelle.

Elle se leva, traversa le bidonville en économisant ses gestes. Son cœur tapait dans sa poitrine, se meurtrissant aux barreaux de ses côtes. Elle retrouva l'enfant près des momies, accroupi au milieu de ses boîtes de cirage. Il ne la salua pas. Elle eut peur une seconde qu'il ne la reconnût point.

– Ça va ? lança-t-elle en ramassant le chiffon de polissage.

– Ouais, maugréa-t-il. Aujourd'hui c'est le temps du sang bleu, hier c'était celui du sang rouge. C'est dur mais c'est la vie. On ne peut pas toujours s'amuser.

« Le temps du sang bleu... » L'expression amusa la jeune femme. Ici le sang chargé de gaz carbonique, ce sang appauvri que les manuels de sciences naturelles symbolisent par la couleur bleue, se trouvait dépourvu de son habituelle aura aristocratique. Le sang bleu c'était le flux souillé, mauvais, alourdi des déchets de la respiration tissulaire. Le sang que les poumons avaient pour fonction de purifier. Pas la liqueur préservée des mésalliances qui irriguait jadis les précieux quartiers de noblesse des princes jaloux de leurs prérogatives.

– On travaille ? demanda-t-elle peu encline à fourbir les cadavres de cuir alignés contre la paroi.

– Tu veux te promener ? s'enquit l'enfant. On peut. Tout le monde roupille, pourquoi on travaillerait plus que les autres ? Allez, viens !

Il se souleva en prenant appui sur l'épaule de la jeune femme. Il avait les doigts gluants de cirage.

Sitôt debout, il lui saisit la main et amorça le tour du hall. Ils contournèrent les casemates, arrivèrent à la limite de la frange de boue durcie. Lize posa le pied sur une vague solidifiée. La couleur brun rouge évoquait celle des pots de fleurs. Il en allait de même pour la texture un peu rêche sur laquelle crissaient les ongles des orteils. La coulée avait englouti une cabine téléphonique, un distributeur de billets.

– Il y a des morts dessous ! précisa l'enfant, sous la croûte. Des dizaines de mecs !

Pour souligner ses propos il tapa du talon. L'argile sèche rendit un son mat.

– Tu vois le hall, commenta le gosse, il est divisé en quartiers. Dans chaque quartier il y a une bouche de ventilation qui fonctionne plus ou moins bien. Première Classe les a numérotées en fonction de la qualité de l'air qu'elles produisent. Un, deux, trois, quatre, tu comprends ? La numéro 1 donne beaucoup de carbone, la numéro 2 un peu moins, la 3 un peu d'oxygène, la 4 *beaucoup* d'oxygène...

Faute d'un vocabulaire suffisant il s'empêtra ensuite dans son explication, mais la jeune femme devina que la hiérarchie du clan s'était calquée sur la pureté de l'air dispensé par les différents orifices. Les survivants qui se trouvaient tout en bas de l'échelle sociale n'avaient droit qu'au territoire irrespirable. La classe dirigeante, par contre, s'était attribué les zones où l'oxygène soufflait de manière raisonnable. Les caprices de la pompe défaillante avaient donc découpé une microsociété prisonnière d'un espace limité en une véritable ville. La topographie s'était organisée en fonction des masses d'air plus ou moins oxygénées stagnant dans le hall. Les basses classes n'avaient pas accès aux endroits confortablement ventilés. De même, une erreur, une faute, pouvait entraîner la dépossession d'un nanti, sa rétrogradation, et le condamner à exil en zone de « mauvaise respiration ». Ainsi, dans ce lieu oublié de tous, l'air prenait la même valeur que l'argent. Les filtres inégalement encrassés dessinaient sous le dôme des espaces riches, des espaces pauvres...

– Quand la pieuvre s'emballe, elle crache son oxygène pur pour tout le monde, conclut le gosse, c'est ce qui est arrivé hier. Mais ça ne dure pas. N'empêche que c'est la fête quand ça se produit. Sans ça y aurait de la bagarre, sûr.

Ils reprirent leur déambulation. D'où elle se tenait, Lize pouvait observer le pilier central tout à son aise. Erich Shäfer était toujours adossé à la porte blindée. Deux hommes palabraient avec lui.

– Si un jour la pompe perd de sa puissance, n'y aura plus d'air pour tout le monde, reprit l'enfant, faudra faire des sacrifices.

– Des sacrifices ? releva la jeune femme en frissonnant.

– Oui, supprimer des mecs ! Première Classe dit qu'on commencera par les vieux, qui sont les plus crétins à cause du gazage dont ils ne se sont jamais remis. Ils ont tous inscrit leurs noms sur des tickets de métro. Le jour venu, Première Classe mettra les billets dans sa casquette et en tirera un certain nombre au hasard. Tous ceux qui sortiront, couic ! Étouffés sous un coussin !

– Tu parles toujours du « gazage », releva Lize, tu sais ce que c'est ?

– Ouais, un truc qui bouffe la cervelle. C'est les cigares qui font ça. Faut pas s'en approcher.

– *Les cigares ?*

Il eut une mimique de condescendance.

– Ouais, souffla-t-il, y a deux couloirs envahis par la boue. Les cigares sont là, un dans chaque. Ils crachent un air dégueulasse. Si on va dans le premier couloir on rit tout le temps. Dans le deuxième on a la trouille. Une trouille terrible. Des fois, quand y a un crime dans la tribu, Première Classe condamne le criminel à être exilé dans le couloir de la peur. On l'attache et on le pousse avec des bâtons. Généralement il a tellement peur qu'il en meurt.

– Tu me montres ? supplia Lize.

Le marmot tapa du talon, agacé.

– Faut pas y aller, martela-t-il, c'est dangereux ! Le couloir du rire, c'est pour les drogués. Y en a qui rient jusqu'à perdre la tête. Ils sont tellement bien qu'ils oublient de manger, de boire. Parfois ils meurent de faim sans même s'en apercevoir.

– Montre-moi !

Il capitula, amorça un arc de cercle et pointa son doigt en direction d'un corridor carrelé à demi comblé par la boue. Lize plissa les yeux. Au bout d'un moment elle finit par distinguer une bouteille d'acier coiffée d'un manomètre, une sorte de torpille kaki. Le cylindre d'acier – le « cigare » – était planté verticalement dans la gangue d'argile durcie.

Un conteneur de gaz neurotoxique à usage militaire, songea Lize en identifiant l'engin.

Une bonbonne que le flot de vase avait charriée puis échouée là, au fond de ce couloir, et qui perdait doucement son gaz à cause d'une valve corrodée par l'humidité. Combien y en avait-il sur tout le réseau ? Plusieurs, sans doute, dont les émanations s'infiltraient dans les gaines de ventilation de la pompe. En soufflant l'air, le compresseur soufflait aussi le poison. Voilà pourquoi elle avait été contaminée lors de l'accident qui avait provoqué la mort de Nath. La petite station où ils avaient alors trouvé refuge recelait, elle aussi, un conteneur de gaz neurotoxique sous pression ! Le laboratoire englouti avait éparpillé son butin empoisonné ! Les bouteilles avaient dérivé au hasard des coulées de boue. Le temps avait fait le reste, les détendeurs oxydés laissaient filer aujourd'hui un souffle infime, un chuchotement inaudible dispensateur de mort et de folie.

– N'approche pas ! répéta l'enfant en lui plantant ses ongles dans le gras de la cuisse, tu vas rire, rire, et personne n'ira te chercher !

– D'accord.

Elle revint sur ses pas, la tête bourdonnante. C'était la preuve exigée par le juge Schmeisser ! L'élément qui permettrait de mettre sur pied une nouvelle commission d'enquête ! Il fallait qu'elle remonte faire son rapport sans tarder. Ensuite elle pourrait servir de guide à une équipe d'experts. Mais pour cela il était nécessaire que la station *Kaiser Ulrich III* survive au travail de sape des clandestins. Ses habitants devaient en surveiller les abords pour empêcher toute éventuelle pose de mine. Pourrait-elle le faire comprendre au chef de clan, ce Première Classe ?

Elle fronça les sourcils. *Il lui sembla qu'elle oubliait quelque chose,* mais elle ne put déterminer ce dont il s'agissait. Elle haussa les épaules, irritée.

– On va au bord du quai ? proposa-t-elle.

L'enfant accepta avec empressement, soulagé de la voir s'éloigner des couloirs piégés. Ils marchèrent en silence jusqu'à la limite de l'eau trouble qui palpitait au bord du trottoir. Lize s'agenouilla, scrutant la surface, cherchant à détecter les signes d'une activité sous-marine, mais elle ne localisa aucune bulle révélatrice.

– Il y a de méchants hommes sous l'eau, dit-elle, ils veulent poser des bombes pour faire écrouler le dôme sur nos têtes. Il faudrait surveiller les tunnels, former des équipes de plongeurs... Tu comprends ?

Le gosse éclata d'un rire incrédule.

– Y a que des poissons dans l'eau, lança-t-il, et des morts en cuir. Y a pas d'hommes, c'est des histoires que les bonnes femmes racontent pour faire peur aux bébés ! J' suis plus un bébé !

Lize soupira, découragée. Elle n'arriverait à rien, elle le sentait.

– Viens, ordonna le garçon en redevenant sérieux, faut aller manger.

Elle le suivit. La migraine l'assaillait de nouveau. Elle n'avait plus la force de réfléchir. Dans un état semi-comateux elle tituba dans le sillage de l'enfant. Ils prirent leur place dans une file qui menait à une sorte de cantine rudimentaire où des femmes revêtues de loques distribuaient un brouet de poisson bouilli puisé à même un ancien fût de désinfectant faisant office de marmite. Elle mâchonna le ragoût fade servi sur un morceau de tôle tenant lieu d'assiette, et s'allongea pour reprendre des forces. Un peu partout, l'activité ralentissait pour mourir en l'une de ces nombreuses pauses hallucinées qui jalonnaient la journée.

Elle s'endormit presque aussitôt d'un sommeil oppressé d'asthmatique en crise. Elle rêva qu'un commando d'hommes-grenouilles envahissait la station, tirant au bazooka sur le pilier central abritant le compresseur. Privées de leur poumon mécanique, toutes les poches de survie agonisaient bientôt dans les lentes convulsions de l'asphyxie.

Elle s'éveilla, le corps ruisselant de sueur, la bouche distendue par la suffocation.

*

Un peu plus tard, elle dut prendre part à une séance de pêche collective qu'on pratiquait ici au moyen d'un filet improvisé à partir de câbles électriques noués en mailles inégales. Cette occupation achevée, elle dormit encore, à même le quai, au milieu de ses camarades de corvée.

*

Plus tard encore – *le soir, le lendemain, les jours suivants ?* – elle partagea la vie du clan dans ce qu'elle avait de plus quotidien ; ravaudant les filets, remplaçant les cuisinières au-dessus des marmites de poisson bouilli, cirant respectueusement les « ancêtres de cuir » en compagnie du gosse et de ses boîtes de crème à polir.

Une sorte de bourdonnement permanent emplissait à présent sa tête, parasitant ses pensées. Pour fuir la migraine, elle avait appris à faire le vide, à ne plus réfléchir. Elle n'était que sensation. Cette vie élémentaire, animale, la rassurait et elle s'appliquait souvent à décomposer ses gestes pour jouir de l'aspect mécanique de son corps.

Parfois, lors des pauses, il lui arrivait de faire des cauchemars et de se réveiller terrassée par l'horrible certitude d'avoir oublié quelque chose d'important ! Elle passait alors en revue les tâches les plus récentes accomplies avec ceux du clan mais ne trouvait jamais aucune faute susceptible d'entraîner son exil dans un quartier moins ventilé. Rassurée, elle se rallongeait et tentait de replonger dans l'oubli béat de la fatigue, maudissant les méandres du rêve et leurs terreurs inconsistantes.

Ensuite venaient d'autres séquences de travail, d'autres pauses, d'autres corvées, d'autres siestes hallucinées, d'autres...

Elle vivait prisonnière d'un éternel présent, d'une interminable journée dont la conclusion nocturne n'interviendrait sûrement pas avant plusieurs siècles.

L'air raréfié engourdissait la pulpe de son esprit. Telle une tortue, son cerveau hibernait sous la calotte d'os de son crâne. Son intelligence s'était endormie du long sommeil de la narcose. Ses pensées, ses décisions avaient sombré dans la vase. La boue du métro lui était entrée par les narines, les oreilles, lui emprisonnant la cervelle dans sa gangue brunâtre. Une étincelle fusait parfois mais elle était fatiguée, si fatiguée, qu'elle chassait aussitôt cette mouche importune en fredonnant une chanson de travail. Elle pêchait, elle ravaudait, elle faisait bouillir le poisson, elle...

C'était la vie. Oui, la vie. L'immobilité des répétitions. Les mains qui savent mieux travailler que la tête. Les jambes qui connaissent mieux que vous les itinéraires quotidiens et portent le corps comme des machines programmées depuis longtemps. La vie...

*

Les mains de Lize avaient appris à haler les filets, à remorquer maille après maille ce piège mou palpitant sous les coups de queue des bêtes prisonnières. Ses doigts, ses paumes, d'abord endoloris, étaient peu à peu devenus insensibles. Sa chair ne réagissait plus aux écorchures, et les petites plaies occasionnées par les travaux quotidiens n'éveillaient plus au long de ses nerfs qu'un écho lointain, paresseux. Cette insensibilité superficielle était une conséquence directe de l'hypoxie. On l'accueillait avec reconnaissance car ce film anesthésiant qui recouvrait les corps constituait une protection invisible contre le froid. Certains y étaient bien sûr plus sensibles que d'autres, et on les enviait.

Oui, Lize avait appris à pêcher, à remonter les lignes, à tirer les nasses. On prenait d'ailleurs beaucoup plus de poissons qu'on n'en consommait, car l'excès de gaz carbonique inhibait le processus de nutrition, engendrant une anorexie chronique et générale. L'appétit faisant défaut, on mangeait par devoir ; mais quelques-uns qui répugnaient à se forcer dépérissaient de façon alarmante. Ce fléau se manifestait plus particulièrement dans les quartiers de « mauvaise respiration », dans ces portions de hall mal desservies par la pompe et dont les habitants présentaient une cage thoracique hyperdéveloppée, en forme de barrique. Les maladies cardiaques étaient d'ailleurs fort nombreuses, et presque tout le monde souffrait de tachycardie ou d'hypertension. Première Classe affirmait qu'il ne s'agissait là que d'un mécanisme de sélection naturelle visant à enrayer la prolifération. Omnisciente, la pompe avait tout prévu.

Plus anorexiques que leurs voisins, les pauvres boudaient donc les distributions de nourriture, rechignaient à répondre aux appels de la cantine roulante. Il avait fallu instaurer une milice, pour les obliger à venir présenter leurs gamelles à la louche des cuisinières. Les fraudes étaient toutefois nombreuses. On se cachait au passage de la patrouille, et il n'était pas rare que les miliciens dussent frapper les contrevenants pour les forcer à manger...

Trou de mémoire

De temps à autre le clan se réunissait pour chanter l'hymne à la pompe, dénommé aussi : chant de la pieuvre. C'était toujours une expérience difficile car la tribu avait du mal à se rappeler les paroles du cantique. Première Classe, lui-même, les déchiffrait péniblement sur un morceau de papier. On répétait après lui, mâchonnant les strophes en un bourdonnement inintelligible. Ensuite venait le sermon, martelé par le prêtre du hall, Réservé-Aux-Mutilés. La teneur n'en variait guère mais peu de gens s'en rendaient compte.

– La pompe vieillit ! disait l'homme, un jour elle n'aura plus assez de souffle pour nourrir tous nos poumons. Alors il faudra diminuer le nombre de bouches mangeuses d'air. Il faudra museler l'appétit du clan. Nous nouerons des lacets de cuir autour de la gorge des inutiles, des parasites voleurs d'oxygène. Oui, le jour viendra où il faudra nommer des bourreaux...

Pour faire comme les autres, Lize hochait la tête, mais elle ne comprenait pas grand-chose au sermon. Tous ces mots inconnus, trop compliqués, tournaient dans son crâne, s'y imprimant en points d'interrogation douloureux.

Elle n'aimait pas les discours qui forçaient à réfléchir et donnaient la migraine, elle préférait les chansons. Elle s'estimait contente de son sort. Elle mangeait à satiété, elle respirait un air convenable, elle faisait l'amour avec ceux qui en manifestaient le désir... Que pouvait-elle demander de plus à la vie. Et la vie, d'abord, c'était quoi ? C'était « tout à l'heure », c'était la faim, le sommeil, l'envie d'uriner. Rien d'autre... *ou alors elle avait oublié.* Mais oublié QUOI ?

Le couloir de la peur

« Marathon ! Marathon ! »

Ce fut à l'occasion d'une nouvelle distribution d'oxygène pur qu'elle découvrit la guitare...

Un coureur la bouscula. Perdant l'équilibre, elle roula sur le sol, enfonçant la paroi d'une hutte constituée de cartons d'emballage. Sa tête heurta un objet qui émit un son mélodieux. Une guitare...

Une sorte d'éclair douloureux traversa son esprit, faisant resurgir des tréfonds de l'engourdissement une image longtemps ressassée : *Nacha, ses cheveux blonds sur les épaules, adossée à un pilier de béton. Elle chante en s'accompagnant à la guitare. Autour d'elle, la foule des usagers du métro galope pour sauter dans les wagons...*

Lize l'avait souvent surprise ainsi, au terme d'une interminable quête de station en station, lorsque l'envie d'avoir des nouvelles de sa sœur devenait trop forte. Combien de fois était-elle descendue dans le métro, pour l'épier de loin, sans oser l'approcher ?

Elle avait conscience de se comporter de façon ridicule, mais, à la fin, elle ne se sentait plus le courage d'aborder Nacha, de lui imposer sa présence. Le lien ténu qui les avait unies, un temps, s'était définitivement rompu. Elles avaient fini par devenir étrangères l'une à l'autre.

Nacha... ses mains blanches et fines pinçant les cordes de la guitare...

Lize s'évertua à dompter l'incroyable bouffée d'espoir qui s'emparait d'elle. Cette euphorie trompeuse découlait directement de l'abus d'oxygène, elle ne devait pas l'oublier.

« Allons, se dit-elle, tu n'as aucune preuve que Nacha se trouvait bien dans le métro le jour de l'inondation. De plus, il y a une chance sur mille pour que cette guitare soit la sienne. Combien de chanteurs officiaient dans les stations à la minute où le plafond a crevé ? Cent ? Davantage ? »

L'image qui hantait ses cauchemars était purement imaginaire, elle s'alimentait de ses souvenirs.

À l'heure de la catastrophe, Lize se trouvait en stage de formation à 200 kilomètres d'Alzenberg, il lui était donc impossible de savoir ce qu'avait fait Nacha dans les minutes précédant le drame. Seules les probabilités l'autorisaient à penser que sa sœur, fidèle à ses habitudes, était descendue chanter dans les couloirs du métro. Les probabilités et... Gudrun, qu'elle avait interminablement interrogée au cours des semaines qui avaient suivi.

Lize retourna l'instrument entre ses mains. Il avait souffert de son séjour dans l'eau. La table d'harmonie était en partie décollée, le manche faussé. Des cordes manquaient. Aucune inscription ou étiquette ne permettait de lui attribuer un propriétaire.

Malgré cela, Lize ne pouvait s'en détacher.

Le petit cireur de momies entra dans la cabane. Avisant la guitare, il grimaça.

– Faut pas y toucher, lança-t-il, c'était à la fille.

Lize tenta de masquer l'excitation qui grimpait en elle.

– Quelle fille ? demanda-t-elle.

– La chanteuse blonde aux longs cheveux, expliqua le gosse. C'est elle qui a écrit la chanson de la pompe. Les paroles et la musique. Elle jouait drôlement bien.

– Elle s'appelait comment ? balbutia Lize.

– J'sais plus, grommela le garçonnet. C'est vieux.

– Où est-elle ?

– Elle a fichu le camp. Les hommes l'embêtaient. Elle ne voulait pas faire la baise avec eux, alors on ne l'aimait pas trop. Elle chantait mais c'était pas suffisant. Première Classe aurait voulu qu'elle devienne sa femelle, elle a refusé. Elle est partie.

– Où ?

L'enfant s'agita, cet interrogatoire l'ennuyait. Il n'aimait pas réfléchir.

« Et puis il était trop jeune à l'époque, songea Lize. Il doit conserver un souvenir confus des lendemains de la catastrophe. »

– Par là, fit le garçon en désignant l'un des corridors annexes. Elle a pris le couloir de la peur pour être sûre qu'on ne la suivrait pas. Elle n'a pas dû pouvoir aller jusqu'au bout. Première Classe dit que c'est impossible, qu'on meurt de terreur avant d'avoir parcouru la moitié du chemin. Enfin, bref, elle est partie et on ne l'a jamais revue.

– Comment était son visage ? murmura Lize.

– Pas beau, grogna le petit garçon en ébauchant une

horrible grimace. Elle avait été blessée dans la catastrophe. Elle avait le nez écrasé, des cicatrices. La plupart du temps, elle portait un masque en tissu pour ne pas faire peur aux gens. Quand j'étais petit, on voyait beaucoup de gens comme ça, tout tordus, la figure en compote. Ils sont morts aujourd'hui.

– La guitare, demanda Lize, je peux la prendre ?

Le gamin haussa les épaules.

– Si tu veux, personne ne sait en jouer. Il n'y avait que la chanteuse qui s'en servait. On l'a laissée là au cas où elle reviendrait. Elle chantait bien... et elle avait de beaux cheveux.

Estimant avoir assez perdu de temps, il s'esquiva pour rejoindre les coureurs qui galopaient sur le périmètre de la station.

« Marathon ! Marathon ! » continuaient-ils à scander en se bousculant pour la première place.

La guitare à la main, Lize se dirigea vers les tunnels interdits. Elle voulait mettre à profit la lucidité temporaire dont elle bénéficiait depuis que la pompe avait entamé son cycle suroxygénisation pour élaborer une stratégie. Ses nerfs crépitaient, ses muscles se convulsaient, exigeant d'être utilisés au maximum de leurs capacités, et la jeune femme devait accomplir un terrible effort pour résister à l'attrait qu'exerçait sur elle le marathon. *Dieu ! comme elle avait envie de courir...* Si elle ne se décidait pas à bouger, elle allait exploser d'une minute à l'autre.

Brandissant la guitare comme une massue, elle courut vers la zone interdite. Là, s'ouvraient les deux couloirs magiques que la tribu utilisait comme des instruments de récompense et de punition. Chacun d'eux recelait une bonbonne de gaz neurotoxique dont le détendeur abîmé laissait fuir chaque jour quelques centimètres cubes de poison invisible.

« Le premier est probablement un euphorisant, du protoxyde d'azote ou un truc similaire, songea Lize ; le second, un hallucinogène provoquant des crises d'angoisse intenses. Tout cela à usage militaire, bien entendu. »

Elle se rappela qu'au cours de la décennie suivant le grand désarmement nucléaire, les recherches en matière de défense s'étaient concentrées sur les gaz de combat, plus faciles à contrôler que les virus mortels. Alzenberg avait dû servir de lieu de stockage. Le fleuve et le métro constituaient des écrans parfaits pour déjouer les sondes des détecteurs. Tous deux brouillaient les ondes des sonars et des satellites espions.

« Le laboratoire secret se trouvait là, se dit la jeune femme. Des milliers de bonbonnes y étaient entreposées. Des gaz capables de modifier les processus biologiques, d'entraîner de véritables mutations. Des états de stupeur absolue, voire de régression mentale. De quoi neutraliser un pays en l'espace d'une heure, le temps de le peupler d'idiots de village. La guerre "propre"... Le virus de l'idiotie galopante vaporisé dans l'atmosphère comme un parfum. »

Elle s'agenouilla au seuil du tunnel de la peur. Le corridor était mal éclairé. Combien mesurait-il? Où débouchait-il ?

« Serai-je capable de retenir ma respiration assez longtemps pour ne pas succomber à une crise de terreur ? » se demanda-t-elle.

Elle n'en savait fichtre rien. Si les émanations neurotoxiques s'avéraient puissantes, elle pouvait succomber à une crise cardiaque provoquée par une overdose d'hallucinations.

« Je suppose que ce genre de produit est prévu pour ça, se dit-elle. Plus on respire le gaz mêlé à l'air ambiant, plus l'angoisse augmente, jusqu'à devenir intolérable. »

Au siècle précédent, les mauvais *trips* engendrés par le L.S.D. n'avaient-ils pas transformé de nombreux utilisateurs en psychotiques incurables ?

Lize réfléchissait à toute vitesse. Elle n'avait pas le temps d'attendre. Sa capacité pulmonaire était exceptionnelle, en gonflant ses poumons d'oxygène pur, elle avait une bonne chance de survivre à la traversée du couloir. Si elle laissait passer l'occasion, elle serait forcée de se rabattre sur l'air appauvri de la station, ce qui réduirait considérablement la durée de sa course en apnée.

« Je dois y aller maintenant, décida-t-elle. Après, je risque d'oublier l'existence de la chanteuse. Je serais rattrapée par l'imbécillité ambiante. »

Elle recula de dix pas, se tourna vers la pompe pour s'exposer à ses effluves, et se ventila comme un sportif s'apprêtant à battre un record de plongée libre.

Quand elle s'estima prête, elle bloqua sa respiration et s'élança.

Quelqu'un cria dans son dos. Sans doute le petit cireur de momies, mais elle ne se retourna pas. Elle courait de toutes ses forces dans le tunnel carrelé où les zones lumineuses succédaient aux poches de ténèbres. Elle courait...

Elle sauta par-dessus le conteneur de gaz neurotoxique en priant pour que le couloir ne soit pas trop long. En tant que plongeuse, elle jouissait d'une très bonne autonomie pulmonaire, mais elle n'ignorait pas que certains gaz de combat avaient la faculté de pénétrer dans l'épiderme par les pores, à la faveur de la respiration tissulaire. Si c'était le cas, elle aurait beau garder la bouche fermée, le poison s'infiltrerait dans son organisme par la peau.

La guitare la gênait mais elle ne voulait pas s'en défaire. Elle comptait l'utiliser pour apprivoiser la chanteuse si celle-ci avait perdu la mémoire à la suite du traumatisme de la catastrophe ou par inhalation de substances toxiques.

Elle disait « la chanteuse » pour ne pas utiliser le nom de Nacha. C'était encore trop tôt.

Elle courait toujours... Le couloir décrivait des courbes sans jamais déboucher nulle part. Lize commençait à suffoquer.

« Je ne pourrai plus tenir bien longtemps », songea-t-elle en allongeant sa foulée.

Le corridor était empli d'objets abandonnés. Chaussures, sacs à main, vêtements, perdus dans la panique de la catastrophe. Çà et là, gisaient des cadavres recroquevillés. Certains portaient des habits, d'autres étaient nus. S'agissait-il d'imprudents ayant tenté la traversée du couloir de la peur ? Avaient-ils été foudroyés par une crise cardiaque ?

Chaque fois qu'elle enjambait une dépouille, Lize jetait un rapide coup d'œil aux cheveux du mort pour s'assurer qu'ils n'étaient pas blonds.

Elle dut ralentir, son cœur battait à tout rompre. Elle étouffait, il fallait qu'elle respire.

Elle commença à expirer le plus doucement possible, pour gagner du temps. Quand ses poumons furent vides, elle s'arrêta et inspira l'air ambiant avec parcimonie.

L'influence du gaz de combat se faisait-elle sentir jusqu'ici ? Tout d'abord, elle n'éprouva rien de particulier. L'air avait un goût et une odeur de moisissure, comme partout ailleurs. Elle s'appliqua à marcher d'un pas régulier en respirant le moins possible. Elle espérait pouvoir tenir ainsi jusqu'au bout du tunnel.

« Chaque mètre gagné m'éloigne de la bonbonne, se répétait-elle, le poison dilué dans l'air est donc moins virulent au fur et à mesure que j'avance. »

Elle s'accrochait à ce théorème, essayant d'y croire de toutes ses forces.

Et puis... une angoisse la saisit, absurde. Une idée folle, débile. La conviction que les cadavres qu'elle avait enjambés un instant plus tôt allaient se redresser pour s'élancer à sa poursuite. Ils ne voulaient pas qu'elle réussisse là où eux avaient échoué. Des images de son enfance la submergèrent : les statues macabres de la maison d'Oldenburg... le grand Hanafosse égorgé par le tueur anonyme... D'un seul coup il était là, lui aussi, lancé à sa poursuite. Il courait maladroitement avec ses pieds de plâtre, ses grosses mains tendues en avant pour mieux l'attraper. Et toute la légion des morts lui emboîtait le pas en criant : « Marathon ! Marathon ! »

Lize laissa échapper un gémissement de terreur. À présent, elle se déplaçait en zigzag, perdant un temps précieux à regarder par-dessus son épaule. Ils allaient déboucher d'une seconde à l'autre, ils la talonnaient, elle entendait leurs ossements cliqueter...

Elle avait beau se répéter qu'elle devenait folle, que tout cela n'existait pas, la peur crépitait au long de ses nerfs comme un feu de broussailles jetant ses étincelles aux quatre vents. La paralysie gagnait ses membres, dans un instant elle s'immobiliserait à la façon de ces animaux pétrifiés au beau milieu d'une route par les phares d'une voiture et qui, sans bouger, attendent l'impact qui les réduira en bouillie.

La pisseuse

Brusquement, le sol se déroba sous ses pieds nus. Elle roula sur un monceau de caillasse, incapable de freiner sa chute. Le corridor débouchait dans l'entonnoir d'un cratère d'effondrement. Victime d'un affaissement de terrain, la station tout entière avait subi une dénivellation de plusieurs mètres. L'eau y stagnait, lac souterrain où les tas de gravats formaient des îles. Lize s'agenouilla. Elle saignait par cent coupures mais la terreur l'avait quittée. Elle vit que des cahutes s'érigeaient ici et là, au sommet des îlots. Un homme vêtu de loques et appuyé sur des béquilles l'observait. Son visage était à demi dissimulé par une espèce de masque constitué d'une boule de chiffon qui lui faisait comme un groin.

– Ils voulaient te tuer, toi aussi ? lui cria-t-il d'une voix étouffée.

– Quoi ? balbutia Lize mal remise de ses frayeurs.

Son cerveau encore embrumé par les effets du gaz lui présentait son interlocuteur sous l'aspect d'un monstre hybride à tête de porc.

– Moi, je suis Kurt Mayerhörff, lança l'homme aux béquilles. Ici, c'est la zone des estropiés, des infirmes.

C'est là qu'on a trouvé refuge quand les cinglés d'à côté ont voulu nous euthanasier sous prétexte qu'on était des inutiles, des mangeurs d'oxygène sans intérêt pour la communauté. De quoi souffres-tu, toi ?

– De... de rien, bredouilla Lize.

Maudissant son état de confusion mentale, elle plongea les mains dans l'eau noire pour retrouver la guitare qu'elle avait lâchée dans sa chute.

– Tu as effectivement l'air en bonne santé, grogna l'homme. Tant mieux, on avait justement besoin d'une servante. Tous ceux qui vivent ici sont des handicapés moteurs. Blessés lors de la catastrophe, ils ont guéri tout seuls... si on peut appeler ça guérir !

Lize avait retrouvé la guitare, elle se redressa. Elle était un peu gênée d'être nue devant l'homme aux béquilles.

– Tu comprends ce que je dis ? s'inquiéta Kurt Mayerhörff. Tu as l'air d'être restée un peu trop longtemps dans le tunnel de la peur, non ? Beaucoup y meurent d'une crise cardiaque, d'autres en émergent les cheveux tout blancs. Certains ne s'en remettent jamais, la vue d'une souris les fait entrer en convulsions. J'espère que tu n'es pas comme ça, tu es bâtie comme une jument, c'est parfait pour le travail qui t'attend. C'est quoi ton nom, hein ?

Lize se présenta. Kurt la jaugeait du haut de son tumulus de gravats.

– Et puis tu es une femme, conclut-il, c'est bien. Les femmes sont de bonnes pisseuses.

– Quoi ? glapit Lize.

– Tu vois mon masque respiratoire ? interrogea Kurt. Tout le monde en porte un ici, ça sert à filtrer les émanations de gaz. Mais pour que ça marche, il faut pisser dessus. Tu comprends ? Les femmes pissent davantage que les hommes, c'est bien connu, alors ça te donne plus de valeur, c'est tout.

Lize n'osa le contrarier. Elle connaissait le procédé, les soldats des tranchées l'utilisaient pendant la Grande Guerre quand ils avaient perdu leur masque à gaz.

Kurt se cala sur une béquille pour ôter son groin de chiffon d'une seule main, après quoi il le lança à Lize qui l'attrapa au vol.

– Tiens, ordonna-t-il, pisse dessus, il est presque sec.

– On ne pourrait pas se contenter de le mouiller avec de l'eau ? hasarda la jeune femme.

– Mais non, idiote ! s'emporta l'homme. L'eau ça ne fait rien, faut de l'urine. C'est l'ammoniaque contenu dans la pisse qui neutralise le gaz.

Gênée, Lize dut s'exécuter. Kurt hocha la tête, satisfait.

– Viens me le nouer sur la nuque, commanda-t-il. C'est bien, t'as de la capacité. Et puis ne traînons pas là, la concentration de poison est beaucoup plus forte à la sortie du couloir.

Il entreprit de se déplacer à travers les décombres. En dépit de son handicap, il se débrouillait assez bien.

– J'étais préparateur dans une pharmacie, expliqua-t-il en haletant, alors je connais tout ça. Je suis un peu le gouverneur de cet endroit. Les autres sont bien malades, tu verras ça. Il y en a qui n'ont plus leur tête ou qui ont perdu un bras, une jambe. Il y a aussi des filles qui ont fui la tribu d'à côté parce qu'elles en avaient assez de servir de jouet aux hommes.

Il monologuait sans attendre de réponse. Lize le suivait, docile, sa guitare pleine d'eau à la main.

Ils arrivèrent enfin au seuil d'une baraque bâtie au sommet d'un tumulus de gravats.

– Tu vois comme elle est bien calfeutrée ? lança Kurt. C'est indispensable pour empêcher les infiltrations de gaz. Et puis il faut toujours construire en hauteur, car le poison sort du tunnel et stagne au ras de l'eau. Si on fait attention à ne pas descendre trop bas, on peut échapper à ses effets.

– Il n'y a pas de fous, ici ? interrogea Lize.

– Pas trop, répondit Kurt. Tout le monde ou presque se rappelle son nom, c'est déjà un signe. Je crois qu'on bénéficie d'une aération naturelle, une cheminée ou quelque chose comme ça. L'air qui vient d'en haut dilue le gaz. Sinon il y a longtemps qu'on serait tous morts de terreur. Mais il faut rester prudent, toujours avoir son masque à portée de la main, car il y a parfois des vents-coulis. Ça agite le poison qui se met à monter à l'assaut des maisons. Tu comprends ?

Il s'adressait à Lize comme s'il s'agissait d'une fillette un peu demeurée.

La cabane contenait une paillasse, de vieux magazines, des ustensiles de cuisine fabriqués à partir de morceaux de tôle.

– Dans un premier temps tu dormiras là, décida Kurt Mayerhörff. Ensuite, tu bâtiras ta propre cabane. Je te présenterai aux autres tout à l'heure, ils vont être bien contents de savoir qu'on dispose désormais d'une bonne pisseuse.

*

Lize avait décidé de ne rien précipiter et de conserver un profil bas. En outre, elle n'était pas certaine d'avoir récupéré toutes ses facultés mentales. La nuit, des peurs enfantines la dressaient sur sa paillasse. Elle rêvait que la statue du Grand Hanafosse émergeait d'entre les caillasses pour se lancer à sa poursuite. Il disait, d'une horrible voix empestant le plâtre moisi : « Tu ne peux rien contre moi. Il fallait me détruire quand tu étais petite, dans le jardin de tes parents. À présent tu vas payer pour les outrages que vous m'avez infligés, ta sœur et toi. J'ai eu Nacha... aujourd'hui c'est ton tour. »

Une fois éveillée, Lize restait des heures durant embusquée à la porte de la cabane, écoutant s'ébouler les pierres.

Kurt lui laissa le temps de récupérer. C'était un homme bougon qui monologuait sans se soucier d'obtenir une réponse. Il tenait en grand mépris « les gens d'à côté », Première Classe, notamment, et son suppôt Réservé-aux-Mutilés. Il ne pleurnichait jamais et ne perdait pas une minute à se lamenter sur son sort. Une curieuse énergie l'animait.

– C'est fascinant, radotait-il. Je suis persuadé que chaque poche d'air a donné naissance à une petite république... Un univers tribal complètement original. Il y aurait un bouquin à écrire là-dessus. Si ça se trouve, certains sont devenus cannibales ou bien se sont inventé des dieux invraisemblables.

Lize lui apprit qu'elle avait entendu ses collègues mentionner l'existence d'un groupe de survivants dont le totem était un distributeur de chewing-gums.

Cette information fit s'esclaffer l'infirme.

– Ça ne m'étonne pas ! gloussa-t-il. À partir du moment où les gaz neurotoxiques vous bouffent la cervelle tout est possible. On se met à croire au croque-mitaine !

Quand la jeune femme sentit ses terreurs s'éteindre, Kurt Mayerhörff l'emmena faire le tour des lieux afin de la présenter aux survivants.

– C'est important, expliqua-t-il. S'ils ne te connaissaient pas, ils pourraient te jeter des pierres ou faire dégringoler sur toi une avalanche de cailloux. Faut les comprendre, ils sont faibles. S'ils se laissaient approcher par un prédateur, ils seraient incapables de se défendre.

Ils allèrent donc d'île en île, de hutte en hutte, pour faire connaissance. Le rituel était toujours le même. Kurt soufflait dans une espèce de trompette tordue pour signaler sa présence, et criait : « C'est le gouverneur ! Je viens te présenter la nouvelle pisseuse. Une bonne fille dure à la tâche et bien bâtie. Faudra être gentil avec elle. »

Au bout d'un moment, les rescapés, méfiants, daignaient sortir de leur retranchement. C'étaient chaque fois des estropiés, des boiteux, des manchots, raccommodés en dépit du bon sens avec les moyens du bord. Quelques-uns, victimes de fractures du crâne multiples, avaient survécu en perdant la mémoire, la vue, ou la faculté de parler.

La caverne, au fil des arrivées avait peu à peu pris l'allure d'un gigantesque hôpital dont les patients auraient été livrés à eux-mêmes.

– Sont pas beaux mais sont pas méchants, grommelait Kurt. Faut pas leur faire peur, c'est tout, sinon ils montrent les dents. Quand les courants d'air soufflent du gaz empoisonné dans la caverne, il leur arrive de perdre la boule. Certains font des crises cardiaques, mais les autres tirent sur tout ce qui bouge. J'en connais deux ou trois qui sont de bons tireurs à l'arc, alors méfiance, ma fille, ce serait bête de te faire transpercer ! Au premier vent-coulis, il faut mettre son masque, c'est la règle, et se calfeutrer chez soi en respirant le moins possible. Avec un peu de chance, on en est quitte pour quelques cauchemars et deux ou trois hallucinations. Ça reste supportable.

*

Dans les jours qui suivirent, Lize s'acquitta fort docilement de son travail de fille de salle. Elle visitait les cabanes, demandait aux malades de quoi ils avaient besoin. Au début, ils l'accueillirent avec méfiance, desserrant les lèvres à regret, puis ils s'habituèrent à sa présence. Ils lui demandaient de consolider leur hutte, de réparer telle porte ou telle cloison. Les hommes la suppliaient de les laisser lui toucher les seins. Parfois elle disait oui. Jadis, une infirmière lui avait appris que c'était là une supplique courante dans les asiles de vieillards.

Elle n'osait pas encore leur parler de la chanteuse, elle avait peur de les voir se recroqueviller dans leur méfiance. Elle s'évertuait à la patience.

Le soir, en se couchant au pied de Kurt Mayerhörff, il lui arrivait de caresser doucement les cordes de la guitare.

La surveillante

La caverne se révéla beaucoup plus grande qu'elle ne paraissait au premier regard. L'éclairage défaillant plongeait certaines zones dans la pénombre, voire dans les ténèbres. Lize se fabriqua un petit radeau qui lui permit de se déplacer d'un îlot à l'autre sans avoir à patauger dans l'eau noire. Elle essayait de se montrer enjouée avec ses « malades », hélas, la plupart ne savaient que raconter, encore et encore, ce qui leur était arrivé le jour de l'inondation. Leur esprit semblait s'être définitivement arrêté à cette minute.

– Ils ne me demandent jamais ce qui se passe à la surface, observa Lize, un soir qu'elle se trouvait seule avec Kurt. Ils ne se préoccupent pas de savoir si on va venir les secourir.

– Ils n'y croient plus, répondit l'homme aux béquilles. La première année, ils se rassemblaient pour pousser des cris en espérant signaler leur position à une éventuelle équipe de sauvetage. Peu à peu, l'espoir les a quittés.

– Mais vous, insista la jeune femme, vous n'avez pas envie de remonter à l'air libre ?

Kurt Mayerhörff esquissa un geste vague.

– Je n'en suis pas sûr, murmura-t-il. Au bout de trois ans, je pense que tout le monde m'a oublié. Ma femme a probablement refait sa vie. On me regarderait bizarrement, je serais comme un fantôme qui oserait s'asseoir à la table familiale au cours du repas de Noël. Je gênerais plus qu'autre chose. Ici, nous sommes entre nous, tous infirmes, partageant les mêmes souvenirs. Nous pouvons radoter sans embêter personne. Ce monde est à notre mesure. Là-haut je ne serais qu'un handicapé, on me dorloterait un temps, on me ferait passer à la télé, puis, très vite, on me jugerait ennuyeux.

Lize hocha la tête. Elle comprenait les réticences de Kurt. Elle-même commençait à s'habituer à cet étrange monde souterrain. Personne ne l'attendait à la surface, et si elle parvenait à retrouver Nacha, son bonheur serait complet.

*

Au fil des jours, Lize se surprenait à apprécier cette vie troglodyte qui l'occupait tout entière. Outre les malades dont elle devait s'occuper, il lui fallait sacrifier aux corvées de pêche et de chasse. Cette partie de son travail consistait à relever les filets et les lignes tendues dans les tunnels inondés. Le poisson était abondant, mais il lui arrivait de piéger des loutres albinos, des rats musqués. Elle ramassait également les champignons blancs qui pullulaient dans les décombres et dont la pousse était favorisée par la moiteur des lieux.

Un soir, alors qu'elle remplissait les écuelles, Kurt prit la parole, d'un ton ennuyé.

– J'ai remarqué que tu touches souvent à cette guitare, fit-il avec raideur, mais tu n'en joues jamais. Au début j'ai pensé qu'elle t'appartenait, à présent je crois que tu l'as trouvée dans les ruines. C'est ça ?

– Oui, admit Lize. En quoi cela pose-t-il problème ?

Kurt s'agita.

– C'est contraire à notre loi, finit-il par lâcher. C'est un objet trouvé, il ne t'appartient donc pas en propre. C'est un bien collectif.

– Vous voulez que je la prête à nos voisins ? Quelqu'un sait-il jouer de la guitare ici ?

Kurt secoua la tête, gagné par l'agacement.

– Tu ne comprends pas, martela-t-il. Il ne nous appartient pas de décider de l'attribution des objets trouvés. *Quelqu'un s'occupe de ça*. C'est son travail.

Lize écarquilla les yeux, feignant l'étonnement.

– Écoute, reprit Kurt Mayerhörff, tu es une bonne fille, tu ne rechignes pas à la besogne, alors je ne voudrais pas que tu sois punie. Je préfère t'expliquer les choses en détail. Quand quelqu'un trouve un objet apporté par le courant, il ne doit pas le garder pour lui, c'est interdit. Il doit aller le déposer sur la première marche du grand escalator qui se dresse au fond de la caverne. C'est la règle. Il faut la respecter.

– Et ensuite ? s'enquit la jeune femme.

– Le bureau des objets trouvés est en haut de l'escalator. Quelqu'un vit là, en permanence. Une fille qui n'a de contact avec personne. On l'appelle « la surveillante ». Elle ramasse les objets et les range sur les étagères de son bureau. On dit qu'elle conserve un vrai musée là-haut. Un trésor de choses qui nous seraient extrêmement utiles.

– La surveillante..., répéta Lize, brusquement en éveil.

– Oui, fit Kurt en baissant le nez d'un air penaud. Elle ne plaisante pas, la garce ! Elle est là, perchée au sommet de l'escalator comme une princesse en haut d'une tour, et elle nous observe avec des jumelles. Des jumelles qui se trouvaient dans le sac à dos d'un touriste noyé. Elle regarde ce que nous faisons, comment nous nous comportons. On raconte qu'elle sait lire sur les lèvres, alors il faut faire attention à ce qu'on dit.

– Je ne comprends pas très bien sa fonction... fit Lize. Elle vous espionne et pourtant vous semblez la respecter.

– Mais oui ! s'impatienta Kurt. Réfléchis un peu ! Il faut bien avoir des lois, sinon ce serait l'anarchie. La surveillante est là pour nous serrer la vis. Et je ne m'en plains pas.

– Que fait-elle des objets trouvés ?

– Elle les attribue à ceux qui les méritent. À force de nous observer, elle finit par tout savoir de nous. Nos qualités, nos défauts, nos besoins... Si elle juge quelqu'un assez méritant, elle vient, la nuit, déposer sur le seuil de sa cabane l'un des objets qu'elle tient en réserve. C'est une récompense, tu comprends ? On a alors le droit d'utiliser la chose en question jusqu'à ce qu'elle vienne la reprendre. Ça peut être une canne, des assiettes de camping, des couverts, un couteau, des vêtements, une couverture, des lunettes... des livres... Bref, l'un des mille trésors qui flottent au hasard des courants et qui viennent, un jour ou l'autre, s'échouer sur les quais.

– C'est le Père Noël, en quelque sorte, observa Lize. Ou plutôt la Mère Noël.

La plaisanterie ne fit pas rire Kurt Mayerhörff.

– La guitare, chuchota-t-il. Il faut que tu ailles la

déposer au pied de l'escalator. Tu es là depuis assez longtemps, à présent, pour ne pas ignorer la loi. La surveillante t'observe, elle sait que tu n'es pas musicienne. À ses yeux tu es en infraction. Elle pourrait décider de te punir.

– Ah oui ? fit Lize, et quelle forme emprunterait cette punition ?

Kurt grimaça.

– On ne peut pas prévoir, dit-il dans un souffle. Elle pourrait te tendre un piège. Te lancer une pierre à l'aide d'une fronde. Tu es forte, c'est vrai, mais elle dispose de moyens qui nous dépassent. On dit qu'elle a récupéré les armes des policiers préposés à la surveillance des stations. Des médicaments aussi, qui viennent de l'infirmerie. Elle pourrait venir la nuit, se glisser ici pour te faire une piqûre qui t'endormirait... Ensuite, elle t'enfermerait la tête dans un sac en plastique pour t'étouffer.

– Elle ferait cela, pour une guitare ?

– Oui, puisque c'est la loi.

– Mais vous êtes le gouverneur, non ? Vous pourriez changer la loi...

– Non, la surveillante échappe à ma juridiction. Elle appartient au domaine... *religieux.* Oui, c'est quelque chose comme ça.

– Qui est-ce ?

– Personne ne le sait exactement. Elle porte un masque. Elle est blonde. Un jour elle est sortie du tunnel de la peur en hurlant de terreur. Elle a traversé la caverne pour grimper en haut de l'escalator comme si elle avait le diable à ses trousses. Elle est restée terrée là-haut. Et puis, peu à peu, elle a instauré la loi des objets trouvés. C'était ce qu'il nous fallait, et nous n'avons pas protesté. De toute manière, elle est plus souple et plus rapide que nous, nous ne pourrions pas l'attraper. Elle est jeune. Il faut l'être pour se hisser au sommet de l'escalator. Il est rouillé et tout déglingué, tu verras, c'est comme d'escalader un derrick. Aucun d'entre nous n'en est capable.

Lize sentait l'excitation s'emparer d'elle.

« Une fille blonde, défigurée, qui a fui par le tunnel de la peur, songea-t-elle. Cela correspond parfaitement au signalement de la chanteuse, telle que me l'a décrite le petit cireur de momies. »

Pouvait-il s'agir de Nacha ?

– J'irai déposer la guitare, annonça-t-elle, dès demain.

– C'est bien, approuva Kurt. Je n'aimerais pas qu'il t'arrive quelque chose. Tu nous es d'une grande utilité mais la surveillante est sévère. Elle applique le code à la lettre. Le vieux Gunther avait trouvé une besace en cuir au bord du quai et ne l'avait dit à personne. La surveillante l'a vu. Une nuit, elle s'est glissée dans sa maison et lui a subtilisé ses béquilles. Le pauvre a dû ramper jusqu'à l'escalator pour déposer son butin sur la première marche. Il a failli dix fois se noyer en chemin.

Lize eut bien du mal à trouver le sommeil. Elle avait hâte d'approcher l'étrange divinité nichée au sommet de l'escalier mécanique. Une voix intérieure lui soufflait qu'elle approchait du terme de sa quête.

Hélas, le lendemain fut jour de vent-coulis. Portées par les courants d'air, les émanations de gaz anxiogène envahirent la caverne. Il fallut se calfeutrer et mettre les masques. Pendant que Kurt se tordait sur sa paillasse en proie à un cauchemar éveillé qui lui faisait revivre les minutes terribles de la catastrophe, Lize fut peu à peu gagnée par la conviction que la statue du Grand Hanafosse Guthbrand avait remonté les tunnels à la nage pour la punir de lui avoir manqué de respect dans le jardin de la maison d'Oldenburg. Elle le voyait sortir de l'eau noire, escalader le versant de l'îlot. Dans une minute il allait frapper à la porte...

« Il nouera ses mains de plâtre autour de mon cou, balbutiait-elle, il m'étranglera... »

De toutes les cahutes montaient à présent des cris de terreur, des gémissements horrifiés. Le vent de la peur déferlait sur le petit monde des survivants.

Enfin, les vents-coulis s'affaiblirent et les choses rentrèrent dans l'ordre. Toutefois, Lize demeura recroquevillée sur son grabat, à claquer des dents, poursuivie par les images atroces qui s'accrochaient à son esprit tels des hameçons piqués dans la chair d'un poisson rétif.

Quand elle eut enfin recouvré son contrôle, la jeune femme saisit la guitare et sortit de la baraque.

– Bonne chance, lui souffla Kurt. J'espère qu'il n'est pas trop tard. Pose l'instrument sur la première marche de l'escalator et va-t'en. Ne t'attarde surtout pas. La surveillante n'apprécie guère qu'on vienne la déranger.

Lize grimpa sur son radeau et entreprit la traversée du lac noir. Elle devait zigzaguer entre les minuscules îlots, ce qui ralentissait sa progression. Au fur et à mesure qu'elle avançait, la lumière déclinait en raison de la vétusté du système d'éclairage. Il régnait sur cette partie des lieux une atmosphère inquiétante. Tout au fond, se dressait le squelette tordu de l'escalier mécanique démantelé. La rouille l'avait changé en une espèce de colonne vertébrale écarlate qui s'élevait le long de la muraille sur une quinzaine de mètres, jusqu'à une sorte de mezzanine de béton. Une lumière brillait là-haut, ténue.

Lize scrutait ce lumignon à s'en user les yeux, dans l'espoir de voir se dessiner une silhouette féminine.

« Est-ce qu'elle m'observe ? se demandait-elle. Si elle possède des jumelles, elle doit être en train de me regarder. »

Formant les mots avec lenteur, elle dit :

– Bon-jour Na-cha, c'est moi, Lize. Je viens te chercher.

Elle aborda enfin sur une plage de gravats. La guitare à la main, elle s'avança vers l'escalier de fer. Kurt n'avait pas exagéré. Il était effectivement en très mauvais état, et à moins d'avoir de bons muscles, il était impossible de l'escalader.

À aucun moment elle n'avait envisagé de déposer son offrande et de s'en retourner. Elle avait parcouru trop de chemin, surmonté trop d'obstacles pour venir jusqu'ici. Elle n'allait pas renoncer si près du but.

« Voyons cela... », grogna-t-elle en posant le pied sur la première marche.

Elle s'éleva sans trop de mal jusqu'à mi-hauteur. À partir de là, la voie devint plus difficile. Par instants, l'assemblage de ferraille gémissait sous son poids comme pour se plaindre de son intrusion.

La sueur au front, elle songea aux regards horrifiés que devaient lui lancer les habitants de la caverne en ce moment même. Quoi, voilà que la pisseuse se mêlait d'aller déranger la déesse des objets trouvés ! La foudre allait s'abattre sur elle d'une seconde à l'autre et elle l'aurait bien cherché !

Les dernières marches franchies, Lize se hissa sur la mezzanine. Elle dominait à présent le lac d'une quinzaine de mètres. Devant elle s'ouvraient les restes d'une galerie marchande aux boutiques dévastées. Dans les vitrines, sur les étagères, la « surveillante » avait soigneusement disposé les objets rejetés par les courants. Des chaussures dépareillées, des vêtements, des sacs, des centaines d'ustensiles bizarres dont on pouvait légitimement se demander ce qu'ils faisaient dans un métro. Il y avait des sac à dos, des mallettes, des valises, des brosses, des peignes, des rasoirs. Les habits, les pièces de lingerie avaient été soigneusement lavés et suspendus sur des cintres bricolés à partir d'un bout de fil de fer tordu.

Le bureau des objets trouvés offrait l'aspect d'un curieux musée délabré, d'un magasin privé de clients. Tout y était d'une rigoureuse propreté et l'on eût vainement cherché la présence d'un grain de poussière.

Lize avançait lentement. La galerie avait jadis abrité des agences de voyage, une boutique de jeux vidéo. On avait balayé les débris des vitrines brisées, remis de l'ordre sur les présentoirs. Un plan de la caverne avait été punaisé sur un mur. Au-dessus de chaque île, de chaque cabane, figurait le nom de son occupant et ses caractéristiques physiques. Lize avisa un journal de bord, ouvert sur un bureau. Elle le feuilleta. La vie du clan y était consignée jour après jour.

« Est-ce l'écriture de Nacha ? » se demanda-t-elle. Il lui était difficile de répondre, sa sœur n'ayant jamais tracé ses mots d'une manière spécifique. L'écriture de

Nacha avait toujours ressemblé à celle de milliers d'autres jeunes filles.

Elle s'immobilisa, certaine qu'on l'observait. Où se dissimulait la surveillante ?

« Elle est partie se cacher dès qu'elle m'a vue grimper sur l'escalator, se dit Lize. Elle connaît ce labyrinthe comme sa poche. »

– Nacha..., lança-t-elle d'une voix qu'elle espéra rassurante. C'est moi, Lize. J'ai fait un sacré bout de chemin pour te retrouver, tu sais ? J'ai apporté ta guitare, tu l'avais oubliée chez les cinglés d'à côté.

Personne ne lui répondit. Ne sachant que faire, elle déposa l'instrument sur un siège et s'assit.

– Tu sais qu'ils chantent toujours les chansons que tu avais écrites pour eux ? reprit-elle. L'air de la pompe... Le grand hymne de l'oxygène...

Au fur et à mesure qu'elle soliloquait, elle perdait de son assurance première.

– J'ai vu Gudrun, reprit-elle. Et les parents. Maman t'a dédié sa dernière œuvre d'art, ça s'appelle *la mélancolie des sirènes, par 30 mètres de fond*. Tu m'écoutes ?

Elle meublait le silence, multipliant les anecdotes familiales, les souvenirs. Elle s'efforçait de discourir d'un ton badin, mais la surveillante ne se montrait pas.

« De quoi a-t-elle peur ? se demanda Lize, la gorge sèche. Répugne-t-elle à se montrer parce qu'elle a été défigurée lors de la catastrophe ? »

Depuis un moment, une autre hypothèse voletait dans son esprit comme un sinistre papillon noir : Nacha avait respiré trop de gaz lors de sa traversée du tunnel de la peur. Son équilibre mental s'en était trouvé affecté. *Elle était devenue folle...*

Lize se tut. Du coin de l'œil, elle examinait le labyrinthe des objets trouvés, redoutant de voir soudain s'avancer une silhouette brandissant un couteau.

Elle ne trouvait plus rien à dire et sa voix sonnait faux. Elle ne pouvait pourtant se résoudre à battre en retraite.

Lentement, elle déplaça son siège pour s'adosser au mur et attira une chaise à portée de sa main, au cas où il lui faudrait tenir Nacha à distance.

Elle reprit son monologue, évoquant la maison d'Oldenburg. Les statues du parc. Le Grand Hanafosse, le grenier avec sa malle remplie de romans populaires.

« Si je cesse de parler, elle va surgir de l'obscurité et me tuer », se répétait-elle tandis que ses paumes devenaient de plus en plus moites.

Elle était dans la même position que ces charmeuses de serpent qui savent qu'à la moindre interruption de la musique, le cobra leur sautera à la gorge.

Elle parla longtemps, jusqu'à n'avoir plus de salive. Mais jamais la surveillante n'accepta de sortir de sa cachette.

Objets trouvés, raison perdue...

Le lendemain, Lize reprit son évocation du passé. Parlant d'une voix égale, elle égrenait souvenirs d'enfance et anecdotes. Calée au fond du fauteuil, elle attendait. Pendant qu'elle radotait, son regard errait sur les étagères environnantes. Le caractère hétéroclite des objets amassés continuait à l'étonner. On trouvait vraiment de tout dans le métro ! Des raquettes de tennis, des fers à repasser. Des dizaines d'appareils photographiques et tout autant de caméras vidéo. Des patins à glace, des skis, des...

Enfin, la surveillante émergea de son réduit. C'était une fille maigre, habillée de vêtements propres. Ses cheveux blonds, presque blancs, ruisselaient sur ses épaules mais son visage se dissimulait sous un masque de carnaval représentant le museau d'une panthère noire. Dans la pénombre du bureau des objets trouvés, ce déguisement prenait une dimension inquiétante.

Lize s'appliqua à l'immobilité et poursuivit son monologue.

La jeune fille fit comme si elle n'existait pas, tira un

chiffon de sa poche et entreprit d'épousseter les objets exposés.

« S'agit-il de Nacha ? » se demanda Lize en scrutant la mince silhouette qui lui tournait le dos.

Elle n'en savait rien. Il aurait fallu qu'elle puisse examiner les traits de la surveillante... Et là encore, rien n'était sûr. Surtout si la jeune femme avait été défigurée au cours de la catastrophe.

« Je ne peux tout de même pas lui sauter dessus et arracher son masque », se répétait Lize bien que l'envie s'en fît chaque seconde plus forte.

Pendant l'heure qui suivit, elle étudia les gestes de la jeune fille, espérant identifier une attitude caractéristique de Nacha. Elle aurait voulu la contraindre à parler, mais les questions qu'elle multipliait restaient sans réponse.

« Sa voix..., se disait-elle. Je suis certaine que je reconnaîtrai sa voix. J'ai encore ses chansons dans les oreilles. Ses stupides petites chansons d'amour. Elles m'ont tellement cassé la tête ! Je ne pensais pas qu'un jour je regretterais de ne plus les entendre. »

La corvée de poussière expédiée, la surveillante s'avança au bord de la mezzanine de béton et, saisissant une paire de jumelles, entreprit de scruter la caverne. Elle avait posé son journal de bord sur la rambarde, et, de temps en temps, notait quelque chose.

Elle semblait décidée à n'accorder aucune importance à la présence de Lize.

« Au moins, elle ne m'a pas ordonné de partir », songea celle-ci pour combattre le désappointement qui la gagnait.

Elle était déçue, elle avait espéré un meilleur résultat.

« S'il sagit bien de Nacha, pensa-t-elle, il me faut considérer la possibilité qu'elle soit amnésique... Ou qu'à force d'inhaler des neurotoxiques, son cerveau ait subi des lésions irréversibles. Nacha n'a jamais été psychologiquement très solide, la traversée du couloir de la peur a pu lui faire perdre la raison. »

Avec les gaz, on ne pouvait pas savoir.

*

Une semaine s'écoula.

Peu à peu, d'étranges scrupules s'emparèrent de Lize. Elle se surprit à essayer d'imaginer ce que serait la vie de Nacha une fois là-haut.

« Si elle souffre de déficience mentale, se dit-elle, on ne pourra pas la laisser seule. Il lui faudra une assistance médicale permanente. Avec le temps, si les choses empirent, un placement en hôpital psychiatrique deviendra inévitable. »

Qui pourrait s'occuper de Nacha ? Sûrement pas sa mère qui supportait déjà le fardeau d'un époux frappé de sénilité. Quant à Lize, ses horaires invraisemblables l'obligeraient à embaucher une garde-malade... Mais quelle infirmière accepterait de passer ses journées dans la maison plantée sous l'autoroute de béton, à vivre dans la crainte qu'une voiture lui tombe sur la tête ?

Assaillie de sentiments contradictoires, Lize observait la surveillante, étrange reine d'un royaume dérisoire, édictant des lois, distribuant punitions et récompenses.

« Ici, elle est quelqu'un, songea-t-elle. On la respecte, on la craint même. À la surface, elle ne sera plus qu'une anormale, une idiote de village dont on s'écartera avec dégoût. Ai-je le droit de la priver de sa couronne pour lui faire endosser une camisole dans un quelconque asile d'État ? »

Ses convictions premières s'effritaient. Avait-elle le droit de ramener Nacha contre son gré, de lui imposer une vie sordide dans un pavillon de banlieue délabré ?

« Les gosses du coin auront vite fait de la repérer, pensa-t-elle. Car elle ne pourra s'empêcher de les surveiller à la jumelle. Ils lui crieront des insultes, jetteront des pierres sur la fenêtre de sa chambre. Ce sera misérable, moche, et triste à pleurer. À la fin, la garde-malade en aura marre et donnera sa démission. Pendant que je travaillerai, Nacha restera seule dans la maison, à la merci des voyous, des violeurs... »

Les débiles mentaux servent souvent de boucs émissaires, elle l'avait maintes fois vérifié dans son travail de police. Il ne faudrait pas longtemps pour que Nacha soit accusée des pires méfaits. Sa manie de surveiller les alentours la ferait taxer de voyeurisme. On la prendrait en grippe.

« Maman s'est habituée à sa disparition, se dit-elle. Elle a accompli son travail de deuil, contrairement à moi. La remettre en présence d'une Nacha mentalement et physiquement diminuée ne ferait que rouvrir une cicatrice aujourd'hui suturée. »

Elle comprenait soudain le bien-fondé des arguments de Connoly. Trop de temps avait passé. Personne, en réalité, ne tenait à récupérer les dépouilles des chers disparus. La douleur s'était endormie, on ne souhaitait pas la réveiller. D'abord déchirante, elle s'était changée en une pulsation sourde avec laquelle on avait appris à vivre, à continuer...

*

La surveillante s'absenta deux fois pour aller récupérer un objet déposé sur la première marche de l'escalator par l'un des habitants de la caverne. Elle ne prêtait plus attention à la présence de Lize.

« Elle me tolère, pensa celle-ci, comme un animal familier. Peut-être ne comprend-elle même pas ce que je dis. »

Malgré cela, Lize ne parvenait pas à renoncer. Les premiers jours, elle avait espéré mettre la nuit à profit pour surprendre la surveillante dans son sommeil, et lui ôter son masque. Ce projet s'était révélé irréalisable car l'inconnue s'enfermait à double tour dans la réserve de l'une des boutiques de la galerie marchande chaque fois qu'elle désirait prendre du repos.

D'ailleurs, elle ne laissait jamais Lize l'approcher de trop près, comme si elle ne voulait pas courir le risque d'être démasquée. Elle veillait également à ne pas lui tourner le dos. Leur cohabitation restait fragile, hérissée de précautions. Lize avait conscience d'être à peine tolérée. À la moindre faute, on la chasserait de l'Olympe.

Elle avait beau se répéter qu'elle devait renoncer, elle ne pouvait se résoudre à partir sans s'être auparavant assurée qu'elle était bel et bien en présence de Nacha. Une Nacha encore plus sauvage que jadis.

« Je n'arriverai jamais à l'apprivoiser, soupira-t-elle.

Gudrun y serait parvenue, elle... Elle aurait su trouver les mots, les gestes. »

Elle abattit ses dernières cartes en tentant d'exposer à la jeune femme masquée les menaces qui pesaient sur la caverne. Tôt ou tard, le niveau de l'eau monterait, noyant les îles, les cabanes. Il ne fallait pas rester là...

La surveillante s'en alla épousseter les objets trouvés, l'abandonnant à son soliloque.

*

Un matin, alors que Lize monologuait, la jeune fille au masque s'approcha d'elle pour lui poser un doigt en travers des lèvres, lui signifiant de se taire. L'instant d'après, elle saisit un nécessaire de toilette exposé sur une étagère, et le lui offrit. Ceci fait, elle eut un geste du bras en direction de la caverne. Un geste sans ambiguïté qui signifiait : « Il est temps de t'en aller. »

Lize demeura figée, incapable de protester. Entre ses mains, la trousse de nylon rose, sans doute échappée d'une valise, bâillait sur une brosse à cheveux, deux peignes et quelques barrettes.

La surveillante répéta son geste de bannissement avec plus de raideur. Elle s'impatientait.

Lize fut sur le point de lui sauter à la gorge et de lui arracher son foutu masque.

Quelque chose l'en empêcha. Stupide, elle se contenta de reculer en direction de l'escalator.

– Nacha, murmura-t-elle, tu ne peux pas me chasser comme ça. Laisse-moi voir ton visage. Une fois, seulement une fois, et je ne t'embêterai plus. Promis. Je n'essayerai pas de te convaincre de remonter avec moi. Enlève ce masque... Tu entends ? *Enlève ce masque !*

Avant qu'elle ait eu le temps de comprendre son erreur, elle vit la jeune fille se ruer sur elle, bras tendus, les paumes en avant. Les mains de la surveillante la frappèrent à la hauteur des seins, la projetant en arrière. Lize hurla en sentant le sol se dérober sous ses pieds. Elle était en train de tomber dans le vide !

Elle lâcha la trousse de toilette pour essayer de se rattraper aux montants de l'escalier mécanique, mais ses doigts dérapèrent sur le métal. Elle bascula par-dessus la rambarde.

Suivez la flèche

Sans l'épaisse couche de vase tapissant le fond de la caverne, elle se serait brisé la colonne vertébrale. Heureusement, elle s'enfonça dans la boue comme un boulon dans un seau de fromage blanc. Pendant une minute, elle crut qu'elle allait mourir étouffée, victime des sables mouvants, mais elle réussit à s'accrocher à une poutrelle et à se hisser sur la terre ferme.

Un peu plus tard, elle se nettoya dans une flaque d'eau. Immobile au sommet de la mezzanine, la surveillante l'observait, les jumelles rivées aux yeux.

Lize lui adressa un signe de la main et s'éloigna.

*

Sa mésaventure n'avait pas échappé au petit peuple de la caverne. Kurt Mayerhörff vint bientôt lui en faire reproche.

– Elle t'a chassée, grommela-t-il. Ce n'est pas bon pour toi. Tu l'as importunée. Quelle idée, aussi, de grimper l'escalator ! As-tu perdu l'esprit ? Qu'espérais-tu ?

– Savoir s'il s'agissait de ma sœur, répondit Lize

avec lassitude. Elle a les mêmes cheveux, la même taille.

Kurt haussa les épaules avec colère.

– Même si c'était le cas, ragea-t-il, la fille que tu as connue jadis n'a plus rien de commun avec la surveillante. Si tu parvenais à la convaincre de te suivre, tu nous condamnerais au désespoir.

– Je sais, fit Lize. Rassurez-vous, elle a fait son choix. Elle restera avec vous.

*

À partir de ce jour, les choses se dégradèrent. Les malades, au fait de la disgrâce dont Lize avait été frappée, se montrèrent de moins en moins coopératifs. Il n'était pas rare, qu'au cours de ses visites, la jeune femme reçoive une pierre anonyme entre les omoplates. À d'autres moments, on détachait son radeau afin qu'il parte à la dérive, ou l'on jetait sa godille dans le courant. Par ces vexations, on comptait lui signifier qu'elle n'était plus la bienvenue. Kurt Mayerhörff lui-même se mit à fuir sa compagnie. Quand Lize abordait au rivage de son île, il partait se cacher et ne répondait plus à ses appels.

Jugeant sans doute que l'intruse mettait trop de temps à plier bagage, la surveillante s'en mêla. Un matin, alors qu'elle se préparait à monter sur le radeau, Lize vit une flèche se planter à cinquante centimètres de son pied gauche.

Cette fois, la sentence était claire. La déesse au masque de carnaval la bannissait de son royaume.

– Tu nous mets tous en danger ! s'emporta Kurt à qui elle s'ouvrit de son aventure. Tu ne comprends donc pas qu'on ne veut plus de toi ici ? Tu n'es pas comme nous. Tu es... en trop bonne santé, voilà ! C'est agaçant. La surveillante pense sans doute que tu pourrais être tentée de prendre le pouvoir. Ça te serait facile, qui pourrait te résister ? Si tu t'obstines à traîner dans les parages, elle te plantera une flèche en pleine poitrine et tout sera dit. Fiche le camp. Repars d'où tu es venue. Tu n'es pas à ta place ici.

Lize hocha la tête. La lassitude la poussait à en finir. Pourquoi, après tout, ne pas choisir cette solution ? Nacha l'exécuterait et le contentieux serait liquidé.

– Pars, la supplia Kurt. Je t'aime bien. Tu étais une bonne pisseuse, je ne voudrais pas te retrouver un beau matin en train de flotter dans le chenal, une flèche dans la gorge.

Lize ne répondit pas. Elle songeait aux séances de tir à l'arc organisées par leur père, dans le parc de la maison d'Oldenburg. Nacha voulait toujours être Robin des Bois.

« Toi, tu seras Frère Tuck », décidait-elle en collant dans les mains de sa sœur le premier gourdin venu.

« Je ne parviens pas à me rappeler si elle tirait bien, songea-t-elle. C'est si loin. »

Où la surveillante avait-elle déniché cet arc ? sans doute s'agissait-il de l'équipement d'un archer se rendant à son club. N'avait-elle pas vu des fleurets sur les étagères de la section des objets trouvés ? Le métro était une inépuisable pochette-surprise.

« Gudrun aurait réussi, se répéta-t-elle. Moi, je n'avais aucune chance. Je suis la sœur-croquemitaine, l'emmerdeuse. Après tout, Nacha est sûrement mieux ici qu'à la surface. N'a-t-elle pas toujours fui la réalité ? Petite, elle voulait toujours jouer le rôle de la princesse.

C'est ce qu'elle a fini par devenir dans la caverne. Elle règne enfin sur un petit peuple qui lui obéit au doigt et à l'œil. »

*

Il y eut deux autres flèches. Lize renonça au radeau et rassembla son paquetage. Kurt, accroché à ses béquilles, la raccompagna jusqu'à l'entrée du tunnel de la peur. Il lui avait demandé de pisser une dernière fois sur son masque. C'était une preuve d'amitié.

– Bonne chance, marmonna-t-il d'une voix étouffée par le groin de tissu fixé sur le bas de son visage. Je regrette que ça ait mal tourné.

Lize noua un bâillon sur sa bouche. Avant de plonger dans la galerie empoisonnée, elle regarda une dernière fois en direction de la mezzanine. Nacha était là, les jumelles rivées aux yeux, surveillant son départ. Lize lui adressa un signe de la main auquel elle ne répondit pas.

Réveil

De temps à autre le clan se réunissait pour chanter l'hymne à la pompe, dénommé aussi : chant de la pieuvre. C'était toujours une expérience difficile car la tribu avait bien du mal à se rappeler les paroles du cantique. Première Classe, lui-même, les déchiffrait péniblement sur un morceau de papier. On répétait après lui, mâchonnant les strophes en un bourdonnement inintelligible. Ensuite venait le sermon, martelé par le prêtre du hall, Réservé-Aux-Mutilés. La teneur n'en variait guère mais peu de gens s'en rendaient compte.

– La pompe vieillit ! disait l'homme, un jour elle n'aura plus assez de souffle pour nourrir tous nos poumons. Alors il faudra diminuer le nombre de bouches mangeuses d'air. Il faudra museler l'appétit du clan. Nous nouerons des lacets de cuir autour de la gorge des inutiles, des parasites voleurs d'oxygène. Oui, le jour viendra où il faudra nommer des bourreaux...

Pour faire comme les autres, Lize hochait la tête, mais elle ne comprenait pas grand-chose au sermon. Tous ces mots inconnus, trop compliqués, tournaient dans son crâne, s'y imprimant en points d'interrogation douloureux.

Elle n'aimait pas les discours qui forçaient à réfléchir et donnaient la migraine, elle préférait les chansons. Elle s'estimait contente de son sort. Elle mangeait à satiété, elle respirait un air convenable, elle faisait l'amour avec ceux qui en manifestaient le désir... Que pouvait-elle demander de plus à la vie ? Et la vie, d'abord, c'était quoi ? C'était « tout à l'heure », c'était la faim, le sommeil, l'envie d'uriner. Rien d'autre... *ou alors elle avait oublié.* Mais oublié QUOI ?

*

« Marathon ! Marathon ! » la voix résonnait sous le dôme. Déjà la troupe s'organisait, entamait son premier tour de piste. Brutalement tirée du sommeil, Lize se dressa sur un coude. Un maelström de vertige forait sa colonne vertébrale. L'oxygène pur s'engouffrait dans son cerveau, le secouant comme un vieux moteur qui a perdu l'habitude de la route... Elle eut une nausée, ses jambes battirent un ciseau spasmodique. Que lui arrivait-il ?

« Marathon ! Marathon ! »

Elle voulut se lever pour rejoindre les autres mais une injonction mentale lui cria qu'elle avait quelque chose de plus important à accomplir... Soudain toute sa lucidité lui revint, la giflant de sa vague brûlante.

Dieu ! *Depuis combien de temps avait-elle quitté la surface* ?

Elle n'en avait aucune idée...

Elle sentait confusément qu'elle avait subi un traumatisme important, une sorte d'amnésie partielle qui oblitérait ses souvenirs. Elle lutta contre l'affolement. La bouffée d'oxygène pur soufflée par la pompe venait de tirer son esprit de l'hibernation, elle devait profiter de ce bref répit pour ordonner ses actes. Des images se bousculaient en elle : les bonbonnes de gaz neurotoxique échouées dans la boue... Le profil en lame de couteau du juge Schmeisser... La veste couleur de miel du maire...

Remonter !

Elle devait remonter avant de perdre une fois de plus conscience !

Si elle attendait, la station engloutie allait de nouveau la piéger dans son asphyxie, son hypnose... Il fallait, il fallait...

La tétanie hyperoxique lui raidissait les muscles. Elle retomba, s'arqua, ne touchant plus terre que de la tête et des talons, comme une épileptique. « Remonte ! Remonte ! » la voix hurlait sous son crâne, couvrant le martèlement du marathon.

Elle s'affaissa, se meurtrissant les reins. Elle essaya d'énumérer les différentes étapes du retour : d'abord courir au quai, plonger, récupérer le premier bloc-bouteilles dissimulé dans la vase du tunnel, et filer vers le relais.

Mon Dieu ! jamais elle ne pourrait effectuer de paliers assez longs pour regagner la surface sans accident de décompression. Elle courait droit au barotraumatisme. Si personne ne l'attendait en haut pour la placer dans un caisson hyperbare c'était la mort assurée. Elle chassa cette idée. Une fois à la surface, il faudrait avertir le juge. La preuve qu'il souhaitait se trouvait bien au cœur de la station *Kaiser Ulrich III.* Il suffisait de rouvrir le dossier, de faire descendre quelques juristes entreprenants, et la tête du maire roulerait dans la sciure. Oui ! Elle devait se tenir à cette ligne de conduite.

Elle se leva, chercha du regard le petit cireur de momies pour lui dire adieu, mais elle ne parvint pas à le repérer. Il avait sans doute, lui aussi, rejoint le marathon. De toute manière elle ne pouvait rien pour lui. Le forcer à remonter, ç'aurait été le condamner à l'agonie ou à la réclusion perpétuelle dans une geôle-caisson de l'hôpital militaire.

Lize courut vers le quai. Comment son organisme détraqué par les intoxications répétées et contradictoires allait-il résister à la trop rapide décompression ?

Elle n'avait aucun élément pour répondre à cette question. Elle s'assit au bord de l'eau, planta ses chevilles dans le liquide trouble et se laissa couler. Elle fuyait, sans élégance, comme une voleuse.

Elle éprouva une certaine angoisse à plonger ainsi nue dans l'abîme des tunnels. Dépouillée de sa carapace de cuivre et de caoutchouc, elle se sentait vulnérable. C'était idiot.

Elle battit des pieds, se propulsant vers l'endroit où elle avait dissimulé le bloc-bouteilles et son équipement autonome. Le gros sac de caoutchouc n'avait pas bougé. Elle en fit coulisser la fermeture, saisit l'embout et tourna le robinet du détendeur. Elle aspira la première goulée d'air, puis entreprit de s'équiper sans trop remuer la vase. Le bloc-bouteilles sanglé sur les épaules, elle enfila le masque et chassa l'eau qui le remplissait en soufflant par le nez. Pour finir, elle chaussa les palmes, boucla le profondimètre à son poignet et serra la lampe torche dans son poing droit. Elle avait froid. Pour combattre l'ankylose elle se mit à nager. Un bref balayage lumineux lui montra que le tunnel n'était pas miné. Elle en fut soulagée. Se déplaçant avec lenteur, elle prit le chemin du retour. Les chiffres défilaient dans sa tête. Elle ignorait l'état de saturation de ses différents tissus, et son coefficient C se réduisait à un immense point d'interrogation. Elle ne savait pas si elle était restée immergée trois jours... ou trois semaines ! De plus, elle ne disposait que de quelques bouteilles pour assurer ses paliers alors qu'il lui aurait fallu une pleine citerne d'oxygène sous pression. Elle jongla avec les nombres de manière à utiliser au mieux ses réserves.

Elle amorça lentement son ascension, l'œil fixé sur l'aiguille du profondimètre, attentive à ne pas dépasser les 18 mètres/minute rituels. Si Greta Landbröke n'était pas complètement idiote, elle aurait déjà fait avancer le caisson de réanimation mobile. À moins... À moins que le juge n'ait vu dans son absence prolongée un constat d'échec. Dans ce dernier cas il n'y aurait personne pour l'attendre. Personne... sauf la mort.

Arrivée au premier palier elle récupéra le second bipack et s'arma de patience.

*

Il lui fallut plusieurs heures pour vider les bonbonnes, mais elle savait que ce délai était de toute manière beaucoup trop court. Lorsqu'elle dut passer sur la réserve elle se propulsa vers la surface d'une détente des jambes. Elle retrouva le hall encombré de débris, l'échelle de corde permettant d'accéder au boyau creusé par Tropfman.

Il faisait jour. Curieusement, elle en fut soulagée. Elle crocha les échelons, se hissant hors de l'eau.

Lorsqu'elle émergea de l'excavation, sa vue se brouilla et un goût de sang lui envahit la bouche. Elle cracha son embout et joua des coudes pour atteindre l'asphalte. Les aspérités du boyau lui déchiraient les flancs mais elle ne sentait plus rien. Quand sa tête jaillit au ras du trottoir, elle constata que le chantier de polissage avait été démonté, et qu'aucun véhicule n'était garé près de la pierre commémorative. C'était mauvais signe. Soudain une ombre la recouvrit et un camion inconnu monta sur le trottoir dans un grand coup de frein. Des pieds bottés entrèrent dans son champ de vision, puis quelqu'un la saisit sous les aisselles pour la tirer sur le macadam. Un blouson clouté lui râpa les seins...

Gudrun ! C'était Gudrun...

Lize repoussa le masque et se cramponna aux revers du vêtement de cuir fatigué. Le visage blême de la jeune fille se déformait comme au travers d'un voile de fumée. Autour d'elles un cercle de badauds engorgeait déjà les abords de la place.

– De l'oxygène pur, bredouilla Lize, vite ! Il me faut aussi de l'aspirine en solution injectable, et de la cortisone... Ensuite un caisson, un caisson hyperbare.

Ce furent ses derniers mots. La nuit des tunnels la rattrapa, la fossilisant dans un bloc de ténèbres.

Fugitives

Sa conscience ne percevait plus qu'un univers bizarrement rétréci, comme si le monde s'était soudain recroquevillé jusqu'à prendre les dimensions d'un lit, d'un rectangle de mousse recouvert d'une toile rêche, désagréable. Lize reposait sur cette plaine de drap, les bras le long du corps, lourde, inamovible. De temps à autre sa perception de l'espace s'inversait. Le lit devenait géant et elle, minuscule. Parfois c'était le contraire : elle se mettait à grandir et ses bras, ses jambes débordaient de la couche, se lançant à l'assaut du bâtiment, du pays, du monde... Des odeurs lui arrivaient d'ailleurs. Des vents, des alizés, chargés de relents antiseptiques. Souvent des insectes de verre gradué enfonçaient leur dard de fer dans ses veines, y injectant d'affreux venins porteurs d'oubli. Elle s'endormait alors pour des siècles et des siècles, sautant les ères géologiques... Elle fermait les paupières, indifférente à l'érosion du temps sur les montagnes. Plus tard, quand elle rouvrait les yeux, trois millénaires s'étaient écoulés, des pics avaient été rabotés par le vent, des mers s'étaient asséchées ; les continents avaient émietté leurs glaises au fond des fosses marines.

Un jour, la voix d'un être invisible – d'un dieu peut-être ? – résonna dans les confins du cosmos. Elle disait : « Elle récupère, maintenant ça va aller, mais elle revient de loin... » Lize écouta rouler le tonnerre de ces paroles mystérieuses sans en percer le sens. Les mots ricochaient de planète en planète, se disloquaient, donnaient naissance à des étoiles filantes de syllabes, tronquées. Les phrases tournoyaient, aspirées par la gueule avide des trous noirs... Une autre fois une main fraîche, un peu osseuse, se posa sur son front et une voix impatiente chuchota :

– Lize ! Tu m'entends ? C'est moi, Gudrun ! Bon sang ! Fais un effort !

Lize réfléchit longuement à la signification de ce commandement. Elle devinait qu'il y avait là quelque chose d'important, mais malgré toute sa volonté elle ne pouvait contrôler sa lente dérive à travers les galaxies. Elle mourait, renaissait, se réincarnait ici et là, empruntant les formes les plus incongrues.

– Vous savez, mon petit, tonna de nouveau l'organe divin, son cerveau a subi des lésions irréversibles, il faut vous y préparer. Tout ce gaz carbonique ! Elle conservera des séquelles.

Enfin, lorsque le temps eut usé trois galaxies, que se furent éteints deux soleils, elle vit le terme du voyage : une ampoule dans son globe opalescent. Une ampoule marquant le centre d'un plafond. Sous ce ciel de peinture blanche il y avait un lit. Elle était dans ce lit... et quelqu'un s'agitait sur une chaise de métal tout près d'elle.

– Lize ! Enfin ! Tu me vois ? Tu comprends ce que je dis ?

Le ton criard écorchait les oreilles. Lize fut un instant tentée de replonger au cœur du sommeil, mais son instinct l'en dissuada. Elle battit des paupières, risqua un œil à l'horizontale. Des tuyaux prenaient racine au creux de ses bras, des bouteilles suspendues laissaient filer des tubes emplis de solutions vitreuses. Des appareils clignotaient sur des trépieds chromés. Gudrun approcha son siège. Elle était sagement vêtue d'un pull de marin et d'un bonnet de laine rouge qui dissimulait son crâne tondu.

– Ça y est ? interrogea-t-elle, tu reviens à la vie ? Dieu ! Ça fait six jours que tu es dans le coma ! La vraie dérive ! J'ai cru que tu étais bonne pour l'asile.

Lize ouvrit la bouche. Elle avait les lèvres cartonneuses. De la bave séchée amidonnait ses commissures. Elle eut l'impression qu'elle n'arriverait jamais plus à parler.

– Schmeisser, balbutia-t-elle, le juge... Il faut le prévenir. La preuve. J'ai trouvé la preuve. La commission d'enquête... Il faut...

Gudrun, pour la faire taire, lui posa trois doigts sur les lèvres.

– Arrête ! siffla-t-elle, écoute-moi avant de dire des conneries. Tu dors depuis presque une semaine. Lorsque je t'ai récupérée, tu étais en plongée depuis quinze jours ! Il s'est passé beaucoup de choses pendant que tu prenais des vacances à *Kaiser Ulrich III.* Tout à l'heure le toubib va venir, alors ne fais pas d'impair. Nous ne sommes pas à Alzenberg, mais dans une clinique de Gotterdhäl, sur la côte. Je t'ai inscrite comme étant ma mère. Nous sommes en vacances, nous faisions de la plongée d'agrément et tu as eu un accident de décompression à cause d'une bouteille défectueuse. C'est tout ! Tu piges ? *c'est tout !*

– Mais pourquoi Gotterdhäl ? Si loin ? J'aurais pu crever avant d'arriver.

Gudrun cracha de colère.

– Si je t'avais emmenée à l'hôpital militaire d'Alzenberg, tu serais morte à l'heure qu'il est, martela-t-elle sans élever la voix, le métro, le juge, tout ça c'est fini, râpé !

Lize lutta contre le vertige. Son cerveau lui faisait l'effet d'un puzzle éparpillé, elle ne se sentait pas le courage d'en rassembler les pièces. Gudrun fouillait dans un sac. Elle en extirpa un journal froissé.

– Tiens ! chuchota-t-elle, tu peux lire ?

– Non, avoua Lize dont la vue se brouillait déjà.

– Ça date d'une semaine, expliqua la jeune fille, le juge et sa secrétaire, Greta Landbröke, ont « *trouvé la mort dans un accident de la route* », c'est ce qui est écrit, noir sur blanc. Un petit entrefilet en page 10, rien de voyant. Et ce n'est pas tout. La télé a annoncé que des glissements de terrain avaient ravagé le métro. De nombreuses poches de survie auraient été submergées, et leurs habitants noyés. En attendant que les tunnels redeviennent fiables, toutes les plongées ont été suspendues. Tu sais comme moi ce que ça signifie en clair !

– Les clandestins ! hoqueta la jeune femme, ils ont fait sauter les galeries...

– Tu l'as dit, soupira Gudrun, le maire nous a possédés jusqu'à l'os ! *Kaiser Ulrich III* est désormais inaccessible, laminée sous des tonnes de roches ! Tes preuves n'existent plus ! La municipalité s'est refait un pucelage de toute beauté ! Ils ont liquidé les curieux, les témoins, les fouineurs. Tu comprends pourquoi tu ne serais pas ressortie vivante de l'hôpital militaire ?

Lize déglutit. Elle n'avait plus de salive. Sa langue était pleine de colle.

– Mais toi ? souffla-t-elle, pourquoi as-tu attendu ?

– Greta t'a estimée morte au bout de trois jours, dit la jeune fille, le juge lui-même ne croyait plus que tu reviendrais. Ils ont décidé de lever le camp, ça sentait le brûlé pour eux. Moi je me suis entêtée. Je te sais coriace. Je me suis dit : elle va remonter tôt ou tard, folle ou en compote, mais elle va remonter ! Faut l'attendre ! J'ai piqué un camion, changé les plaques et récupéré une partie du matériel de secours : le masque à oxygène, la pharmacie. J'ai pris l'affût. J'avais décidé que si tu émergeais j'essaierais de te transporter hors de la ville dans une clinique tranquille à proximité d'une plage, de préférence.

– Je pouvais claquer pendant le voyage.

– C'était le risque. Mais à Alzenberg tu n'avais pas une chance. Maintenant que tu vas mieux, il va falloir lever le camp à la cloche de bois. J'ai pas un sou pour régler l'addition. Je pense que le maire te croit morte, inutile de le détromper. Tu es capable de tenir debout ?

Lize se redressa sur un coude. Les aiguilles fichées dans ses veines fouaillèrent sa chair.

– Qu'est-ce que tu veux faire ? demanda-t-elle.

– J'ai toujours le camion, expliqua Gudrun, il faudrait filer cette nuit. On est au rez-de-chaussée, ce sera facile. Je détournerai l'attention de la garde de permanence. Tu sauteras par la fenêtre. Tu traverseras ensuite le jardin pour te hisser dans la cabine de mon engin garé au coin de la rue. Tu sauras faire ça ?

Lize grimaça. Elle était faible comme un nouveau-né.

– J'essaierai, bafouilla-t-elle, j'essaierai. Il me faudrait une montre, des vêtements sombres.

– J'ai récupéré ta combinaison de cuir et ton arme. Je vais les planquer dans le bas du placard. Pour la montre je te laisse la mienne.

– Le juge est mort, répéta stupidement Lize, essayant de s'imprégner de la réalité de l'information. À un moment, en bas, j'ai cru que c'était gagné, que je tenais ces fumiers d'empoisonneurs !

Gudrun haussa les épaules.

– Vous n'aviez pas une chance ! ricana-t-elle, vous avez joué le coup comme des tarés en restant dans la légalité !

– Pourtant tu nous as aidés ?

– Ouais. Mais vous vous êtes comportés comme des amateurs, la Greta surtout. C'est elle qui a eu la trouille la première. Elle a poussé Schmeisser à faire marche arrière ; hélas, c'était trop tard, le maire les avait déjà dans le collimateur. Peut-être même que Tropfman les a donnés. Il serrait sacrément les fesses au fur et à mesure que le temps passait. Si on a su lui faire peur, possible qu'il ait tout lâché.

Le cliquetis d'un chariot dans le couloir mit brutalement fin à la conversation. Gudrun s'affaira, déposa sa montre dans le tiroir de la table de chevet.

– Ce soir, murmura-t-elle en appuyant sur les mots, ce soir à 10 heures. J'entrerai dans le hall et je distrairai la garde avec une histoire d'attestation oubliée ou un truc analogue. Il faudra que tu fasses vite. Jusque-là joue les comateuses, ils s'y sont habitués. Il est 8 heures, ce sera bientôt l'extinction des feux. À tout de suite !

Lize esquissa une grimace. La mince silhouette sortit

de son champ de vision. Une porte chuinta. Elle était de nouveau seule.

Très vite la somnolence la reprit, gommant la réalité de la scène qu'elle venait de vivre. Une seconde, elle fut persuadée qu'elle n'avait rien fait d'autre que rêver, et elle se laissa couler dans le puits cotonneux et confortable qui s'ouvrait sous elle.

Un sursaut de lucidité l'arracha au piège, elle eut un spasme qui fit remuer les aiguilles fichées au creux de ses bras. La douleur chassa le sommeil. Essayant de ne pas trop déplacer les tuyaux, elle leva la main jusqu'au tiroir, y pêcha la montre et la serra dans son poing. Un filet de sang suinta de dessous le sparadrap maintenant la perfusion en place. Elle décida qu'à 9 h 30 elle se lèverait pour s'habiller, mais elle n'était pas sûre d'y parvenir. Que se passerait-il si une syncope l'abattait au pied du lit, en combinaison de cuir, un pistolet à la main ? La fable de Gudrun perdrait aussitôt toute crédibilité. On préviendrait la police. Son visage serait très vite identifié... Ensuite ? On la transporterait sûrement à l'hôpital militaire où il ne manquerait pas de lui arriver un fâcheux accident. *Un problème avec les anticoagulants peut-être ?* Une hémorragie cérébrale ? « Ces histoires de décompression sont si délicates ! » dirait quelqu'un.

Elle crispa le poing sur la montre. Ainsi ils avaient échoué. Échoué...

Pour repousser les assauts du sommeil, elle se contraignit à réfléchir aux informations données par Gudrun. Ces faits, qu'elle n'avait pas vécus, lui semblaient aussi peu consistants qu'un résumé de série télévisée. Elle n'arrivait pas à se convaincre de leur caractère irrémédiable. C'étaient des choses abstraites, des ombres, des fumées. Un peu de sueur lui mouillait les tempes, elle s'appliqua à respirer calmement. À 9 heures quelqu'un poussa la porte, et elle n'eut que le temps de fermer les yeux. On marcha dans la pièce, un ongle tapota le flanc d'une bouteille de sérum, puis on lui prit le pouls. L'inspection ne dura pas plus de cinq minutes. Dès qu'elle fut seule, elle arracha les aiguilles, s'essuya la peau avec un pan du drap et s'assit. La tête lui tournait un peu. Elle demeura immobile jusqu'à la disparition du malaise puis elle posa les pieds sur le sol carrelé. Son corps répondait aux ordres, c'était toujours ça ! Elle se défit de la grossière chemise de nuit, alla au placard et récupéra la combinaison de cuir. Gudrun avait pris la précaution d'en talquer l'intérieur. Le *Military Model* calibre 45 se trouvait au centre du vêtement, tel un noyau de fer lourd et rassurant. Elle le soupesa. Son kilogramme d'acier emplissait la paume comme un outil familier. À présent les couloirs étaient silencieux. Le bredouillis feutré d'une télévision filtrait à travers la cloison. Lize s'habilla, veillant à ne pas trop pencher la tête. Lorsqu'elle tira la fermeture à glissière sous son menton il était 21 h 30. Il lui avait fallu près d'une demi-heure pour s'équiper. Toujours au ralenti elle s'approcha de la fenêtre, en tourna la poignée. Une bouffée d'air froid lui cingla le visage. Dehors il faisait nuit noire. Elle distingua une pelouse, une allée de graviers, puis une haie de fusains et un muret d'un mètre cinquante qui faisait le tour du jardin. Derrière, c'était la rue avec son ruban d'asphalte mouillé. Il y avait peu de circulation. Elle consulta encore une fois la montre. À 21 h 58 la silhouette de Gudrun remonta l'allée en direction du hall d'accueil. Lize ouvrit la fenêtre, posa un genou sur la barre d'appui. Des insectes bourdonnaient à l'intérieur de son crâne, elle se força à les ignorer. Elle enjamba le rebord de ciment, sauta. Pas plus d'un mètre cinquante, mais en ce moment c'était tout de même très haut. Ses talons se plantèrent dans l'herbe humide. La pelouse détrempée chuintait comme une éponge. Il faisait sombre, tout l'éclairage se trouvant concentré sur le hall d'accueil et l'entrée des urgences. Pour ceux qui évoluaient en zone lumineuse, le reste de la clinique devait apparaître sous la forme d'un immense trou noir. Lize pressa le pas. Elle ne voulait pas courir, ne sachant comment son organisme délabré accepterait un tel effort. Le cœur battant elle atteignit les fusains, s'immisça dans un trou de la haie. La rue était vide, aucun phare ne brillait sur la chaussée. Lize rengaina le pistolet, se hissa sur le muret. Au moment où ses pieds touchaient le trottoir, elle eut un étourdissement et une épouvantable nausée lui révulsa l'estomac. Elle vomit un peu de bile. Une sueur glacée lui inondait le front. Elle s'adossa à un panneau de signalisation. Un vieux camion bâché attendait dans l'obscurité, les phares éteints mais le moteur ronronnant. La jeune femme tituba jusqu'au marchepied, chercha la poignée... La portière s'ouvrit à la première sollicitation. Lize grimpa dans la cabine qui sentait la graisse et la fumée refroidie, se laissa tomber sur le siège du passager. Son corps n'était plus qu'une enveloppe invertébrée, un sac incapable de la moindre translation musculaire. Dans la poche ventrale de la combinaison, le pistolet pesait sur ses intestins et sa vessie. Il y eut une brève cavalcade sur la gauche, puis la portière s'ouvrit, livrant la place à Gudrun.

– Allez ! haleta la jeune fille, on s'arrache vite fait !

Elle lança le moteur. Le volant paraissait énorme entre ses mains maigres. Le camion rugit et vola à l'assaut de la bande jaune, dévorant la route avec un appétit furieux. En quelques minutes la clinique disparut du rétroviseur. Lize s'abandonna au soutien de l'appuie-tête. Il lui sembla que des visages venaient à elle du fond de la nuit : Première Classe, le petit cireur de momies, Kurt Mayerhörff... La surveillante...

Avait-elle vraiment vécu tout cela ?

Elle s'évanouit.

Des bulles de toutes les couleurs

C'était une vieille ferme, échouée au centre d'une crique comme une épave de pierre rabotée par les vents. Le sable de la plage toute proche la mitraillait en permanence, crépitant sur les quelques tuiles qui garnissaient encore son toit, s'engouffrant dans les ouvertures béantes des fenêtres dépourvues de vitrage.

Lize avait élu domicile dans l'ancienne grange qu'encombraient toujours quelques bottes de paille gorgées d'humidité. Là, roulée dans son sac de couchage, elle passait des heures à suivre le dessin compliqué des toiles d'araignées centenaires accrochées aux poutres. Dans la cour du bâtiment, Gudrun allait et venait, démontant et remontant le moteur du camion. Les deux femmes se retrouvaient à l'heure du repas, autour d'une boîte de conserve. Gudrun avec ses bras maculés de cambouis, Lize avec son air dolent et ses brins de paille dans les cheveux. Elles parlaient peu, se contentant d'échanger des considérations sur le froid, la pluie, l'approche de l'hiver. Lize avait de plus en plus de mal à concentrer son attention sur un sujet précis. Il lui arrivait de demeurer une journée entière dans la grange, tapie au fond de son sac de couchage, l'esprit vide, hypnotisée par un détail matériel sans importance : l'ombre d'un clou, un nœud dans le bois d'une poutre, l'angle formé par deux brins de paille. Parfois elle oubliait le prénom de Gudrun et luttait, jusqu'à la migraine, pour tenter de le retrouver, égrenant sans relâche tout ce qui s'en rapprochait peu ou prou : Véronique, Valérie, Virginie, Doria...

Ces moments de flottement, d'incertitude l'emplissaient d'une panique glacée voisine de la tétanie. La jeune fille à la tête rasée venait alors la voir, essayant maladroitement de la rassurer.

– C'est rien, disait-elle, ce sont les séquelles du coma, ça finira par passer.

Mais Lize n'y croyait pas beaucoup. Elle sentait bien que la bête grise blottie sous sa calotte crânienne s'endormait du long sommeil de l'hibernation. « Mon esprit s'effiloche », lançait-elle souvent à haute voix sans souci d'un quelconque interlocuteur. Et c'était vrai. Sa cervelle se recroquevillait comme une vieille pomme dont la chair se ratatine.

– Va t'oxygéner ! grognait quelquefois Gudrun. Marche le long de la plage et respire à pleins poumons. Il faut te nettoyer les neurones de toute la saloperie qui les encrasse ! Tu payes le prix de ton séjour dans le métro. Bon sang ! Pourquoi t'es-tu attardée chez ces cinglés ? Il fallait remonter tout de suite ! Tout de suite !

Lize n'écoutait pas. Elle pensait qu'elle aurait aimé changer de prénom, adopter quelque chose de plus joli, de plus féminin, comme « Défense-de-Fumer » ou « Sortie-de-Secours », mais elle n'osait en parler à sa compagne. La fille à la tête rasée avait de temps à autre des réactions d'une grande agressivité.

L'hiver approchait. Son souffle rabotait la lande, aplatissait les dunes. Gudrun déployait beaucoup d'énergie pour pourvoir à leur subsistance. Elle posait des collets, tendait des lignes, ramassait des coquillages. Personne ne se risquait jamais sur ce bout de terre battu par les rafales, et les mouettes restaient leurs seules voisines. Lize avait perdu la notion du temps. Les heures se condensaient en minutes, les minutes en secondes. Elle croyait somnoler un quart d'heure et dormait toute la journée.

– On ne peut pas continuer comme ça ! dit un soir Gudrun, tu t'enlises dans le néant. Tu dois te secouer. Et puis il va faire trop froid d'ici peu. On ne tiendra pas le coup dans cette ruine dès que la température tombera à zéro. Il faut s'en aller, quitter le pays. Le camion est prêt, je l'ai gonflé, on pourra se payer de sacrées pointes de vitesse. Si tu veux, je me laisserai repousser les cheveux et tu m'appelleras Nacha. Je peux jouer son rôle à la perfection, tu sais ? J'ai passé des heures à étudier cette petite conne. Si ça peut te faire plaisir je deviendrai Nacha. Gudrun n'existera plus. *Je peux le faire...* N'importe quoi, pourvu que tu cesses de me regarder comme un poisson mort. Tu veux que je devienne Nacha, dis ? Tu n'y verras que du feu. Ce sera comme si elle était là, en vrai. Je sais bouger comme elle, je sais parler comme elle. Dis-moi que ça te fera du bien... *Dis-moi...*

Lize hochait la tête. Gudrun parlait trop vite, le vent volait ses paroles. Pourtant, Lize aimait la chanson de la fille à la tête rasée. Son discours éveillait des choses enfouies, des souvenirs d'une autre vie. Brusquement elle se sentit emplie d'une bouffée d'euphorie. Une mousse de bulles multicolores envahit son cerveau, et pour traduire sa joie elle ne sut que crier :

« Marathon ! Marathon ! »

Quand elle reprit son calme, Gudrun pleurait.

Du même auteur :

LE MASQUE

Armés et dangereux
Le Chien de minuit (Prix du Roman d'Aventures)
Le Visiteur sans visage (Masque de l'Année)
Carnets secrets d'un cambrioleur
Le Sourire noir
La Fille de la nuit
Le Pique-nique du crocodile
Les Enfants du crépuscule
La Main froide
Le Château des poisons
L'Armure de vengeance
Le Manoir des sortilèges
Les Labyrinthes de Pharaon
Les Prisonnières de Pharaon
La Chambre indienne
Pèlerins des ténèbres
La Captive de l'hiver

FOLIO

La Moisson d'hiver (Prix RTL-*Lire*)
La Maison de l'aigle
Hurlemort
Les Ombres du jardin
Le Syndrome du scaphandrier
Boulevard des banquises
Trajets et itinéraires de l'oubli
Le Cycle des ouragans

LE LIVRE DE POCHE

Le Chien de minuit
Conan lord
Le Sourire noir
La Main froide
La Route obscure
La Fille de la nuit
Le Nuisible
Le Murmure des loups
Le Château des poisons
Les Enfants du crépuscule
L'Armure de vengeance
Les Labyrinthes de Pharaon
Les Prisonnières de Pharaon
Avis de tempête
Les Emmurés
Iceberg LTD
Le Manoir des sortilèges
La Chambre indienne
Baignade accompagnée

FLAMMARION

Le Livre du grand secret
Dernières lueurs avant la nuit

J'AI LU

Le Livre du grand secret

LIBRIO

Soleil de soufre

Composition réalisée par IGS-CP

Imprimé en France sur Presse Offset par

BRODARD & TAUPIN

GROUPE CPI

La Flèche (Sarthe).
N° d'imprimeur : 33188 – Dépôt légal Éditeur : 66530-01/2006
Édition 01
LIBRAIRIE GÉNÉRALE FRANÇAISE – 31, rue de Fleurus – 75278 Paris cedex 06.
ISBN : 2 - 253 - 11306 - 9

31/1306/5